TRIGGER WARNINGS

Ce roman comporte des scènes de violence détaillées et aborde les traumatismes liés au deuil.

Chapitre 1

Harmony

Je marche dans les rues d'Édimbourg, ma mallette de cuir serrée contre moi et les doigts glacés par les températures de ce début de mois de février. Sans m'arrêter, je lance un coup d'œil à la cathédrale Saint-Gilles. Depuis mon arrivée, il y a deux jours, je ne peux m'empêcher de dévorer les lieux des yeux. La capitale écossaise est une ville magnifique.

Malheureusement, je ne suis pas là pour faire du tourisme et je dois lutter contre cette curiosité qui m'habite depuis toute petite. Fille d'un couple d'archéologues, j'ai beaucoup voyagé et j'ai très vite développé un intérêt pour le monde qui m'entoure. En particulier pour les monuments du passé.

C'est donc dans un soupir que je quitte cette beauté du regard pour me concentrer sur la foule. Je manque d'ailleurs de percuter quelqu'un.

Je continue mon chemin jusqu'à l'angle de la rue. Ma cliente m'a donné rendez-vous dans un bistrot. J'admets que c'est une première pour une rencontre professionnelle.

Je pénètre dans le bar et observe mon environnement. Rien ne m'interpelle. Un serveur vient m'aborder et je lui mentionne le nom que la requérante m'a donné lors de notre échange téléphonique plus qu'étrange. Il était bref et mystérieux. La personne à l'autre bout du fil était autoritaire sans non plus être agressive.

L'employé acquiesce et me conduit à une table dans le fond de la salle. Une dame d'une quarantaine d'années avec les cheveux bruns attachés en un chignon strict m'y attend.

— Un café ? me propose le serveur alors que je m'installe.

Je jette un coup d'œil à ma cliente, une tasse repose devant elle. J'en déduis que commander également une boisson n'est pas malvenu.

Observer et interpréter. Voilà mon métier.

— Volontiers.

Il s'en va après un signe de tête et je reporte mon attention sur la femme. Le poids de son regard me pèse. Elle dégage un charisme naturel assez impressionnant, renforcé par sa coiffure sévère et son tailleur parfaitement ajusté.

— Harmony Davison ? me lance-t-elle.

Sa voix est aussi froide que son apparence.

— Oui, c'est bien moi.

— Merci d'être venue me rencontrer dans cet endroit... quelque peu incongru.

Elle marque une pause. Je profite de ce bref instant pour poursuivre mon observation. Son visage impassible la rend encore plus énigmatique et me complique la tâche.

Elle reprend :

— J'ai besoin de vos compétences analytiques. Toutefois, c'est un travail qui demandera une grande discrétion de votre part.

Droit au but. Pas de présentation ou de discussions « brise-glace ». Son temps doit être précieux.

— Bien sûr. Je suis soumise à des règles de déontologie.

Sans me répondre, elle sort un document d'une pochette et me le tend. Je le saisis et l'inspecte rapidement, il s'agit d'un contrat de confidentialité.

En tant que psychologue spécialisée en analyse des comportements – notamment criminels, je suis régulièrement confrontée à cette nécessité de garder le silence. Néanmoins, c'est la première fois que je fais face à une telle rigueur.

Même si je reste méfiante quant à cette clause, elle a réussi à piquer ma curiosité. Cet échange est aussi rapide qu'indiscernable.

Le papier contient de nombreux points, alors je le parcours avec beaucoup d'attention.

— Tenez.

Ma cliente me tend un stylo et je l'accepte avec une certaine réticence. Je n'ai pas oublié qu'elle ne s'était pas présentée et ne manque pas de le lui faire remarquer :

— Avant que je ne signe, puis-je au moins savoir auprès de qui je m'engage ?

— Vous le saurez quand vous aurez signé.

Je reste impassible et contrôle la frustration que je pourrais laisser paraître. Ça ne me plaît pas de ratifier un tel document sans avoir plus d'informations, mais les clauses sont sérieuses. Je ravale mes quelques appréhensions, bien qu'elles soient légitimes. J'examine mentalement les différentes informations que je possède déjà.

Après de longues secondes de réflexion, je m'autorise à soupirer discrètement, vaincue par la curiosité, et appose mon paraphe. Je lui rends ensuite les feuilles et le stylo. Le serveur arrive et pose ma boisson, brisant quelques secondes cette atmosphère pesante.

Une fois celui-ci reparti, mon interlocutrice tient parole et accepte enfin de me dévoiler son identité :

— Je suis Theresa Coleman. Je suis la directrice d'une agence et j'ai besoin que vous interrogiez un homme dangereux.

— Quel genre d'agence ?

Probablement gouvernementale ou quelque chose de semblable.

— Vous n'avez pas besoin de le savoir.

Je tente d'analyser son langage non verbal à la recherche de la moindre nouvelle information, mais cette femme est aussi opaque qu'un mur de béton. Impossible de déduire à quoi elle pense ou ce qu'elle ressent. C'est très rare. Les gens laissent toujours au moins paraître un élément.

En revanche, je remarque son alliance. Je peux donc en conclure qu'elle est mariée. Un détail qui ne m'apporte pas grand-chose pour l'instant...

— D'autres questions ? reprend-elle.

Oui. J'en ai beaucoup. Mais j'ai compris que les poser maintenant ne me mènerait à rien, vu les premiers échanges avec elle.

— Aucune, pour l'instant.

— Bien, alors suivez-moi.

Sans attendre une réponse de ma part, elle se lève. Je termine mon café en quelques gorgées et la suis sans oublier ma mallette. Nous ne sortons pas par la porte principale. C'est déjà la deuxième précaution que cette femme prend depuis le début de notre rendez-vous. Quel genre de criminel veut-elle que j'interroge pour que cela nécessite autant de prudence ?

Une part de moi devient soudainement excitée à l'idée d'en apprendre plus. Décidément, je ne m'ennuie jamais.

À l'extérieur, une voiture nous attend. Theresa Coleman monte à l'avant. Par déduction, j'ouvre donc la portière arrière et m'assieds sur le siège. À peine suis-je installée que le chauffeur démarre.

Je n'ai aucune idée de l'endroit où nous allons. Je constate d'ailleurs que le véhicule fait de nombreux détours, probablement pour s'assurer que nous ne sommes pas suivis.

Je profite du trajet pour regarder le paysage urbain à travers la vitre teintée. Voir les bâtiments typiques de la région défiler sous mes yeux fait baver la passionnée que je suis.

Nous finissons par arriver devant un portail qui s'ouvre à notre approche. Nous pénétrons ensuite dans une cour pavée. Je regrette de ne pas être plus familière avec la ville, car je ne sais pas où je me trouve et je n'ai plus aucun repère.

Je sors de la voiture et emboîte le pas de ma cliente. Nous entrons dans le bâtiment en pierre qui, d'après ce que je vois, est hautement sécurisé. Des caméras et des hommes armés sont placés à chaque bifurcation pour ne laisser aucun angle sans surveillance.

— La personne que vous allez devoir interroger est un trafiquant d'armes recherché depuis des années. Il est très influent dans le monde du crime international et il refuse de parler. Votre mission est d'obtenir une réaction de sa part, quelle qu'elle soit.

Clair, précis, sans informations superficielles. Cette femme est terrifiante. En revanche, la mission qu'elle m'assigne ne diffère pas de mon travail habituel.

— D'accord, mais j'aurais besoin de savoir tout ce que vous savez sur lui. Chaque détail compte.

— Vous les aurez. L'agent qui le piste depuis des années va vous donner toutes les informations qu'il possède.

Nous nous approchons d'une double porte. Les employés de sécurité chargés de la surveiller nous ouvrent les battants avant de les refermer directement derrière nous. Nous nous trouvons dans une salle aux murs gris, dont l'un dispose d'un écran géant. Celui-ci projette l'image en direct d'un homme menotté et assis à une table métallique. Je tourne la tête et découvre une porte protégée par un code, là où se trouve certainement le prisonnier.

Mon regard se pose ensuite sur le colosse qui nous fait face, près de l'écran. Il est grand, un bon mètre quatre-vingt-dix, je dirais. Il doit avoir trente ans et est assez baraqué. Le genre de type qui me soulève à une main.

Ses cheveux cuivrés mi-longs sont attachés en une demi-queue et son regard d'un vert sombre est indéchiffrable. Il porte un pull gris qui laisse entrevoir des tatouages sur son cou et sur le dos de ses mains. Il est agréable à regarder, bien qu'il ait l'air tout aussi chaleureux qu'une porte de prison.

— Voici l'agent dont je vous parlais.

Et il a un nom, cet *agent* ? Encore une fois, je remarque l'absence de présentation.

— Enchantée, je suis Harmony Davison, la psychologue.

J'aurais aimé lui tendre la main, mais après cette première observation du personnage, je sais qu'il ne répondra pas à ma salutation. Je me contente donc de me présenter formellement.

Il me tourne le dos et fixe l'écran.

— Dimitri Holmadoff. Trafiquant d'armes. Il a commencé son activité dans les pays de l'Est avant d'élargir son commerce. Il n'a aucune morale, lance l'agent mystère.

Il est aussi loquace que la directrice Coleman. Les phrases comportant plus d'un verbe et d'un complément n'ont pas l'air d'être à la mode ici.

Monsieur Mystère continue de me faire un récapitulatif des informations concernant ce criminel. Je prends mentalement note de tout ce qu'il me dit. Je construis déjà une stratégie d'interrogatoire dans ma tête.

Une fois qu'il a terminé, j'ôte ma veste, pose ma mallette et j'entre avec lui dans la pièce surveillée. Je m'installe en face du prisonnier. Ce dernier me reluque, mais je ne montre aucune émotion. Je me dois de rester le plus impassible possible.

Il continue de scruter ma silhouette. Sans originalité, ses yeux se posent sur mon cou. Malgré le col de mon pull, une tache claire est visible sur ma peau mate. Une lueur intriguée passe brièvement dans son regard. C'est la réaction habituelle que les gens adoptent lorsqu'ils découvrent mon vitiligo.

Puis vient le dégoût ou la moquerie. Je chasse cette pensée inopportune et l'écrase sous mon professionnalisme.

Cependant, j'ai constaté que la directrice et monsieur Mystère n'ont pas eu l'air étonnés. Ils ont probablement effectué des recherches sur moi avant de faire appel à mes services et s'attendaient donc à cette particularité physique. Vu les efforts déployés en matière de discrétion et de confidentialité, il est clair qu'ils se sont renseignés sur ma personne.

Je mets un terme à mes réflexions et me concentre sur l'instant présent. Je commence mon interrogatoire. Monsieur Mystère ne fait aucune intervention et je le remercie intérieurement de me laisser effectuer mon travail. Il n'est pas rare que la personne avec qui je réalise mes entretiens se sente obligée d'intervenir en réponse à l'un de mes propos ou à ceux du criminel interrogé. Ça me rend généralement la tâche plus difficile. Chaque mot que je prononce est choisi avec soin, chaque inflexion dans ma voix est calculée.

Holmadoff est d'abord amusé par mes questions. Néanmoins, son langage corporel est riche et, au fur et à mesure de mes déductions, je devine qu'il perd son sang-froid. À côté de moi, l'agent dont je ne connais pas le nom étire des sourires en coin. Il a l'air satisfait des réactions de son ennemi.

À la fin de l'entretien, je rejoins la directrice en sa compagnie.

— Merci, mademoiselle Davison. Vos services nous ont été d'une grande utilité. Vous pouvez vous en aller, annonce-t-elle.

Quoi ? Déjà ? Enfin, je fais rarement beaucoup plus, mais tout est si opaque qu'un sentiment de travail incomplet me titille les entrailles.

— Aedan va vous raccompagner.

Elle lance un regard à l'agent. Alors finalement, monsieur Mystère a un nom.

Ce dernier se renfrogne, mais n'émet aucune protestation. Il n'a pas envie de se coltiner la psy, l'ensemble de son corps le hurle. C'en est presque offensant. J'attrape donc mes affaires pour le suivre.

En silence, nous sortons de la pièce par la même double porte et avançons dans les couloirs de cet endroit qui m'est inconnu. Nous sommes presque arrivés à la voiture, dans la cour, quand les employés de sécurité s'animent.

En alerte, Aedan scrute les alentours. Il observe et garde son calme. Quant à mon instinct, il me souffle que je suis en danger. Une angoisse que je m'empresse de refouler tente de s'immiscer dans ma poitrine.

Sans me prévenir, mon accompagnant m'attrape le bras et m'emmène à sa suite. J'ai beau examiner les lieux, je ne parviens pas à déterminer l'origine de cette soudaine agitation.

Cette incompréhension me tend. Je lui demande donc :

— Que se passe-t-il ?

— Contente-toi de me suivre et fais ce que je te dis, me réplique-t-il.

D'accord, très charmant.

La situation semble urgente, je me retiens donc de commenter son ton désagréable et de lui rétorquer qu'un minimum d'informations me serait utile. Malgré son attitude de rustre, il a l'air de savoir ce qu'il fait et je choisis de lui faire confiance. Je le laisse me traîner par le bras tandis que des coups de feu retentissent.

Des coups de feu.

Je tente de garder mon calme et fais taire la voix paniquée qui s'emballe dans mon esprit. Lorsque nous voulons rentrer dans le bâtiment, un homme cagoulé nous barre la route.

Le temps ralentit. J'entends mon palpitant battre dans mes oreilles. L'agresseur lève une arme qu'il pointe sur nous. La détonation éclate dans les airs et une demi-seconde plus tard les ténèbres m'engloutissent.

Chapitre 2

Harmony

J'ouvre lentement les yeux. Ma vue est floue, mes oreilles bourdonnent et mon esprit est embrumé. Je bats plusieurs fois des paupières et un plafond blanc m'apparaît. Je le fixe de longues minutes, le temps que les derniers événements resurgissent dans ma mémoire.

L'entretien, le tireur, les ténèbres.

Je tente de me redresser, mais mes membres endoloris et une vive douleur me rappellent à l'ordre. J'étire une grimace et tourne la tête vers mon épaule. Doucement, je lève le bras opposé pour poser ma main sur la zone visée. Mes doigts rencontrent un pansement sous la manche courte de ce que je suppose être une chemise d'hôpital.

Les secondes passent et je retrouve peu à peu mon agilité d'esprit. J'essaye de me redresser à nouveau en faisant cette fois attention à ma blessure.

Une fois assise, j'ôte le masque à oxygène de mon visage. Je déglutis péniblement. Ma bouche est sèche et ma langue pâteuse.

Mes prunelles se posent sur mes avant-bras nus qui dévoilent mon vitiligo. Une angoisse que je ne connais que trop bien vient me hanter et m'oblige à me couvrir à l'aide de la couverture. J'analyse ensuite l'endroit. Celui-ci ressemble à une chambre d'hôpital, avec ses murs blancs, son lit simple et cette drôle de machine qui trône à mes côtés.

Soudain, un médecin entre dans la pièce et met fin à mon inspection. L'apercevoir réveille ma conscience. Mon rythme cardiaque s'emballe et ma respiration devient plus courte. L'affolement se répand dans mes veines à toute vitesse.

— Où suis-je ? Qu'est-ce qui m'est arrivé ? Qu'est-ce...

— Du calme, m'interrompt-il.

Il saisit la télécommande du sommier et rehausse le dossier du lit afin que je puisse m'appuyer dessus.

J'ouvre la bouche, prête à lui asséner une nouvelle vague de questions, mais il reprend la parole en premier :

— Reposez-vous. Quelqu'un va venir tout vous expliquer. Mais en attendant, rassurez-vous, vous êtes en sécurité.

Il vérifie mes paramètres, pose une bouteille d'eau sur le plateau attaché à l'une des barres du lit et s'en va sans rien ajouter.

Je lâche un rire nerveux pour dompter mon inquiétude. *Vous êtes en sécurité*, dit-il. Mais comment puis-je en être certaine ?

Je me laisse aller contre le dossier et commence à émettre des hypothèses. Bien que la panique m'habite toujours, je choisis d'être raisonnable. Je meurs d'envie de me lever et de partir en courant, mais je n'irai nulle part dans mon état, surtout dans un lieu que je ne connais pas.

Aedan

Le front couvert de sueur, je donne une série de coups dans le sac de frappe qui me fait face. Le bruit de la chaîne métallique qui le retient à la poutre du plafond résonne dans la salle d'entraînement déserte.

— Aedan, la directrice te demande, me lance un collègue depuis l'entrée.

Il n'attend aucune réponse de ma part et s'en va. Mon côté solitaire est connu de tous mes confrères, à présent. Voilà bien longtemps qu'ils ont arrêté de me forcer à discuter avec eux et ça me convient.

Je termine mon enchaînement et attrape la serviette qui traîne sur le banc pour m'éponger le visage. À défaut d'avoir le temps de prendre une douche, je décide au moins de troquer mon haut contre un T-shirt propre avant de rejoindre ma patronne dans son bureau. Celle-ci est penchée sur un ordinateur portable de dernière génération, des lunettes sur le nez. Le reste de la pièce est à son image : impeccable et strict.

En m'apercevant, elle ôte sa monture et plante ses iris dans les miens sans sourciller. Rares sont les gens qui osent me regarder de cette façon-là dans les yeux, mais la directrice Coleman n'est pas n'importe qui. C'est le genre de femme qui mate les anciens criminels comme moi.

— Harmony Davison est réveillée. Va la voir. Elle a besoin d'explications.

— Pourquoi moi ?

— Parce que tu es l'une des dernières personnes qu'elle a vues avant de prendre cette balle et la seule qu'elle connaisse ici.

— Il y a vous, aussi. Et puis, elle ne me connaît pas.

— J'ai une agence à gérer. Quand elle sera prête, amène-la-moi, me répond-elle sans commenter la deuxième partie de ma remarque.

— Qu'allez-vous faire ?

— Tu le découvriras en même temps qu'elle.

Je me renfrogne.

— Et les intrus qui nous ont attaqués à la planque ?

— Des agents sont toujours à leur poursuite. Ça devrait n'être qu'une question de temps avant qu'ils ne les attrapent.

— Vous auriez dû m'e…

Vous auriez dû m'envoyer pourchasser ces salopards.

Elle m'interrompt d'un geste de la main et réplique sur un ton tranchant :

— Non, on en a déjà parlé.

Je crispe la mâchoire, mais n'ajoute rien. Je quitte son bureau et me dirige vers la salle de réveil. Bordel, jouer les infirmières m'agace déjà.

Je m'arrête devant la porte derrière laquelle se trouve la psy, tout sauf ravi.

Je repasse le film de la journée d'hier dans ma tête. J'attendais dans l'un de nos repaires la venue de cette psychologue spécialisée en surveillant cette ordure de Holmadoff.

Ordure.

Je souris avec ironie. Moi aussi, c'est ce que j'étais avant d'être engagé ici.

C'est ce que je suis encore.

Je me reconcentre sur le profil de notre blessée.

Harmony Davison, vingt-sept ans, née d'une mère malgache et d'un père anglais. Ses parents sont archéologues, de ce fait, elle a beaucoup voyagé avant d'entamer des études à Londres où elle a décroché un master en psychologie criminelle avec une spécialisation en analyse des comportements.

Quand ma patronne m'a informé de son dossier, j'étais sceptique. Dès son arrivée en compagnie de la directrice, elle m'a examiné. Il était évident qu'elle tentait de me déchiffrer. J'ai eu un aperçu assez bluffant de ses compétences lors de son interrogatoire avec Holmadoff. Elle est douée dans son domaine, je dois le lui accorder. La directrice ne s'est pas trompée en l'engageant pour cette tâche.

Malheureusement pour elle, les choses ont dégénéré. Les petits copains de notre prisonnier ont tenté de venir le libérer. Évidemment, ils ont échoué, mais certains ont pu s'échapper. J'applaudis cependant l'exploit, c'est la première fois que des malfrats parviennent à passer la sécurité de l'une de nos planques. Soit c'est nous qui nous sommes relâchés, soit ce sont ces criminels qui se sont parfaitement informés.

Comment ?

C'est la question qui me taraude depuis hier. Ils doivent avoir un informateur. Néanmoins, la directrice n'a pas voulu me mettre sur le coup.

Je lâche un soupir agacé et entre dans la chambre. Harmony qui semblait perdue dans ses pensées vient croiser mon regard. Je la détaille, en particulier ses bras longeant son corps qu'elle a tenté de dissimuler sous la couverture. Elle ne doit pas aimer exposer son vitiligo. Sa maladie était également mentionnée dans son dossier, je m'attendais donc à un physique atypique. Toutefois, mis à part la tache décolorée sur son cou et sur son oreille droite, son visage est épargné. Ça n'a pas l'air d'être le cas pour les autres parties de son corps.

— Enfin voilà quelqu'un ! lâche-t-elle.

Elle se redresse avec une certaine vivacité, preuve qu'elle est réveillée depuis un long moment. Toutefois, je la vois grimacer avant de poser la paume sur son épaule.

Je lui grogne :

— Doucement.

Pourquoi a-t-il fallu que je sois celui qui lui annonce qu'elle s'est pris une balle ?

Elle me lorgne, l'affolement habite ses prunelles grises. Elle fait preuve de moins de sang-froid qu'hier.

— Où suis-je ? Qu'est-ce qui se passe ?

Elle me déballe ses questions d'une traite, nerveuse et inquiète.

— Tu es en salle de réveil. Tu t'es pris une balle dans l'épaule. Rien de grave, mais les chirurgiens de l'agence ont dû te l'extraire.

Elle fronce les sourcils. Une mèche noire de sa chevelure bouclée lui retombe sur le visage.

— Et où est-ce que je suis ?

— Au sein de l'agence.

— *Quel genre* d'agence ?

Je la dévisage. Elle a l'air agacée par le manque de détails.

Une agence de services secrets.

— La directrice t'expliquera ce que tu as besoin de savoir quand tu seras prête à te lever.

— Dans ce cas, allons la voir !

Avec détermination, elle rabat la couverture et se lève sans aucune considération pour son épaule pansée. Elle titube un instant avant de retrouver son équilibre. Quant à moi, je n'ai pas bougé et me contente de la fixer.

— Je t'ai dit d'y aller doucement.

— Correction, tu m'as *grogné* d'y aller doucement.

Elle s'accorde quelques secondes d'immobilité avant de déclarer :

— Bon, ça va mieux, on y va, lâche-t-elle.

— Tu veux y aller, là maintenant ?

— Cela fait des heures que je suis réveillée et que j'attends. Je suis inquiète et à bout de patience, donc oui, je veux tirer tout ça au clair maintenant.

Je la détaille de haut en bas. Si peu vêtue, elle me donne un aperçu assez agréable de son corps. Je remarque qu'une de ses jambes est aussi marquée d'une tache claire.

— Arrête de me regarder comme ça ! s'exclame-t-elle.

Qu'est-ce qui la rend le moins à l'aise : sa nudité ou sa particularité physique ?

J'arque un sourcil et souris.

— Ce n'est pas moi qui t'ai obligée à sauter du lit.

— Sale porc.

Je lâche un petit rire. Décidément, elle n'a plus rien à voir avec la psy hyper professionnelle d'hier.

— Au lieu de me reluquer, tu pourrais me dire où je peux trouver des vêtements ?

Mon amusement s'envole. Je n'en ai aucune idée, on ne m'a donné aucune information à ce sujet. Je pousse un grognement.

— Reste ici.

Je quitte la salle de réveil et rejoins l'aile des dortoirs du manoir. Les lieux sont si grands qu'il me faut un moment pour rejoindre ma chambre. J'ouvre un tiroir.

Putain, la directrice aurait au moins pu anticiper ce détail avant de me foutre dans cette merde.

J'attrape un pull et un jogging qui a rétréci au lavage dont je ne me suis pas encore débarrassé. Je reviens ensuite sur mes pas pour rejoindre la psy après une bonne dizaine de minutes d'absence.

— Tiens.

Je lui tends les vêtements et elle les saisit avec son bras dont l'épaule est valide.

— Merci.

Elle cherche des yeux un endroit où se changer, sans succès. Voyant que je ne bouge pas, elle me lance :

— Retourne-toi, bon sang !

Je maugrée des paroles incompréhensibles et m'exécute. Vivement qu'on se débarrasse d'elle.

— C'est bon, reprend-elle après une plombe.

Enfin ! Elle en a mis du temps !

Je me tourne et découvre sa nouvelle apparence. Le jogging est trop long, mais pas trop large, et lui moule incroyablement bien les jambes. Quant au pull, elle l'a rentré dans son pantalon, sûrement pour dissimuler sa longueur.

Je n'ajoute rien et fais volte-face pour regagner la sortie.

— Hé ! Tu vas où ?

Je lève les yeux au ciel et lance par-dessus mon épaule :

— Ce n'est pas toi qui étais pressée de voir la directrice ? Alors, magne-toi.

— Bonjour l'amabilité, soupire-t-elle avant de m'emboîter le pas.

Je ne suis pas là pour être aimable. D'ailleurs, je ne voulais tout simplement pas être *là*.

Elle me suit à travers les couloirs, mais à chaque pas je la sème un peu plus. Je suis donc contraint de m'arrêter. Lorsqu'elle parvient à mon niveau, je l'avertis :

— Ne traîne pas.

— Alors ralentis. J'aurais cru que notre différence de taille t'aurait sauté aux yeux, réplique-t-elle avec sarcasme.

Elle reprend du poil de la bête à ce que je vois. L'anesthésie semble avoir définitivement quitté son organisme.

Je m'abstiens de répondre et poursuis mon chemin. Elle lâche un soupir et reprend sa marche.

Nous finissons par arriver devant le bureau de la gérante. Sans nous annoncer, j'entre.

— La voilà.

La directrice lève son regard vers nous, ses lunettes à nouveau sur le nez. Mes entrées directes ne la surprennent plus.

Elle m'ignore et pose ses prunelles sévères sur la psy.

— Mademoiselle Davison, asseyez-vous.

La concernée prend place sur la chaise en face d'elle. Quant à moi, je m'adosse à un mur en priant intérieurement pour que cet entretien soit vite terminé. Et j'espère que cette fois la patronne ne va pas me demander de la raccompagner.

J'aimerais qu'elle m'envoie en mission. Je n'en peux plus de tourner en rond dans le manoir.

— Comment vous sentez-vous ? commence-t-elle.

— Bien, je suis prête à vous écouter.

Malgré son affirmation, sa jambe tremble légèrement. Je ne suis pas un professionnel comme elle, mais je dirais qu'elle tente de masquer son appréhension.

— Parfait, dans ce cas, nous allons pouvoir discuter de la situation, enchaîne ma patronne.

— En effet, elle mérite quelques explications.

— Aedan vous a rapporté ce qu'il s'était passé ?

— Juste que je me suis pris une balle.

Peu à peu, elle retrouve son attitude calme. Je suppose qu'elle analyse chaque geste et parole de son interlocutrice.

— Nous en sommes désolés. Ça n'aurait jamais dû arriver. Nous vous présentons nos excuses et vous serez indemnisée pour cet incident.

La directrice s'arrête.

— Il y a un « mais », n'est-ce pas ? déduit Harmony.

— C'est exact. Cet événement a engendré quelques bouleversements vous concernant ainsi que l'agence.

— Allez-vous enfin m'en apprendre plus sur cette agence ? Et sur ce que je viens faire là-dedans ?

— J'y viens.

Ma patronne saisit l'un des documents posés sur son bureau et le lui tend. La psy le réceptionne. Depuis ma position, je parviens à voir ses yeux s'écarquiller.

— Un contrat de travail ?

— Oui. Vos compétences nous seraient très utiles et, au vu de ce qu'il s'est passé, il est préférable pour la sécurité de l'agence et la vôtre que vous restiez parmi nous quelque temps.

— Pourquoi pour la sécurité de l'agence ?

La directrice fixe le document et invite silencieusement la psy à continuer sa lecture. Elle s'exécute. Au bout de longues secondes, elle relève la tête et lâche un rire nerveux.

— Une agence de services secrets. Ça explique tout.

— Bienvenue à l'agence Undershade, mademoiselle Davison.

Chapitre 3

Harmony

Je contiens la nervosité qui m'envahit tandis que la directrice me fixe derrière son pupitre.

J'ai été sollicitée par une agence de services secrets.

Sur ma droite, je peux sentir sur moi le regard d'Aedan, adossé au mur. Mon cerveau s'échauffe tellement que j'en oublie la douleur qui lance dans mon épaule depuis mon réveil.

— Et donc... que fait exactement cette agence ?

Mon interlocutrice ouvre légèrement les lèvres avant de les pincer. C'est bref, mais c'est un des premiers signes gestuels qu'elle laisse paraître. Elle hésite.

— Undershade est une agence... disons de la seconde chance, commence-t-elle.

Mon rythme cardiaque s'emballe.

— Et qu'est-ce que cela signifie concrètement ?

— Que tous les espions sont des anciens criminels, lâche Aedan.

Il s'est avancé et me surplombe de toute sa hauteur, le regard froid et un sourire cynique sur le visage. La directrice soupire. On dirait qu'il s'attend à ce que je parte en courant.

Je me contente de le détailler un instant. Il a encore les bras croisés. Je dois avouer que cette posture met sa carrure en valeur. Son biceps doit faire trois fois la taille du mien, c'est certain.

Ce colosse était donc un hors-la-loi.

Encore secouée, je reporte mon attention sur ma potentielle nouvelle patronne.

— Je vois. Des criminels à qui vous offrez une solution alternative.

— En effet. Ceux d'entre eux qui ont aidé les autorités se voient offrir la possibilité de travailler pour l'agence Undershade. Ils évitent ainsi la sentence de la justice et mettent à profit leur... talent au service de la paix, m'explique-t-elle.

— De la paix ? Pour qui travaillez-vous ? Le gouvernement écossais ?

— Non. Nous sommes indépendants. Undershade dispose de plusieurs bases dispersées à travers le monde. Nous sommes mandatés par l'ONU, mais nous n'avons aucun compte à rendre et sommes libres de nos méthodes.

— Libre de vos méthodes ?

Je plisse les yeux et scrute le visage de la directrice, mais elle reste indifférente.

Quelque chose me dit que ces « méthodes » peuvent parfois être douteuses. Mais revenons-en à mon contrat.

— Je ne suis pas une criminelle, alors pourquoi voulez-vous m'engager ?

— C'est avant tout vos compétences en psychologie que je souhaite mettre à profit, pas celles acquises à la suite d'un passé délinquant. Et puis je vous l'ai dit, les circonstances nous y obligent. Je ne peux pas vous laisser repartir après cet incident.

— Je ne dirai rien, je vous l'assure.

— Je n'en doute pas.

J'attends qu'elle continue, en vain. N'a-t-elle aucun autre argument ou bien la situation me dépasse-t-elle ? Il semblerait que je me sois embourbée dans quelque chose de complexe.

Je réfléchis. Après tout, pourquoi pas ? Ça peut être une expérience enrichissante, et j'admets être curieuse.

C'est peut-être également une solution pour...

Je chasse cette réflexion. Je m'étais promis de ne plus y penser, c'est du passé.

— Je voudrais parcourir le contrat avant de me prononcer.

Elle hoche la tête.

— Bien, je vous laisse la journée.

La journée ? C'est un délai bien trop court pour prendre une telle décision.

Elle lance ensuite un regard à l'agent.

— Aedan va vous montrer votre chambre.

Ce dernier se crispe. Il en a marre de devoir s'occuper de moi, son attitude parle pour lui.

— Ma chambre ?

— Oui. Vous allez loger au manoir, notre base principale. Si vous possédez des affaires, dites-le-moi, je les ferai transférer ici.

Je manque de tomber de ma chaise. Je me doutais que m'engager professionnellement ici entraînerait certaines obligations, mais pas aussi rapidement, d'autant plus que je n'ai pas encore accepté.

— Pendant combien de temps ?

— Aussi longtemps que vous travaillerez pour nous. Donc minimum cinq ans.

Je m'efforce de rester stoïque. Cinq ans ? C'est donc la durée minimum de mon contrat, je suppose.

L'ampleur de la situation me dépasse. Je me retiens de me mordre la lèvre afin de dissimuler le trouble et la stupeur qui déferlent en moi.

— Très bien.

Je me tourne vers Aedan.

— Je te suis.

Celui-ci pousse un grognement et s'avance vers la sortie. Je me lève et m'empresse de le rattraper après avoir salué la directrice. Ma motricité est fluide, mais mon épaule est encore douloureuse.

Nous marchons en silence dans les couloirs de l'agence. Nous croisons parfois d'autres espions et je ne peux m'empêcher de me demander quel genre de crimes ils ont commis avant d'atterrir en ces lieux. D'ailleurs, une question me brûle les lèvres.

— Et toi, qu'as-tu fait pour te retrouver ici ?

Aedan s'arrête sans prévenir, si bien que je manque de lui rentrer dedans. Il se retourne et s'avance de quelques pas, ce qui m'oblige à reculer. Mon dos finit par heurter le mur et les mains qu'il pose de part et d'autre de mes épaules me coupent toute voie de fuite.

— Tu vas m'écouter attentivement, la psy. Tu te mêles de tes fesses et uniquement des tiennes. Personne ne parle de son passé.

Je lève la tête pour planter mon regard dans le sien. Il essaye encore de m'intimider. Pas de chance pour lui, l'expérience que j'ai acquise pendant mes voyages à travers le monde, notamment auprès de certaines cultures où s'affirmer était le seul moyen d'exister, m'a enseigné à ne pas me laisser écraser. Et mes compétences de psychologue m'ont appris à réagir avec modération. Je ne me laisse donc pas faire, sans pour autant déclencher une dispute.

Mais... lui, j'ai bien envie de l'énerver. Je réplique :

— Pourtant, tu ne t'es pas gêné pour t'occuper de mes fesses en les reluquant.

J'ai bien vu comment il me lorgnait, tout à l'heure, quand je ne portais qu'une chemise d'hôpital.

Une lueur de surprise passe dans ses prunelles aussi sombres qu'une forêt. Il ne s'attendait probablement pas à une telle réponse de ma part.

— Comment veux-tu que je mate ton cul alors que tu passes ton temps à être à la traîne ?

Bon, il marque un point.

Je repense ensuite à ses iris qui s'attardaient sur mes tibias dénudés. Un frisson d'angoisse me parcourt. Je n'aime pas exposer ces taches qui ornent ma peau. Depuis toujours, c'est mon complexe. J'ai essuyé tellement d'insultes et de moqueries au cours de ma vie.

Je me suis habituée à celles qui dévorent mon oreille et une partie de mon cou. En revanche, je ne me découvre les bras et les jambes qu'en cas de chaleur intenable, lorsque le regard des autres est plus supportable que les températures.

Aedan ne bouge pas. Il continue de me coincer contre le mur en me fixant. Je n'arrive pas à déchiffrer les traits de son visage. C'est perturbant. J'y lis seulement de l'agacement, si bien que le reste de ses pensées me sont inaccessibles.

— Bon, tu comptes prendre racine ? lui dis-je.

Il se renfrogne avant de sourire. Quel brusque changement d'attitude.

— Je t'en prie.

Il se décale pour m'inviter à avancer. Je fronce les sourcils et me mets en marche. Je ne l'entends pas m'emboîter le pas et décide de me retourner après plusieurs mètres, consciente de son immobilité.

— Je peux savoir ce que tu fais ?

Un sourire en coin étire ses lèvres.

— J'admets que tu as un beau cul.

J'ouvre la bouche, à la fois ahurie et offusquée.

— Espèce de pervers !

— C'est un compliment, *trésor*.

Je ferme les yeux et inspire. J'ai une furieuse envie de le gifler, mais étant donné son gabarit, je ne suis pas sûre que cela lui fasse le moindre effet.

Je reprends ma route et avec provocation je lance par-dessus mon épaule :

— Cesse de traîner.

Cette fois, il grogne et c'est à mon tour de sourire. Il me rattrape en quelques enjambées et le silence retombe.

— Salut, Shadow, lancent certains espions que nous croisons.

Shadow ?

Nous passons une arche en bois et débouchons dans un long couloir.

— Pourquoi certains agents t'appellent-ils Shadow ?

La question m'a échappé.

— Parce que c'est mon nom de code. C'est comme ça qu'on m'appelle sur le terrain.

Oh.

Intéressant.

Je note également que, cette fois, il m'a répondu sans grogner ou sans me coincer contre un mur. Il finit par s'arrêter devant une porte.

— Voilà ta chambre.

Je tourne la poignée et pénètre dans les lieux. La pièce est simple : un lit double, une table de nuit, une penderie et un bureau placé sous la fenêtre. C'est rustique, mais ça me va. J'ai déjà vécu avec moins que ça. Mon train de vie de voyageuse m'a appris à ne pas être matérialiste.

— Là, il y a ta salle de bains, reprend Aedan.

Je jette un bref coup d'œil au battant avant de reporter mon attention sur lui. Il est tellement grand que l'espace entre sa tête et l'encadré de porte sous lequel il se tient est minime.

Soudain, derrière lui, mon regard est attiré par un homme qui sort de la pièce en face de la mienne.

— Ce n'est pas l'aile réservée aux femmes ?

Aedan lâche un rire moqueur avant de me lancer une œillade salace.

— On n'est pas dans un internat scolaire, ici.

Je comprends rapidement son sous-entendu.

— Tu es vraiment un mufle !

Mon « insulte » ne semble pas l'atteindre. Je dirais même qu'il assume.

— Tu as retenu le chemin que nous avons emprunté pour venir jusqu'ici ?

— Oui, j'ai un bon sens de l'orientation.

— Bien, alors tu retrouveras le bureau de la directrice sans moi quand tu auras signé ce foutu contrat.

Sur ce, il ferme la porte et me laisse seule dans la pièce. Je cligne des yeux, encore surprise par son attitude. Il me déconcerte, à passer de la moquerie à la froideur.

Je décide finalement de l'oublier et de me concentrer sur le document que je tiens en main. Je prends place derrièrc le pupitre sur lequel les clés de ma chambre sont posées. Lorsque je m'assieds sur la chaise, mon pied heurte un objet. Je me penche et découvre ma mallette. Je la saisis en poussant un soupir de joie.

Elle contient quelques documents, mon ordinateur, mon téléphone et mes papiers. Je suis heureuse de la retrouver, je n'ai pas tout perdu. Je sors mon portable et constate que je n'ai pas de réseau.

J'aurais dû m'en douter.

Je le pose donc et commence ma lecture. Je relis chaque page au moins trois fois afin de ne louper aucune information. Le document comporte énormément de clauses, surtout en termes de confidentialité. Néanmoins, cela n'a rien d'étonnant pour une agence de services secrets et je comprends maintenant mieux l'attitude de la directrice lors de notre rencontre dans ce bistrot.

Plusieurs heures plus tard, je sors de mon antre.

Je me concentre pour effectuer le trajet inverse sans me perdre. Ce manoir est immense, il doit être magnifique de l'extérieur.

Après quelques hésitations sur l'itinéraire, je parviens à retrouver le bureau de la directrice. Je frappe et la voix froide de ma nouvelle patronne résonne derrière le battant.

— Entrez.

Je pénètre dans la pièce et viens poser le document devant elle.

— Puis-je vous emprunter de quoi signer ?

Je n'ai pas trouvé le moindre stylo dans ma chambre.

Elle lève ses yeux vers moi et un léger sourire vient se dessiner sur son visage.

— Vous prenez la bonne décision.

Je me retiens de lui dire que je n'ai pas vraiment le choix. À aucun moment, elle n'a évoqué les conséquences d'un refus, comme pour laisser sous-entendre que ce n'était pas une option.

J'ai réfléchi un long moment avant de prendre une décision. M'engager pour une durée de cinq ans auprès de l'agence en me pliant à tout un tas de règles m'a d'abord fait peur. Puis, j'ai étendu ma réflexion aux conséquences que cela pouvait avoir sur ma vie. Et la réponse est : rien.

Mes parents voyagent constamment, je ne les verrai donc pas moins qu'avant. C'est la seule famille que j'ai. Pas de conjoint, pas d'enfant. Je n'ai pas non plus de vrai chez-moi. J'ai bien un petit appartement à Londres, mais il ne m'est utile que pour stocker mes maigres affaires, composées en grande partie de vêtements et d'albums photo. Au niveau professionnel, je peux quitter mon poste de consultante quand je veux.

Je suis également passée par toutes sortes d'émotions : l'inquiétude, la crainte, la curiosité et la remise en question.

J'en ai finalement conclu que je n'avais rien à perdre à travailler ici. Et puis, il y a aussi...

Non, je dois oublier ça.

La directrice me tend un stylo et je signe le contrat avant de lui rendre le tout.

— Bienvenue parmi nous, me lance-t-elle.

Elle marque une pause et reprend :

— J'ai tendance à tutoyer mes employés.

— Pas de souci.

— Je te laisse quelques jours de repos pour apprivoiser les lieux et te remettre de ta blessure. Ensuite, tu te rendras ici. C'est là que tu travailleras.

Elle me tend un plan et me pointe un endroit du doigt appelé « la fourmilière ». Je hoche la tête et le saisis.

— Tu auras une double fonction. Tu prendras en charge le suivi psychologique des espions qui en ont besoin et tu effectueras les interrogatoires des criminels que nous t'amènerons.

— Très bien.

Elle m'explique ensuite que, si je veux passer un appel entre ces murs, je dois faire une demande. Pour ce qui est d'Internet, c'est interdit, mais l'agence possède son propre réseau interne. Les contacts avec l'extérieur sont prohibés pour une question de sécurité, ce qui me semble logique, bien que ce soit strict.

Elle m'autorise à passer un coup de fil afin d'avertir mes parents. En revanche, je ne peux pas leur parler directement d'Undershade.

— Ma valise est restée à l'hôtel, à Édimbourg. J'ai également quelques biens dans un appartement à Londres.

— Nous ferons tout transférer. En attendant, il y a une petite boutique ici, ça te dépannera en vêtements.

Par-dessus ses lunettes qu'elle ne porte que pour lire, elle me détaille des pieds à la tête. Je ne vais en effet pas pouvoir porter les habits d'Aedan tous les jours, même si son odeur de pin est plutôt agréable.

Je quitte ensuite le bureau de ma patronne. En refermant la porte j'ai comme l'impression de clore un chapitre de ma vie pour en écrire un nouveau.

Cependant, était-ce le bon choix ? N'ai-je pas accepté trop facilement ? Aurais-je dû négocier pour avoir plus de temps de réflexion ?

Peu importe, ici, je serai à l'abri des menaces de cet homme.

Chapitre 4

Harmony

Mon plan en main, j'arrive à ce fameux endroit que la directrice a nommé « la fourmilière ». Je n'étais pas obligée d'entamer ma fonction si vite, après tout, je suis ici depuis seulement quelques jours. Néanmoins, j'étais curieuse de commencer ma nouvelle vie dans cette agence secrète. Et puis, rester dans ma chambre et déambuler dans les couloirs sans but, ce n'est pas vraiment mon truc. Me mettre au travail m'empêchera de trop cogiter sur les derniers événements.

Et oublier ça.

J'ai donc signalé hier à ma cheffe que j'étais apte à commencer aujourd'hui. Puisque mes tâches ne sont pas d'ordre physique, le médecin y a consenti malgré ma blessure.

L'épaule cependant encore douloureuse, je pénètre dans un open space entouré de plusieurs portes. Chacune d'elles semble mener vers un bureau.

— Bonjour, tu es la nouvelle collègue, c'est ça ? me lance une femme à la chevelure ébène.

— C'est ça. Harmony Davison.

Je lui tends ma main valide et elle la serre en retour.

— Zoe Langford, je suis la cheffe du service psychologique.

Elle m'entraîne ensuite dans sa pièce de travail où une pile de documents repose sur son pupitre parfaitement rangé. Elle saisit le badge et me le donne.

— C'est une carte magnétique. Elle te permettra d'entrer ici.

J'observe l'insigne et fronce les sourcils. Elle comporte une photo de mon visage, la même que sur ma carte d'identité, et quelques informations sur moi.

— Entrer ici ? Comment ça ?

Je n'ai pas eu besoin de clé pour venir.

Zoe rit.

— La porte d'accès était ouverte. En pleine journée, ce n'est pas nécessaire de la fermer. Mais tu en auras besoin si tu arrives la première, ainsi que pour accéder à ton bureau.

Sur ce, elle attrape la paperasse et se dirige vers la sortie. Sans un mot, je la suis.

Elle me conduit devant une autre porte.

— Tiens, déverrouille-la.

Je scanne ma carte sous la poignée qui comporte un boîtier de dernière technologie. Un bip se fait entendre et une lumière verte apparaît. Je pousse le battant et entre.

— C'est ici que tu effectueras tes séances avec tes patients, ajoute-t-elle.

Le bureau est moderne et sobre. Un canapé trône dans le fond, à l'opposé du pupitre et de deux chaises, disposées de part et autre du meuble. Sur ce dernier, un ordinateur m'attend. À sa droite, des cassiers vides ont été placés ainsi qu'un pot à crayons contenant des stylos et une paire de ciseaux.

Seul le tableau au mur fait office de décoration. Peut-être pourrais-je demander l'acquisition d'une plante pour égayer l'endroit ?

La cheffe de service vient poser les feuilles sur le premier casier.

— Je t'ai imprimé ton profil de fonction, tes horaires et la fiche de procédure. Tu pourras prendre connaissance de cela tout à l'heure.

— Tout à l'heure ?

Je me sens bête à répéter ce qu'elle me dit, mais j'ai dû louper une information. Je pensais commencer tout de suite.

— Oui. J'ai reçu un message avant ton arrivée. Les agents ont capturé un passeur. La directrice m'a demandé de t'envoyer en salle d'interrogatoire. Si tu me le permets, j'aimerais être spectatrice de tes talents.

Je cille un instant avant de retrouver une posture droite et professionnelle. Je suis surprise d'avoir déjà un entretien à mener. Tant mieux, il ne faudrait pas que je perde la main.

Nous sortons donc de cette pièce qui est à présent mon bureau.

Zoe m'explique comment maintenir la porte déverrouillée, pour que les espions venant en consultation puissent entrer sans la clé. Elle m'avertit de toujours remettre la sécurité lorsque je quitte les lieux. Ensuite, elle me présente rapidement aux collègues que je salue d'un geste de la main, puis nous quittons l'open space.

La zone dédiée aux interrogatoires n'est pas loin. Il suffit de traverser un couloir et de bifurquer à gauche avant que nous nous retrouvions face à un battant sécurisé.

— Tu y as accès avec ta carte, contrairement aux autres psychologues, puisque tu es la seule d'entre nous à pouvoir mener des interrogatoires de cet ordre, m'informe-t-elle.

— Toute la fourmilière est protégée ainsi ?

— Oui. Les mesures sont plus lourdes ici que dans les dortoirs, puisque c'est dans cette partie de l'agence que sont gardées les données confidentielles.

Après avoir déverrouillé la cloison, nous entrons dans une nouvelle allée. Je masque mon étonnement lorsque j'aperçois Aedan. Il nous toise avant de me lancer un coup d'œil indéchiffrable. C'est sûrement lui qui a amené le criminel ici.

— Tu as déjà du travail, trésor.

J'évite de commenter ce surnom devant Zoe et me contente de l'ignorer.

— On dirait, dis-je avec neutralité.

Je passe la porte devant laquelle le mufle était prostré et débouche dans une antichambre avec une vitre miroir, comme lors de ma première mission pour Undershade, Zoe et Aedan sur les talons.

Une mission qui m'a conduite tout droit ici, avec une balle dans l'épaule en prime.

Une douleur pulse dans mon membre pour répondre à ma pensée. Je la chasse et me prépare mentalement.

— Que sait-on sur lui ?

Pour toute réponse, Aedan me fourre un document dans les mains. Zoe, quant à elle, nous observe en retrait.

— Qu'est-ce que vous foutez là, vous ? crache l'espion en tournant la tête dans sa direction.

— J'ai été autorisée à assister aux prouesses de ma nouvelle collègue, réplique-t-elle sans affect.

Elle doit être habituée à son comportement grossier.

Il marmonne avant de lui ordonner de ne pas nous gêner. J'ouvre le dossier et inspecte les informations qu'il contient avant de suggérer :

— Peut-être aurait-on pu me le communiquer avant. Je serais sans doute plus efficace si on me laissait plus de temps pour étudier les profils des interrogés.

— Désolé, ton accès aux données est limité en quantité et en temps, lâche-t-il. À moi aussi, d'ailleurs.

Je vois. J'avais oublié où j'avais mis les pieds. J'avais l'habitude de travailler comme cela en tant que consultante externe, mais en tant qu'interne j'avais espéré avoir un peu plus de liberté. Ce n'est pas grave, ça ne m'empêchera pas de lui tirer les vers du nez. Apparemment, cet homme est chargé de faire passer la frontière à des jeunes femmes enlevées pour qu'elles soient envoyées vers des pays du nord de l'Afrique.

Je souhaiterais comprendre pourquoi c'est une agence indépendante qui s'occupe de cela, mais j'ai déjà compris que je n'obtiendrais aucune réponse. Et puis, Aedan ne doit probablement pas en être informé non plus.

Il n'est qu'un simple exécutant.

Après avoir pris connaissance des quelques infos dont je dispose sur la situation, je referme le dossier et le rends au mufle.

— Il est bien menotté et attaché, tu peux y aller seule. Je reste ici au cas où, m'annonce-t-il.

— Pas de souci.

Au moins, je ne serai pas distraite par sa présence, bien qu'il n'ait pas été gênant la dernière fois.

Il me confie un micro relié à un enregistreur. Je fixe le premier sur le col de mon chemisier et fourre le second dans mon pantalon.

J'entre ensuite dans le local. Comme d'habitude, je me tiens droite, les épaules déployées et le menton haut. Je me ferme à toute forme d'émotion. Je ne dois rien laisser paraître. La moindre réaction peut se retourner contre moi. Après tout, c'est exactement ce que je fais lorsque j'interroge un criminel.

Tandis que je m'assieds sur la chaise vide, installée à deux bons mètres de lui sans table pour nous séparer, il me lorgne de haut en bas. J'analyse chaque déplacement de ses orbites. Il s'arrête une fraction de seconde sur mon cou, là où se situe une tache visible de mon vitiligo, mais il ne s'y attarde pas plus que ça. Rien qu'à sa façon de me détailler, je comprends qu'il m'inspecte comme une marchandise.

Ce type fait passer la frontière en douce à des filles. C'est donc évident qu'il les considère comme de simples produits.

— Alors, Marcello.

— Je m'appelle Owen, me corrige-t-il spontanément.

Je souris intérieurement. Il a mordu facilement à l'hameçon. Son léger pli sur le front et sa mâchoire serrée me donnent déjà plusieurs informations sur son langage corporel. Je continue donc à énoncer des faits, faisant parfois exprès de me tromper pour creuser mes analyses. Une fois que j'estime l'avoir assez cerné, je débute l'interrogatoire proprement dit. D'après les documents, je suis chargée simplement de le faire parler afin de savoir s'il sait d'où viennent les femmes qu'il fait passer et pour le compte de quel trafiquant.

En raison de son comportement et de ses réactions, je choisis d'utiliser une technique de manipulation assez connue. Celle-ci consiste à poser une question dérangeante, à laquelle la personne refusera forcément de répondre. Puis, de reformuler la requête de départ de manière à la rendre davantage acceptable. Par exemple, si un patron veut que son employé lui rédige trois rapports en une heure, il commencera par lui en demander cinq. L'employé refusera, en expliquant que c'est infaisable. Alors, le chef réduira à trois. Le nombre étant inférieur à cinq, le salarié acceptera plus facilement, bien que la tâche reste trop lourde.

Je base donc mes questions sur le même schéma : j'en demande beaucoup trop, pour poser ensuite une question qui paraît plus raisonnable. À chaque fois, le hors-la-loi tombe dans le panneau.

Bien sûr, il finit par s'en rendre compte et s'emballe. Son énervement rend son discours moins contrôlé, il accumule les lapsus et les confirmations non verbales, en écarquillant les yeux ou en déglutissant trop fort.

Déstabiliser et faire perdre son sang-froid à la personne, voilà deux méthodes qui marchent quasiment à chaque fois.

Lorsque je constate que nous tournons en rond, je me lève et mets fin à notre entretien. Je rejoins ensuite l'antichambre. Je coupe le micro et le tends à Aedan qui me fixe avec un petit sourire en coin.

— C'est incroyable, déclare Zoe. Ce genre de technique est bien connue, mais l'appliquer aussi bien de façon si concrète est impressionnant. Et cette analyse du corps, c'est vraiment fascinant.

— Merci.

Nous quittons l'aile réservée aux entrevues et regagnons l'open space du secteur de psychologie.

Je passe le reste de la journée à discuter plus amplement avec mes nouveaux collègues et à intégrer le fonctionnement du service.

En fin d'après-midi, après un passage chez le médecin pour enlever les fils de ma plaie, je retourne dans ma chambre.

« La cicatrisation se déroule bien, dans quelques jours, les pansements ne seront plus nécessaires », m'avait-il dit. « En ce qui concerne les douleurs, c'est assez imprévisible, mais ça devrait rapidement se réduire à une simple gêne. »

Je m'allonge dans mon lit et fixe le plafond, réfléchissant à ce premier jour de travail Bien que je sois plongée dans un tout nouvel environnement, je me sens assez confiante. Mon entrée ici a été stressante et insolite, mais je n'éprouve plus aucune appréhension, je suis même curieuse de découvrir où cela va me mener.

Et puis, je suis en sécurité.

Chapitre 5

Harmony

Voilà dix jours que je bosse ici. En ce qui concerne le boulot, c'est comme si j'y étais depuis des années, et ma blessure à l'épaule, quant à elle, n'est presque plus douloureuse. En revanche, pour le reste, c'est plus compliqué. Je m'ennuie terriblement en dehors de mes heures de service. Cette sédentarité va demander un moment d'adaptation à la nomade que j'ai toujours été.

J'ai également exploré les lieux afin de m'en imprégner. Je me perdais au début, mais maintenant j'ai intégré l'essentiel : le chemin jusqu'à la cantine, le dortoir et la fourmilière. Cette dernière est le nom communément donné au lieu qui réunit tous les travailleurs qui ne sont pas des agents de terrain. En plus de mon secteur, elle est composée du département informatique, médical et administratif.

Si je ne suis qu'une psychologue parmi tant d'autres, je suis en revanche la seule spécialisée en analyse des comportements. Je suis donc celle à qui on attribue d'office la tâche des interrogatoires. Les suivis psychologiques ne sont là que pour compléter mes horaires quand je n'ai personne à interroger, comme a pu le démontrer mon entretien de l'autre jour.

Zoe n'a pas hésité à faire part de mes prouesses.

Mes confrères sont sympas, ils m'ont bien accueillie et intégrée. Cependant, je ne les vois pas en dehors de mes heures de travail.

Je jette un coup œil à la plante que j'ai finalement obtenue et m'installe à mon bureau, prête à commencer ma nouvelle journée. J'allume le PC mis à ma disposition et ouvre le premier rapport de la liste qu'on m'a envoyée. Chaque jour, le service administratif me transmet les dossiers à traiter pour la journée.

Quand mes yeux se posent sur les informations qui viennent d'apparaître sur l'écran, ils s'écarquillent.

Nom : Aedan McCarthy

Matricule : Shadow

Nationalité : Irlandais

Mon premier suivi de la journée est avec ce mufle ? On va s'amuser.

Je l'ai très peu revu ces derniers jours. Il est allé en mission, d'après ce que je lis dans le dossier. Il a été chargé d'arrêter un trafiquant de médicaments qui faisait une escale à Brighton. Apparemment, il y a eu des pertes humaines. Ma tâche est donc d'évaluer son état psychologique.

Je continue de parcourir le document numérique. J'ignore pourquoi, mais cet homme m'intrigue plus que les autres agents que j'ai pu rencontrer.

Et je vais enfin pouvoir découvrir ce qui attisait tant ma curiosité : son passé.

Le passé criminel des agents est souvent décrit avec le strict minimum d'informations puisque Undershade a la volonté de leur offrir une deuxième chance, un moyen de se racheter. Mais l'agence ne peut pas totalement effacer ce passé, car parfois il peut encore impacter le présent des espions. Surtout sur le plan psychique.

J'apprends donc qu'Aedan est un ancien membre de la mafia irlandaise. C'est lui qui a contribué à démanteler le cartel.

Deux lignes. Voilà à quoi sont résumés ses antécédents. J'ignore ce qu'il a vécu et surtout ce qu'il a fait.

Je soupire, ce n'est pas aujourd'hui que j'en apprendrai plus sur lui.

Soudain, la porte s'ouvre à la volée. Absorbée par ma lecture, je sursaute. Aedan s'assied sur le canapé près du mur, sans même me saluer.

— Bonjour à toi aussi.

Il me lance un regard mauvais.

— Dépêchons-nous, qu'on en finisse, maugrée-t-il.

Comme je m'en doutais, il n'aime pas ces rendez-vous.

Je lui proposerais bien de s'asseoir sur la chaise qui me fait face, mais je sais d'avance qu'il ne bougera pas. J'évite donc de le contrarier. Il va falloir que je le brosse dans le sens du poil si je veux obtenir des infos de sa part, même si je l'avoue... j'aime l'agacer.

— Alors, comment s'est passée ta dernière mission ?

— Tu le sais très bien. Tu l'as lu dans mon dossier.

— Ce que j'ai lu n'a aucune importance. Je veux ta version.

Il s'immobilise, arrêtant de triturer les bagues qui ornent ses doigts. Son regard sombre se dirige lentement vers moi. L'odeur de pin me revient en tête, si bien que j'ai l'impression de la sentir comme si je portais encore son pull.

— Ils nous ont attaqués. Certains de nos gars sont morts. Point.

Il me résume cela avec un détachement inquiétant.

— Et qu'est-ce que ça te fait ?

Il hausse les épaules.

— C'étaient des types sympas, mais ils sont morts. En faire tout un foin ne les ramènera pas.

Sa mentalité ne me choque pas. J'ai l'habitude de côtoyer des criminels qui banalisent la mort. Et apparemment, le fait que ceux-ci se soient rangés n'y change rien.

Puis, Aedan étire un sourire carnassier sans arrêter de me fixer.

— Et de toute façon, j'ai buté ce trafiquant et ses sbires.

Je dois fournir un effort colossal pour garder mon attitude neutre et ne pas me décomposer, car ses paroles me font froid dans le dos. Il adore essayer de me déstabiliser et je déteste ça.

— Tu les as tués ? Tu ne devais pas simplement les arrêter ?
Il ricane et se lève du canapé. Il rejoint mon bureau et pose ses deux mains dessus. Il se penche pour que son visage se retrouve face au mien et me murmure :
— La directrice te l'a pourtant dit, trésor.
Nous sommes libres de nos méthodes.
Je me doutais que cette phrase sous-entendait des procédés discutables, mais le meurtre pur et simple... pour la paix, c'est inconcevable.
— Et tu les as tués par légitime défense ? Pour venger tes collègues ?
Il ne recule pas. Son nez frôle presque le mien et je sens son souffle me caresser les lèvres. Un frisson agréable parcourt ma colonne vertébrale.
— Je les ai butés parce qu'ils méritaient de mourir.
Mon rythme cardiaque s'accélère. L'homme que j'ai en face de moi n'est pas meilleur que les criminels que j'interroge avant qu'ils ne finissent en prison.
Une part de mon être a le cœur soulevé. Je travaille pour un organisme dont seule la finalité compte, peu importe les moyens. Mais d'un autre côté j'ai rencontré tellement de cultures avec des mœurs différentes... Je ne sais pas quoi en penser.
Je m'applique à ne rien laisser paraître de mon ébranlement et me contente de lui dire :
— Je vois. Intéressant.
Aedan se redresse avant de retourner s'affaler sur le canapé comme s'il était chez lui. Il commence à faire tournoyer entre ses doigts la paire de ciseaux qu'il a attrapée sur mon bureau.
— Vas-y, analyse-moi, me lance-t-il avec nonchalance.
On dirait presque que ça l'amuse.
— Une indifférence face à la mort. Une justification du meurtre par la détermination de qui peut vivre ou mourir. Un amusement à se placer dans le rôle du méchant.
Il arrête de faire tournoyer son arme de fortune, presque surpris par ma réponse. Je continue :

— Il y a plusieurs explications possibles, mais je dirais que, si ta morale n'est pas conforme à la norme, c'est parce que tu as vécu dans un système où la mort et le meurtre étaient banalisés.

— Ma morale n'est pas conforme à la norme, répète-t-il en riant. C'est une façon bien jolie de formuler les choses, trésor.

— Tu appelles tous tes psys « trésor » ?

— Non, juste toi, sourit-il.

Il lance la paire de ciseaux qui vole à travers la pièce pour se planter dans la toile qui décore le mur derrière moi.

Ce mec est complètement malade.

Il se lève comme si de rien n'était.

— Bien, je pense qu'on a terminé.

Et, sans même me laisser le temps de répliquer, il sort de la pièce, laissant derrière lui un silence étrange. Je finis par soupirer.

J'en ai rencontré des drôles d'énergumènes, mais lui, c'est un collector. Toutefois, je ne vois pas en Aedan un homme mauvais. Il se considère comme un monstre et je suis presque certaine que sa nonchalance n'est qu'une carapace. Je parierais même sur le fait qu'il se hait lui-même.

Néanmoins, sans information sur son passé ou sans confession de sa part, je ne peux pas l'aider.

J'expire et chasse ce sentiment d'impuissance qui tente de s'immiscer dans ma poitrine. Ça fait bien longtemps que j'ai accepté le fait que je ne sauverai pas tout le monde. Je continue donc mon travail en essayant d'oublier les yeux verts du mufle.

À la fin de la journée, je rejoins les dortoirs. Une fois face à ma porte, je glisse la clé dans la serrure. Je fronce les sourcils quand je constate une résistance dans le mécanisme.

Tiens, étrange.

Je m'acharne sur le barillet, ne comprenant pas pourquoi je ne parviens pas à faire tourner la clé. Ça a pourtant fonctionné ces dix derniers jours.

Soudain, j'entends un cliquetis métallique et la porte s'ouvre sur Aedan, torse nu avec une simple serviette autour de la taille, ses cheveux mouillés dégoulinant sur ses épaules. Cette vision plus agréable éveille une pointe de désir dans mes entrailles.

Je le détaille de haut en bas. Sans surprise, j'ai en face de moi une montagne de muscles. Je me demande bien ce qu'il faisait dans la mafia pour avoir développé un corps si vigoureux. Je m'intéresse ensuite à ses tatouages qui remontent jusqu'à son cou.

Il croise les bras.

— Qu'est-ce que tu fous ? Pourquoi tu essayais d'entrer ?

— Je pensais que c'était ma chambre.

Il pointe la porte sur la gauche avec son pouce.

— C'est la porte à côté.

Je tourne la tête dans la direction qu'il m'indique. Je me sens soudainement bête. Toutefois, je me garde bien de le lui montrer.

— À moins que ce soit notre entrevue de tout à l'heure qui t'ait bouleversée.

— Ne sois pas prétentieux. Ton cas est loin d'être le pire auquel j'ai été confrontée. Tu fais même partie des nounours.

Il crispe la mâchoire, indigné. Je savais que j'allais toucher son ego. Ce n'est pas très pro, ni même mature comme réaction, mais c'est plus fort que moi. Et puis, je ne suis plus en consultation.

— Ah oui ?

Il attrape mon poignet, sans violence mais avec une certaine fermeté, et me tire à l'intérieur. Il tente encore de m'intimider.

Je ne me laisse pas faire et lui assène un coup dans l'entrejambe. Ce geste risquait de faire tomber sa serviette, mais il en valait la peine.

— Putain, crache-t-il en se pliant en deux.

— Désolée pour le dérangement, *trésor*.

Sur ce, je lui tourne le dos et rejoins ma porte. Je sens le poids de son regard assassin dans mon dos. Je choisis de l'ignorer royalement et, cette fois, insère la clé dans la bonne serrure.

Je m'allonge sur mon lit, les yeux rivés vers le plafond. Je repasse en boucle la journée et mes pensées reviennent forcément se focaliser sur ma séance avec Aedan.

Matricule : Shadow.

Depuis mes débuts ici, j'ai pu remarquer que les noms de code attribués aux agents étaient souvent liés à leur passé.

Par exemple, hier, j'ai suivi une ancienne pyromane dont le matricule est « Firestone ». Ou encore un ancien tueur à gages qui porte le nom de code de « Headshot ».

L'explication est assez évidente pour ceux-là, mais pour Aedan, c'est plus flou.

Shadow. L'ombre.

Ça pourrait vouloir dire tellement de choses. Mon instinct me dit que ce mufle irlandais cache bien des secrets. Et en plus, c'est mon voisin de chambre, ce qui risque de mettre mes nerfs à rude épreuve.

Chapitre 6

Aedan

Je pénètre dans la grande bibliothèque de l'agence. Le silence m'y accueille. C'est parce que les lieux sont encore déserts que je m'y rends à cette heure-ci. Je n'aime pas vraiment la foule.

La pièce aux arches élevées est éclairée par les premiers rayons du soleil. Je ferme les yeux un instant pour profiter du calme ambiant quand un soupir me parvient aux oreilles. J'ouvre les paupières et fronce les sourcils.

Il y a quelqu'un.

Je m'avance et déambule entre les hautes étagères afin de trouver la source de ces ronflements. Soudain, dans l'un des canapés installés dans un coin, j'aperçois une silhouette. Je m'approche et découvre Harmony endormie, un livre ouvert sur la poitrine.

Mais qu'est-ce qu'elle fout ici ? Elle n'a tout de même pas passé la nuit dans cette bibliothèque ?

J'en profite pour la détailler… Elle est vêtue d'un simple pull et d'un pantalon de jogging assorti. Sa longue chevelure bouclée cache ses épaules et des mèches rebelles s'épanouissent sur l'accoudoir du sofa. Comment peut-elle dormir si tranquillement ? Elle a vraiment l'air mal positionnée. Et dire que c'est cette femme à l'apparence innocente qui m'a donné un coup dans les burnes quelques jours plus tôt. Une chose est sûre, ça n'arrivera plus.

Je décide de me détourner d'elle et de faire ce pour quoi j'étais venu : chercher un livre. À peine ai-je tourné les talons qu'un bruit sourd retentit contre les étagères. Elle a bougé et vient de s'étaler au sol. Quel boulet.

Je fais volte-face et la vois se réveiller en sursaut, désorientée. Il lui faut plusieurs secondes pour se resituer. Elle est trop lente. Sur le terrain, elle serait déjà morte.

— Aedan ?

La façon dont elle prononce mon prénom me dérange. À chaque fois, une décharge me parcourt l'échine.

— Qu'est-ce que tu fais là ? reprend-elle.

— C'est moi qui devrais te poser cette question.

Elle plisse les sourcils et observe ensuite les alentours. Elle écarquille les yeux lorsqu'elle prend conscience que le soleil commence à percer le ciel à travers la haute fenêtre.

— J'ai passé la nuit ici ?

— Ouais.

Elle se penche pour ramasser le livre qui l'a accompagnée dans sa chute et j'en profite pour m'éloigner d'elle en lui tournant le dos.

— Ça n'explique toujours pas ce que tu fais ici un dimanche matin, lance-t-elle.

— C'est toi l'observatrice. Qu'est-ce que je pourrais bien foutre dans une bibliothèque, à ton avis ?

Je l'entends trottiner derrière moi.

— Emprunter et rapporter un livre, mais…, commence-t-elle.

Elle marque une pause.

— Attends, tu lis ?

— Pourquoi ? Ça te surprend ? Il faut bien que je comble mon temps libre.

Je ne supporte pas de rester inactif dans ce manoir. J'ai besoin d'action, mais la directrice ne m'a toujours pas envoyé sur le terrain. Je n'en peux plus, si je n'occupe pas mon esprit, les démons de mon passé reviendront me dominer. Je dois trouver de quoi me distraire jusqu'à ma besogne de cet après-midi.

— Non, ça ne me surprend pas.

Je ricane.

— Tu l'as lu dans mon langage non verbal ?

— Tu ne l'as pas vraiment laissé paraître. J'interprète des comportements, je ne suis pas médium, clarifie-t-elle.

Voyant qu'elle continue de me suivre, je me rembrunis et réponds d'un ton déplaisant :

— Quel dommage.

— Quelle mauvaise humeur dès le matin.

— Je n'aime pas qu'on me colle au train.

— Tu préfères que je marche devant pour mater le mien ? ironise-t-elle.

Je tourne mon regard dans sa direction et souris.

— La vue est en effet plus agréable.

Elle lève les yeux au ciel et change de direction pour se diriger vers la sortie.

— Quel mufle ! peste-t-elle pour elle-même.

Je laisse échapper un rire amusé. Cette fille est intéressante. Elle fait preuve d'un recul incroyable lorsqu'elle porte sa casquette de psy, mais réagit avec un tempérament surprenant lorsqu'elle est hors du cadre professionnel.

J'attrape le premier livre policier qui me tombe sous la main et quitte ensuite la bibliothèque. Je regagne ma chambre et tente de me plonger dans l'histoire, sans vraiment y parvenir. Cette fois, ce ne sont pas les ombres de mon passé qui viennent me distraire, mais la silhouette endormie d'une certaine personne.

En milieu d'après-midi, je me rends dans l'aile nord, un couteau à la main.

L'un des vigiles qui gardent la porte au fond du couloir s'écarte et me laisse passer. Je descends ensuite les marches en pierre qui s'enfoncent dans les entrailles de la Terre. Je me dirige vers les cachots, le lieu que tout le monde préfère éviter au sein de l'agence.

Moi, je m'y sens à ma place, c'est devenu mon domaine, car je suis le seul à effectuer la tâche que je m'apprête à faire.

Je pénètre dans l'une des cellules où un mec est attaché. C'est l'un des malfrats qui est entré dans la planque au début du mois pour délivrer Holmadoff. Ils ont finalement tous été arrêtés par mes collègues et ramenés ici avant-hier. Harmony les a interrogés et une constante est ressortie : c'est le criminel qui me fait face qui dirigeait les opérations. C'est lui la tête pensante.

Contrairement à ce qu'elle a obtenu de ses complices, la psy n'a pas réussi à tirer grand-chose de lui. C'est d'ailleurs parce que la méthode douce a échoué que je suis là. Je vais utiliser la manière forte pour lui faire cracher le morceau.

— Harmony n'a pas réussi à obtenir les informations que nous désirions, m'avait appris la directrice hier.

— Voulez-vous que je m'en charge ?

— Fais ce qu'il faut. On doit impérativement savoir comment il a obtenu les coordonnées de notre repaire à Édimbourg et des renseignements sur notre système de sécurité.

J'avais acquiescé avant de m'en aller. Shadow avait enfin une mission à accomplir. Car, de même que j'étais l'ombre de la mafia irlandaise, je suis à présent l'ombre de l'agence Undershade.

Celui qui fait le sale boulot.

Celui qui se tache les mains et qui, malgré tout, parvient à dormir la nuit.

Je suis la part d'ombre des services secrets, le revers obscur de la société et de ses grands principes. Ce que je m'apprête à faire, de nombreuses lois le puniraient et la morale le condamnerait. Dans l'ombre de la paix se cachent des monstres, et j'en fais partie.

— Salut, connard.

À mes paroles, l'homme enchaîné et agenouillé au sol relève la tête. Il garde le silence. Je m'approche de lui et, je lui écrase la tête par terre avec mon pied, souillant en même temps la Déclaration universelle des droits de l'homme.

— Il paraît que tu ne veux pas parler ? Quel mauvais choix.

Je frotte un peu plus sa sale gueule contre le béton. À part un grognement de douleur, il n'émet aucun autre son.

Je sors de ma poche un magnétophone pour enregistrer notre petit échange. Ça m'évite de tout mémoriser au mot près. Je suis déjà assez concentré sur mon office. Je l'allume et le refourre dans le tissu de mon pantalon.

— Je ne vais pas me répéter, alors ouvre bien tes oreilles. Comment as-tu localisé la planque où était détenu Holmadoff ?

Le prisonnier ricane sans répondre. Je reprends :

— Bien, si tu veux jouer à ça.

J'ôte mon pied et me penche. Je l'attrape par le col et l'oblige à se redresser sur ses deux jambes. Je viens poser la lame de mon couteau contre sa joue à l'aide de ma main libre. Un éclair de panique passe dans son regard.

— Tu vas me torturer, c'est ça ? Tu n'es pas censé être passé du côté des gentils ?

Je ris avec ironie.

— Il n'y a pas de gentils dans ce monde.

J'ai changé de camp, j'ai rejoint celui des « bons », mais ce n'est pas pour ça que je suis devenu meilleur. Je suis toujours le même qu'avant et j'exécute exactement la même sale besogne. La différence, c'est que mes actes ne sont plus considérés comme criminels parce qu'ils sont commis au service de ceux qui font les lois, qui décident ce qui est bien ou mal.

J'enfonce légèrement ma lame dans la chair de son visage pour lui infliger une petite balafre.

— Alors ? Tu as quelque chose à me dire ?

— Va te faire foutre ! crache-t-il.

— Très bien, tu l'auras voulu.

D'un geste sec, je lui entaille la moitié de la face. Il pousse un hurlement qui résonne dans les couloirs des cachots.

— Zut, je n'aurais pas dû commencer par ta sale tronche. Il faut que tu puisses parler. Je vais m'attaquer aux doigts.

Je saisis sa main et approche l'arme de ses phalanges. Ma victime se débat, en vain. Je pose ma lame sur son index et attends quelques secondes pour lui laisser l'opportunité de parler.

Rien ne vient.

— Je ne l'ai pas aiguisé, je ne pourrai pas faire ça proprement, désolé.

Et je commence à scier son doigt avec barbarie, les mains déjà pleines de sang à cause de la plaie infligée à sa joue. Il beugle comme une vache à l'agonie.

— Je vais parler, je vais parler ! s'exclame-t-il.

Je m'arrête.

— Tu vois, ce n'était pas si compliqué.

Il me dévisage, horrifié par mon calme. Je me demande ce que Harmony pourrait tirer de son langage corporel si elle était là. L'attitude de cet homme a déjà changé. Je suis sûre qu'elle ferait des interprétations intéressantes.

Toutefois, je chasse cette réflexion. Elle ne doit jamais savoir ce qui se passe ici. Elle ne le cautionnerait pas. Peu de travailleurs de la fourmilière l' approuveraient, d'ailleurs.

Je m'écarte d'un pas et plante mon regard dans celui de cette pourriture.

Pourriture.

J'en suis une tout autant.

— C'est un indic qui m'a donné les infos, finit-il par avouer.

— Quel indic ?

Il hésite.

— Un espion de votre agence.

Face à cette révélation, mon sang ne fait qu'un tour dans mes veines. C'était une possibilité que j'avais envisagée, mais l'entendre se confirmer me fout en rogne. Je fais un pas vers lui. Il tente de reculer, mais il est déjà dos au mur et bridé par ses chaînes.

— Qui ?

— J'ignore son vrai nom, il se fait appeler Darkside.

Darkside ? Ce nom de code m'est étranger. Je suppose que le traître qui habite ce manoir est assez malin pour ne pas donner son matricule d'agent.

— Décris-le-moi.

— Grand et mince. Il est blond avec des cheveux coupés très courts. Il a une petite cicatrice sous l'œil.

Une cicatrice sous l'œil ? L'image du coupable m'apparaît : un collègue dont le matricule est Redgun.

Je crispe la mâchoire. L'enflure.

Je me reconcentre ensuite sur ma victime et étire un sourire. Je pose ma main sur son épaule. Avec sa balafre ensanglantée, il ne ressemble vraiment plus à rien.

— Merci, dis-je avec un léger sarcasme dans la voix.

— Tu vas me libérer de cet endroit, hein ? Je vais aller dans une prison normale ?

Un rire éclot dans ma gorge. Mon interlocuteur se décompose face à ma réaction.

— Malheureusement, je ne vais pas pouvoir te laisser quitter ce lieu en vie.

Il s'agite, terrifié par la signification de mes paroles.

— Non ! Tu ne peux pas me tuer ! J'ai parlé !

— Chut, chut, chut.

Je lève ma main pour poser le couteau sur ses lèvres. L'angoisse dévore ses prunelles, mais il se tait.

— Pitié, finit-il par m'implorer.

— Désolé.

Je formule ce mot d'excuse avec indifférence. Je ne le pense pas. Ça n'a d'ailleurs pas de sens de s'excuser avant d'ôter la vie à quelqu'un.

Je cesse de faire traîner les choses et l'égorge rapidement. L'homme tombe à genoux en se vidant de son sang. Son corps sans vie s'effondre ensuite au sol.

Puis, je m'attelle à tout nettoyer.

Une fois ma tâche accomplie, je remonte et me dirige vers le bureau de la directrice. Je dois impérativement l'informer de l'identité de la taupe.

— Merci, Shadow, me lance-t-elle après mes explications. Je me charge de la suite. Charge-toi de retranscrire l'extrait pour le dossier.

Je quitte la pièce pour regagner ma piaule.

Je franchis la porte et referme le battant derrière moi. Je m'adosse ensuite quelques secondes contre celui-ci et baisse le regard vers mes paumes. Il n'y a plus la moindre tache de sang sur celles-ci, comme si rien de tout ça n'avait été réel.

Je soupire et décide de me mettre à cette retranscription.

Avant de m'installer derrière mon pupitre pour dactylographier cette scène d'horreur, je fourre ma main dans ma poche à la recherche de l'objet.

Mais ma dextre ne rencontre que du vide. Il n'est plus là.

Ce putain d'enregistreur n'est plus là.

Chapitre 7

Harmony

Au loin, j'aperçois Aedan pénétrer dans le bureau de la directrice. Qu'est-ce qu'il peut bien faire là un dimanche ? Les espions n'ont pas droit à un jour de repos ? Et la directrice, n'a-t-elle pas une vie ? J'ai pourtant remarqué lors de notre première rencontre qu'elle portait une alliance. Quand voit-elle son mari ?

Le souvenir de ce matin me revient en tête. Comment ai-je pu m'endormir sur le canapé de la bibliothèque sans me réveiller ? J'ai vraiment eu l'air d'une cruche. En plus, il a fallu que ce soit ce mufle qui assiste à la scène.

J'ai découvert l'endroit hier, après mon service. J'avais passé la journée à interroger les bandits qui avaient pénétré dans la planque à Édimbourg lors de mon premier entretien pour l'agence. J'avais ensuite ressenti le besoin de me vider la tête. Après tout, j'ai été blessée ce jour-là. C'est cet incident qui m'a conduite ici aujourd'hui, dans ce manoir se situant dans le nord de l'Écosse.

Et de toute évidence j'étais épuisée, au point de m'assoupir en pleine lecture.

Je chasse toutes ces réflexions de ma tête et m'apprête à reprendre ma route quand un objet attire mon attention. Non loin du battant qu'Aedan vient de refermer, un petit boîtier rectangulaire aussi fin qu'un smartphone brille au sol. Je m'approche et le ramasse. On dirait un enregistreur. Ça doit être à lui.

Je le fourre dans la poche de mon jogging et regagne ma chambre en croisant quelques collègues avec qui j'échange deux trois mots. Une fois arrivée, je pars me passer un peu d'eau sur le visage et reviens dans la pièce principale. En voyant mon lit complètement défait, je pousse un soupir et m'attèle à arranger les draps. Dans mon mouvement, le magnétophone – que j'avais déjà oublié – chute de mon pantalon. En heurtant le sol, son contenu s'enclenche.

« Je ne vais pas me répéter, alors ouvre bien tes oreilles. Comment as-tu localisé la planque où était détenu Holmadoff ? » commence la voix d'Aedan.

Un ricanement lui répond.

« Bien, si tu veux jouer à ça », reprend-il.

« Tu vas me torturer, c'est ça ? Tu n'es pas censé être passé du côté des gentils ? »

Le mufle rit.

« Il n'y a pas de gentils dans ce monde. »

Plus la conversation avance, plus l'horreur s'empare de moi. Si je n'étais pas déjà assise, mes jambes se seraient probablement dérobées sous mon poids.

Les hurlements de l'homme dont la voix m'est étrangement familière me donnent envie de me boucher les oreilles. Toutefois, j'écoute l'enregistrement jusqu'au bout.

Lorsque le silence revient dans la pièce, je reste immobile plusieurs minutes, la main posée sur la bouche. Je finis par digérer ce que je viens d'entendre et me relève difficilement.

Aedan a torturé ce type. Je suppose qu'il s'agit du seul malfrat dont je n'ai rien tiré lors de mes interrogatoires d'hier. Alors voilà ce qui arrive quand j'échoue ?

Je ferme les yeux et respire.

Calme-toi, Harmony. Tu n'as rien à te reprocher. Tu n'es pas responsable de ça.

Je maîtrise mes émotions et tente de faire preuve de rationalité. Nous sommes dans une agence de services secrets. Et le mot « secret » cache souvent une zone d'ombre, des cachotteries inavouables.

Tandis que je m'efforce de prendre du recul sur la situation, la porte s'ouvre à la volée. Je sursaute légèrement et rouvre les paupières.

— La psy, tu n'aurais pas...

Aedan s'interrompt. Ses yeux viennent de se poser sur le magnétophone.

— Alors c'est toi qui l'as.

Sa voix est devenue froide, pour ne pas dire glaciale. Il lâche ensuite un bref rire sans joie.

— Et vu ta tête, tu l'as écouté.

— Assieds-toi.

Mon ton est posé et ne laisse paraître aucune trace des émotions qui m'ont précédemment bouleversée. Il secoue la tête et s'avance pour saisir l'objet qu'il fourre dans sa poche.

— Non, je n'ai pas le temps de...

— Aedan, s'il te plaît, assieds-toi.

Il s'arrête et me dévisage quelques secondes. Ce n'est plus Harmony qui lui parle, mais la psy. Il lâche un grognement de mécontentement, mais se résigne. Il s'assied sur le pupitre tandis que je pars fermer le battant. Je viens ensuite prendre place sur le rebord de mon lit.

— Laisse-moi deviner, commence-t-il avec mépris. Tu vas me faire un laïus sur le fait que la torture c'est mal ?

— Non. Je ne compte pas juger tes actes ni te faire un discours manichéen sur le bien et le mal. Ça ne m'intéresse pas.

— Alors qu'est-ce que tu veux ?

— Je veux savoir comment tu te sens.

Il éclate de rire. Je le laisse s'esclaffer et attends qu'il redevienne silencieux de lui-même.

— Tu es sérieuse ? lance-t-il en constatant que je ne réagis pas.

— Parfaitement.

Il hausse les épaules.

— Je ne ressens rien.

— On ne ressent jamais « rien ».

— Tu ressens quelque chose quand tu vas chercher ton pain à la boulangerie ?

Il ne m'a pas répondu clairement, mais son exemple est suffisant. Sans surprise, il considère ce qu'il vient de faire comme un acte banal. Ce qui signifie qu'il fait ça depuis un moment. Je suppose que si la directrice lui confie cette tâche, c'est parce qu'il l'effectuait déjà auparavant. Ça m'étonnerait qu'il soit forcé de le faire.

— C'est ça que tu faisais avant, dans la mafia ?

Il me jette un coup d'œil avant de fixer un point invisible devant lui. Je prends ça comme un oui. Je laisse volontairement le silence retomber dans la pièce. Aedan reporte alors son regard sur moi.

— Pourquoi tu ne dis rien ? me demande-t-il.

Il y a de la colère dans sa voix. Une aigreur qui, je le sais, n'est pas dirigée contre moi.

— Que veux-tu que je te dise ? Que tu es un monstre ? Que c'est mal ?

Une lueur de surprise passe dans ses prunelles. Mon calme et ma tolérance semblent l'étonner.

— C'est ce que de nombreuses personnes diraient.

— Je n'ai pas entamé cette conversation pour te dire ce que je pense. Est-ce que j'ai un avis personnel sur la question ? Oui, mais te le donner ne changerait rien. Ce que je veux, c'est *ta* perception de la réalité.

Il me toise d'une façon indescriptible.

— C'est bien un truc de psy, ça. De belles paroles, c'est tout ce que c'est.

Je soupire. Il n'est pas réceptif et ça ne devrait pas me surprendre. Je décide alors de m'y prendre autrement.

— Est-ce que, pour toi, cet homme méritait d'être torturé ?

— Oui. Il possédait des informations essentielles à la sécurité de l'agence.

Je souris. On en revient à ce concept de « mérite ». Sans le savoir, il me prouve qu'il possède sa propre échelle de valeurs dans laquelle il prioritise certaines au détriment des autres. Au fond, c'est ce que tout le monde fait.

— Pourquoi tu souris ?

— Pour rien. Est-ce que tu torturerais ou tuerais un innocent ?

— Je le faisais avant, mais je ne le ferais plus aujourd'hui. Je n'ai aucune raison de m'en prendre à quelqu'un qui n'a rien fait.

— Un enfant ? Une femme ?

— Un enfant, jamais. Une femme, oui, si elle est coupable. Je ne fais pas de différence.

Intéressant, on avance.

— Et que penses-tu des gens qui commettent des meurtres et qui torturent ?

— Ils méritent de subir la même chose.

Il m'a répondu spontanément. Lorsqu'il se rend compte que ses pensées ont franchi ses lèvres, il se raidit.

On y est. Je viens d'avoir une confirmation de l'une de mes hypothèses.

— Tu estimes que tu mériterais ce sort ?

— Ouais, je mériterais qu'on me colle une balle entre les deux yeux.

J'avais donc visé juste : Aedan se déteste lui-même. C'est ça qu'il ressent, de la haine pour sa propre personne.

Je hoche la tête sans émettre le moindre commentaire et un nouveau silence enveloppe la pièce. Aedan contemple le sol, la mine pensive. C'est certainement la première fois qu'il prononce ces paroles à voix haute avec sincérité. C'est une sorte d'aveu qu'il se fait à lui-même. Ça le chamboule, je le vois à ses doigts crispés sur le rebord du pupitre et au pli formé entre ses sourcils.

Il finit par sourire et pose son regard sur moi.

— Tu es fourbe.

— Ce n'est pas de la fourberie.

— Tu vas faire quoi ? Écrire un rapport ? ricane-t-il.

Il n'a pas confiance en moi et ne croit pas en ma bienveillance.

— Non, je ne suis pas en service.

— Ce n'était donc pas une séance ? ironise-t-il.

— Si, mais une séance informelle. Ça restera entre nous, et dès que tu quitteras cette pièce, cette discussion s'effacera.

— Parce que tu vas l'oublier ?

Il descend de son perchoir et vient me faire face. Je me lève à mon tour, les genoux encore appuyés contre le bord de mon lit.

— Non, mais je ne reviendrai pas dessus.

Il se penche et plante ses iris dans les miens. Son visage est si proche que je peux entendre le rythme régulier et presque inaudible de sa respiration. Une fine mèche cuivrée s'échappe de sa chevelure attachée en chignon au creux de sa nuque. Instinctivement, je viens la replacer derrière son oreille. Il me laisse faire sans bouger. Mes doigts effleurent sa joue, puis son oreille.

Il saisit mon poignet avec légèreté. Son contact me brûle agréablement la peau. La cadence de mon cœur qui était calme jusqu'à présent s'emballe.

Il porte ensuite mon poignet à ses lèvres et y dépose un baiser sans me lâcher du regard. Sa bouche laisse sur ma peau une sensation de picotement plaisant.

— N'essaye pas de m'aider, trésor. Je ne peux plus être sauvé, me murmure-t-il.

Il a finalement compris que je tentais simplement de lui apporter mon aide. Je ne réponds pas et me contente de le fixer. Je n'arrive pas à détacher mon regard de ses prunelles d'un vert si sombre, son odeur de pin m'enveloppe et l'image d'une forêt s'imprime dans mon esprit. C'est la première fois que sa beauté me frappe avec une telle évidence.

Il finit par lâcher mon poignet qui retombe mollement le long de mon corps. Un sourire en coin étire ses lèvres. Il sait que je le dévore des yeux.

Il lève sa main et la pose sur ma joue. Son pouce vient frôler mes lèvres.

— Tu ne dois parler à personne de cet enregistrement, m'avertit-il.

Je comprends alors que ce qu'il accomplit dans l'ombre est secret. Son nom de code me revient en tête.

Shadow.

— La directrice non plus ne doit pas savoir que tu es au courant.

J'acquiesce sans prononcer un mot. Il s'éloigne ensuite de moi et son aura s'estompe, ce qui brise la bulle dans laquelle j'étais enfermée.

Il ouvre la porte et entame un pas vers l'extérieur.

— Je pense que tout le monde peut être sauvé.

En entendant mes propos, il se retourne.

— Alors tu es bien naïve, trésor.

Et il sort en refermant derrière lui. Le silence qui s'abat cette fois dans la pièce est pesant. Je me laisse retomber sur mon lit et pose les mains sur mon visage. Le magnétophone, notre conversation, sa main sur ma joue, tout repasse en boucle dans ma tête comme une cassette sans fin.

Si je parviens à me détacher des actes d'Aedan, je n'arrive pas à prendre de la distance pour ce qui le concerne, lui. Jamais encore je n'avais éprouvé cette difficulté avec un criminel que je cherche simplement à aider. Je m'étais pourtant juré de ne jamais laisser éclore le moindre intérêt pour l'une des personnes que j'analyse. Mais je viens à l'instant d'échouer. Ce mufle irlandais a quelque chose d'intrigant. Il est enrobé d'une brume de mystères que ma curiosité ne peut s'empêcher de vouloir percer.

Je lâche un soupir affligé et tourne la tête. Mon ordinateur repose encore sur mon matelas. Je finis par me relever et me dirige vers la salle de bains. Une bonne douche chaude en écoutant du ABBA devrait réussir à me changer les idées et à calmer les battements de mon cœur.

Parce que le plus inquiétant n'est pas ce qui se trame dans ma tête, mais dans ma poitrine.

Chapitre 8

Aedan

Les coudes posés sur son bureau, la directrice me fixe. Depuis que je suis entré, elle n'a pas dit un mot hormis un « assieds-toi » autoritaire. Je commence à perdre patience.

— Alors, qu'est-ce que je fous ici ?

— Je t'expliquerai quand elle sera là. Je n'aime pas me répéter, me répond-elle.

Elle ?

Ma coéquipière pour une nouvelle mission, je suppose.

Au bout de longues minutes, je finis par entendre la porte s'ouvrir derrière moi. Je me tourne afin d'identifier la nouvelle arrivante. Ma mine s'assombrit quand j'aperçois Harmony. Depuis l'affaire de l'enregistreur, il y a deux jours, je l'ai évitée. Mais ce n'est pas parce que mes yeux ne l'ont plus contemplée que son image a quitté mes pensées. Mes efforts pour oublier notre discussion ont été vains. Ça m'a d'ailleurs tenu éveillé une nuit entière.

Je dois admettre que son attitude posée et l'absence de jugement dans son discours m'ont surpris. Néanmoins, je suis resté méfiant. Après tout, cette fille est psy et manipule l'esprit des autres aussi habilement qu'un bretteur manie l'épée.

Elle ne m'a fait aucune leçon de morale et s'est intéressée à mon point de vue sans faire interférer le sien. Elle est parvenue à créer un climat de confiance qui m'a arraché des aveux que j'aurais préféré taire. Elle est forte… et dangereuse.

Harmony vient prendre place sur la chaise à côté de la mienne. La directrice brise cette position statique qu'elle maintient depuis trop longtemps, prête à parler.

— Nous avons réussi à localiser le concepteur de bombes qui fournit des extrémistes au Moyen-Orient. Tu iras l'arrêter, m'informe-t-elle.

Elle marque une pause et j'attends patiemment qu'elle continue.

— Tu devras y aller seul. Ses hommes de main sont très méfiants. Nos informaticiens t'ont déjà créé une fausse identité pour passer leurs premiers barrages de sécurité et pour que tu puisses l'approcher.

— Quel est son nom et où se trouve-t-il ?

Elle me tend un dossier : *Brend Meijer.*

— Il est planqué à Amsterdam. Le jet est déjà prêt, vous partez dans l'après-midi.

Je relève les yeux du document que j'étais en train d'étudier et répète :

— Vous ?

Je tourne la tête vers la psy. J'avais presque oublié qu'elle était là. En comprenant qu'elle va venir avec moi, je me redresse, scandalisé.

— Je n'ai pas besoin d'elle.

— Sympa, soupire la concernée.

La directrice me fusille du regard.

— Je t'ai dit que les hommes de main de Meijer étaient très prudents. Tu vas avoir besoin de ses compétences pour le rencontrer en personne. Nous n'avons presque aucune information sur son cercle rapproché. Harmony pourra te conseiller sur l'attitude à adopter.

— Mais elle n'est pas formée pour agir sur le terrain !

— Tu n'as pas ton mot à dire, me recadre froidement ma patronne. J'en ai déjà parlé avec elle, elle a donné son accord et nous avons discuté ensemble d'un moyen d'intervenir sans la mettre en danger.

— Tu auras une caméra et un micro. Je te ferai part de mes observations de loin, précise Harmony.

Je lâche un rire sarcastique.

— Une caméra et un micro ? Ils vont me démasquer en trois secondes s'ils me fouillent !

La directrice soupire.

— Ta caméra sera dissimulée dans une fausse monture et les ingénieurs ont développé un tout nouveau prototype de micro. Il ne devrait pas être détecté.

Je me contente d'émettre un grognement avant de reporter mon attention sur le dossier.

— Si tu n'es pas d'accord, j'envoie quelqu'un d'autre.

Piqué, je lève mon regard vers elle.

— Non, j'y vais.

Hors de question qu'Harmony fasse équipe avec une autre personne. Je ne fais pas confiance aux autres espions pour garantir sa sécurité.

Elle tend un dossier à ma nouvelle coéquipière.

— Bien. Je vous laisse vous familiariser avec la situation, toutes les informations sont là-dedans.

Je continue de parcourir le document des yeux. Je serai Rick Adams, un fournisseur de dynamite voulant faire affaire avec Meijer. Des papiers d'identité, de fausses transactions et des plans de sa localisation y sont joints.

Ensuite, mes yeux se posent sur le profil d'Harmony.

Nom de code : Dawn.

L'aube.

Je lâche un rire amusé. La patronne a de l'humour. Dawn et Shadow sur la même mission.

L'aube et l'ombre.

Les deux femmes me lancent un regard interrogateur. Je n'y réponds pas et me lève brusquement. Je rejoins ensuite la sortie.

J'entends une chaise racler le sol. La psy me suit hors du bureau de notre cheffe après avoir rapidement salué celle-ci.

Elle ne dit rien. Son silence me rend nerveux. Je finis par interrompre ma marche et me tourne vers elle.

— Tu n'as rien à dire ?

— Non. Tu n'es pas content, je le sais. Mais c'est comme ça.

Je lève les yeux au ciel.

— Tâche de ne pas être un poids.

— Je ferai de mon mieux, réplique-t-elle avec ironie.

Tandis que nous arrivons près de nos chambres pour nous préparer, je l'arrête en la retenant par le poignet.

— Ah oui, encore une chose, trésor.

Elle s'immobilise, son regard gris métallique aimanté au mien.

Pourquoi faut-il qu'elle me regarde comme ça ?

— Ne m'appelle jamais par mon prénom en dehors de l'agence. À l'extérieur, c'est Shadow.

— Pourquoi ?

— Parce que pour le reste du monde Aedan McCarthy est mort.

Dès l'instant où un criminel devient un espion pour l'agence Undershade, il perd son identité. Son existence administrative est rayée des registres. Seule l'agence possède encore une trace de son identité. Ainsi, si l'espion retombe dans ses travers de hors-la-loi ou désobéit, elle peut le livrer à la justice, c'est le sort qui a été réservé au traître de la semaine dernière. Pour faire simple, nous sommes sa propriété. Ses pions. Ses marionnettes. Du bétail envoyé sur le terrain lorsqu'une mission est trop dangereuse pour les autorités officielles. Notre mort n'a aucune importance, tout comme notre vie n'a aucune valeur. C'est là le prix de notre seconde chance.

Harmony me dévisage, perplexe. Sans rien ajouter, je pénètre dans ma piaule et la laisse en plan.

— Tu es en place ?

— Oui, me répond-elle.

Le trajet jusqu'à Amsterdam a été assez rapide et je n'ai pas arrêté de lorgner la belle métisse. Il faut dire que sa jupe noire surmontée d'une longue veste rouge coquelicot lui allait drôlement bien. Les grosses lunettes rondes posées sur son nez et son béret lui donnaient un air innocent. Elle ressemblait à une jeune femme mignonne et naïve. Ça a failli me tuer.

Nous nous sommes ensuite séparés à la sortie même de l'appareil. Personne ne devait pouvoir faire un lien entre nous. Harmony est donc partie la première et s'est mêlée à la foule dans les rues. Elle a ensuite rejoint son point stratégique qui n'est rien d'autre qu'un parc. Elle suivra mes déplacements sur un écran fourni par l'agence, des écouteurs sans fil dans les oreilles. De cette manière, les gens penseront qu'elle est une simple touriste au téléphone.

Quant à moi, je me dirige vers la position de Meijer. L'épaisse monture que je porte me démange l'arête du nez, mais je m'efforce de ne pas le montrer. Une valise à la main, j'arrive finalement à destination.

Je me trouve au pied d'un bâtiment qui ressemble à tous les autres. À l'entrée, deux vigiles gardent la porte. Du moins, c'est ce que les passants croient. Il s'agit en fait des hommes de ma cible.

Comme prévu, ma fausse identité me permet d'entrer. C'est ensuite que les choses se compliquent. Meijer opère dans les sous-sols. Or, c'est impossible de m'y rendre sans être accompagné de l'un de ses subordonnés les plus proches. Il faut donc que je commence par en trouver un.

— Tu as un visuel ?

— Oui, me confirme-t-elle dans mon oreillette.

Un appareil dernier cri à peine visible.

Je déambule donc dans le bâtiment afin de lui permettre d'analyser chaque personne que je croise.

— Monsieur ? m'interpelle une voix.

Je me tourne et me retrouve face à un homme, ou plutôt, un géant. Il doit faire une bonne tête de plus que moi alors que je suis déjà loin d'être petit. Mais ce qui attire mon attention, c'est l'arme accrochée à sa ceinture.

— Attitude fermée, grand gabarit, uniforme de gardien, en pleine intervention. Cet homme doit être chargé de repérer les activités suspectes, un genre de videur de première ligne, suppose Harmony.

Je me glisse dans mon rôle :

— Bonjour, je cherche à rencontrer... vous savez qui.

L'homme arque un sourcil. Je lève la mallette en guise d'argument.

— Désolé, monsieur. Si vous parlez du patron, il ne reçoit personne. Je vous demanderai de patienter là pour avoir un rendez-vous avec un intermédiaire.

Je suis donc contraint de rejoindre la salle d'attente. C'est fascinant, tout ici est conçu pour tromper la population sur les réelles activités de la société. Elle a l'air d'être une entreprise comme les autres, mais celui que l'homme a qualifié de « patron » n'est pas un P-DG surdiplômé.

Quelle couverture réaliste.

— Attends, la femme au comptoir ! me lance ma coéquipière.

Je prends place sur une chaise qui donne directement vue sur la secrétaire.

— Quoi ?

Je marmonne en ouvrant à peine les lèvres.

— Quand tu rôdais dans le hall, je l'ai vue plusieurs fois s'agiter. Elle ne semble pas familière des lieux. Elle doit être nouvelle.

Je décide donc de me lever et de venir à sa rencontre.

— Bonjour.

— Bonjour ! sourit-elle, presque nerveuse.

Harmony a raison, c'est léger, mais quand on y prête attention, cette femme n'a pas l'air à l'aise. Elle la cerne d'ailleurs assez rapidement et me souffle ce que je dois lui dire pour lui faire croire que je suis un ami de Meijer, ou par métaphore, du « patron ». Et elle mord à l'hameçon.

— Dans ce cas, si vous souhaitez le rencontrer, suivez-moi.

Nous nous enfonçons dans les couloirs à l'arrière de la bâtisse jusqu'à atteindre une porte. Un homme avec le même uniforme que le précédent nous arrête.

— C'est un de ses amis, explique la femme.

Le gardien marmonne une phrase en néerlandais dans sa manche munie d'un micro.

— Il dit que ce n'est pas vrai.

La psy m'indique ce que je dois répondre et comment me comporter. Je suis ses conseils et lance :

— Je pense pouvoir lui proposer un contrat intéressant.

J'ouvre ma mallette et dévoile la dynamite qu'elle contient.

— J'ai entendu parler de ses exploits. Je voudrais me joindre à lui.

Le gorille parle encore dans sa manche et finit par hocher la tête.

— Il accepte de vous rencontrer.

Il sort un drôle d'appareil de sa ceinture et me scanne le corps avec.

— Merde, c'est...

Je n'entends pas la fin de sa phrase, des grésillements viennent remplacer sa voix mélodieuse dans mes oreilles.

Un brouilleur. Merde. J'ai perdu le contact.

Toutefois, je reste stoïque et continue de jouer la comédie. De toute façon, son travail s'arrêtait là, je peux me débrouiller sans elle à partir d'ici. À découvert dans le parc, elle ne risque rien, je n'ai donc pas à m'inquiéter. Elle a pour ordre de rejoindre le jet à une heure précise, avec ou sans moi.

Je suis l'homme et il me conduit à ma cible, dans les sous-sols. J'observe attentivement les lieux. Il n'y avait pas de plans pour cette partie du bâtiment.

Mon guide me fait patienter dans une pièce et s'en va. J'ignore combien de temps j'attends, mais cela dure trop longtemps à mon goût. Ça commence à devenir suspect.

Meijer apparaît soudainement. Il me salue et entame la discussion. Je constate rapidement que c'est un homme imbu de sa personne et qu'il aime s'entendre parler.

— On m'a dit que tu avais quelque chose à me proposer ? déclare-t-il.

— En effet.

Nous commençons à parler business. Je vends mon produit fictif comme s'il était réel. À la fin de notre échange, il se met à rire.

— Me prends-tu pour un con ?

— Pas du tout.

Je soutiens son regard avec assurance. Il ne m'intimide pas le moins du monde.

— Alors qui est cette fille ? ricane-t-il.

Un de ses larbins entre avec Harmony, un couteau sous la gorge. Ma mâchoire se contracte. Je comprends maintenant pourquoi il m'a fait languir si longtemps.

— Je n'en ai aucune idée.

— Ah oui ?

Meijer se tourne vers son serviteur.

— Tue-la.

Je lance un regard à la psy.

Bordel, comment l'a-t-il trouvée ?

Je l'avais prévenue, ainsi que la directrice, que c'était trop dangereux, que ce scénario était possible malgré nos précautions.

Je ne dois pas intervenir, la mission passe avant tout.

Ça, c'est la réaction que j'aurais dû avoir, mais ce n'est étonnamment pas celle qui vient m'animer. D'un geste vif, j'arrache l'arme de la ceinture de Meijer et tire sur son gars. Il se prend une balle avant même d'avoir eu le temps de commencer à entailler la gorge de son otage.

Harmony n'a pas bougé. Depuis qu'elle est entrée dans la pièce, elle n'a pas laissé paraître la moindre peur, pas même quand la balle l'a frôlée pour s'enfoncer dans la tête de son agresseur. Et là encore, elle reste immobile.

Je me tourne vers le créateur de bombes. Ses sous-fifres ne vont pas tarder à rappliquer, je dois me dépêcher d'agir.

Je prends donc une décision et le tue avec la plus grande indifférence. Je n'aurais pas pu le sortir d'ici vivant sans risquer ma peau et celle de ma coéquipière. Tant pis, ce ne sera de toute façon pas une grande perte.

Je me précipite vers Harmony et l'attrape par le poignet pour l'obliger à me suivre.

Nous courons dans les couloirs qui, par chance, sont dépourvus de caméras. Je choisis délibérément de ne pas prendre le chemin par lequel je suis arrivé. Nous allons forcément rencontrer les sbires de Meijer sur cette route. Je compte donc uniquement sur mon instinct pour nous sortir de ce pétrin.

Au loin, derrière nous, nous entendons des bruits de pas. Nos ennemis approchent.

— Là ! me lance la psy.

Je ne me pose aucune question et bifurque à sa suite. J'ignore pourquoi, mais je lui fais confiance.

Nous finissons par nous retrouver face à une impasse. Je grogne, prêt à remettre en question mon inexplicable foi en elle. Mais soudain elle s'accroupit et tente d'ôter une grille qui a dû servir autrefois pour la ventilation. Je l'aide à la déboîter du mur. Des éclats de voix résonnent.

Merde, nous n'avons plus beaucoup de temps.

Elle se glisse dans le conduit et je l'imite. Je dois me contorsionner, l'espace est tout juste assez grand pour accueillir mon gabarit. Je replace la grille in extremis. Quelques secondes plus tard, les acolytes de Meijer débarquent. Nous retenons notre respiration jusqu'à ce qu'ils rebroussent chemin.

Lorsque nous entendons leurs pas s'éloigner, je me permets d'expirer. Nous rampons ensuite dans les conduits jusqu'à atteindre l'extérieur.

Une fois dehors, nous fonçons vers le jet sans nous faire repérer.

Essoufflés, nous sommes à peine montés dans l'appareil que le pilote s'empresse de décoller.

— Pourquoi tu l'as tué ? me questionne-t-elle une fois assise.

Je m'installe à mon tour.

Nous avons réussi à filer entre les doigts des hommes de Meijer. Néanmoins, nous ne sommes pas passés loin de nous faire prendre.

— Les choses ont dérapé. Nous n'aurions pas pu nous échapper avec lui. C'était lui ou nous.

Pour te protéger, aurait été une réponse plus honnête.

— Ce n'est qu'une supposition.

Je serre les poings.

— Ce n'est pas parce que je t'ai dit que je méritais de mourir que j'ai envie de crever !

Si nous n'étions pas assis, Harmony aurait reculé. C'est la première fois que je lève le ton de la sorte. Je n'arrive pas à brider ma colère et ajoute :

— Putain, tu as failli y rester !

Elle pose sa main sur la mienne sur l'accoudoir commun.

— J'avais confiance. Je savais que tu allais réagir, me répond-elle posément malgré l'appréhension dans son regard.

La rage retombe immédiatement dans mes veines. C'est vrai que notre duo a été un vrai succès. Meijer a réussi à la localiser, car il a des yeux et des oreilles dans toute la ville, mais malgré ça nous nous en sommes sortis, même si c'était de peu. Et la mission a été accomplie. La cible a été arrêtée. Définitivement, mais arrêtée.

Il méritait de mourir. Et Harmony, elle, ne le méritait pas.

Chapitre 9

Harmony

Je me retourne dans mon lit et attends impatiemment que l'heure de mon rendez-vous avec Aedan arrive. Aujourd'hui, il devait se rendre à une séance auprès de l'un de mes collègues pour évoquer notre mission d'hier. Il a tout bonnement refusé de parler, prétextant qu'il ne voulait discuter de cela qu'avec moi. J'ai trouvé cela quelque peu délicat étant donné que j'ai été sa coéquipière, mais j'ai accepté de le recevoir.

C'est durant cet entretien ensemble qu'il m'a demandé de le rejoindre devant la bibliothèque au beau milieu de la nuit. Il est ensuite parti, sans prononcer le moindre mot sur notre expédition à Amsterdam.

Je n'ai même pas essayé de le retenir, je commence à comprendre comment il fonctionne. Aedan est un animal sauvage. Essayer de lui parler en séance, c'est comme essayer de dompter un lion en cage. C'est du surmenage inutile. Pour l'apprivoiser, il faut se rendre sur son territoire, dans son environnement. C'est pourquoi j'ai accepté sa proposition, bien que je n'aie aucune idée de ce qui m'attend.

Lorsque mon réveil affiche 2 heures du matin, je quitte ma chambre. Je m'avance dans le couloir silencieux du dortoir, mes pantoufles aux pieds. Aurais-je dû me changer ? Avec mon pantalon de pyjama Dumbo et le pull gris que j'ai enfilé par-dessus, je suis loin d'être présentable. J'espère que je ne croiserai personne d'autre que lui.

Je parviens finalement devant les grandes portes de la bibliothèque et cherche du regard la silhouette imposante de ce mufle irlandais. Néanmoins, je n'aperçois personne. Le calme de l'endroit me donne froid dans le dos.

Le manoir est situé dans un lieu paumé, de ce que j'ai compris. Nous sommes loin de la ville, complètement isolés. Je n'ai pu admirer la grandeur de la bâtisse que lorsque nous avons rejoint le jet chargé de nous emmener à Amsterdam. Hormis les départs de missions, personne n'a le droit de s'aventurer à l'extérieur, à l'exception du jardin entouré de hauts murs couverts de lierre.

— Bonsoir, trésor, chuchote une voix grave.

Je sursaute et, lorsque je me retourne, mon visage rencontre un torse large et dur. Il était juste derrière moi et je ne l'ai pas entendu arriver. Comment un mec comme lui peut-il se déplacer silencieusement ?

C'est un espion, Harmony. Discrétion est son deuxième prénom.

Et pas n'importe lequel, qui plus est. Il est *l'ombre.*

Je porte ma main à ma poitrine.

— Tu m'as fait peur !

Il sourit comme un prédateur nocturne ravi d'avoir effrayé sa proie, mais reste muet. Il me détaille des pieds à la tête, les rayons de lune éclairant ma silhouette à travers la fenêtre.

— Mignon, le pyjama, commente-t-il.

— Je suis sûre que tu pourrais en trouver un à ta taille.

Il arque un sourcil sans piper mot.

Il saisit ensuite mon poignet et me tire à l'intérieur de la bibliothèque. Perplexe, mais également curieuse, je le laisse me traîner à sa suite.

— Où m'emmènes-tu ? Et pourquoi voulais-tu me voir au milieu de la nuit ?

Encore une fois, seul le silence me répond. Je soupire et ravale mes questions. Nous arrivons devant une porte au fond de la pièce, dissimulée entre deux étagères remplies de bouquins. Le battant se fond si bien dans le décor que seuls des yeux très observateurs pourraient l'apercevoir.

Mon guide tourne la poignée et se baisse pour passer sous son encadrement. Il faut dire que sa taille est inhabituellement basse.

Quant à moi, avec mon mètre soixante-cinq, je passe sans problème.

Nous arrivons directement dans un escalier en colimaçon. Il s'accorde parfaitement au style du manoir, mais n'a pas l'air d'être emprunté bien souvent.

Tandis que nous grimpons les marches poussiéreuses, je tente une nouvelle fois de le questionner :

— Vas-tu me dire où nous allons ?

— Patience, me répond-il.

Ses doigts chauds enroulent toujours mon poignet avec légèreté. Je me dégage de sa prise avant de glisser ma main dans la sienne. Il s'arrête sans se retourner.

Ou plutôt, il se pétrifie.

— C'est plus agréable comme ça.

Incapable de déchiffrer la signification de son arrêt brutal, j'aimerais pouvoir voir son visage en ce moment même. Il se décide néanmoins à reprendre sa marche, nos paumes toujours l'une contre l'autre. Après une montée sportive, nous débouchons sur une large pièce ronde décorée de vieux meubles poussiéreux. J'ai l'impression d'avoir débarqué dans la tour de Raiponce laissée à l'abandon.

Car c'est là où nous nous trouvons : dans l'un des hauts piliers du manoir.

Aedan lâche ma main et se dirige vers le cercle vitré. Lorsqu'il ouvre la fenêtre, les gonds rouillés émettent un bruit plaintif qui malmène mes oreilles.

Le froid de ce début de mois de mars s'engouffre dans les lieux et tente de me mordre la peau, mais mon pull l'en empêche.

— Approche, me propose-t-il.

Je m'exécute et viens prendre place à ses côtés. Mes yeux s'écarquillent lorsqu'ils tombent sur le panorama qui s'offre à moi.

Le paysage époustouflant des Highlands s'étale devant moi. Les rayons de la lune confèrent au paysage une aura féerique, si bien que j'ai l'impression d'avoir été transportée dans un autre univers.

Dans un murmure, je lâche spontanément :

— C'est magnifique.

— Je savais que ça te plairait.

Je profite de longues minutes de la vue et regrette de ne pas avoir apporté mon téléphone pour prendre des photos. Toutefois, la réalité me rattrape bien vite. Je me tourne vers Aedan.

— Pourquoi m'as-tu emmenée ici ?

— Parce que je savais que tu aimerais.

— Donc tu m'as fait venir ici en pleine nuit pour me faire plaisir ?

Il hausse les épaules.

— C'est très joli à cette heure-ci.

Je le fixe en penchant la tête sur le côté.

— Tu sais que tu ne vas pas pouvoir fuir notre séance éternellement ?

— Je ne vois pas pourquoi la directrice m'a demandé d'aller voir un psy pour parler de notre mission. L'objectif a été atteint et aucun de nous n'a été blessé.

— L'objectif n'a pas été atteint avec la méthode demandée.

— Mort ou capturé, c'est la même chose.

— Aedan…

Ses iris quittent les miens pour se perdre dans l'horizon. C'est une manière pour lui de mettre fin à la conversation.

Il est en effet inutile de la poursuivre. Aedan n'a pas été perturbé. Tuer ne le perturbe plus depuis longtemps.

Pendant la journée, j'ai surpris une discussion inquiétante entre mes collègues, dont Zoe, à propos de l'espion irlandais.

Ils le définissaient comme sadique et psychopathe. S'il s'agit là de leur diagnostic, alors je ne suis pas d'accord. Aedan ne prend pas de plaisir à tuer ou à torturer, ce qui raye le sadisme de la liste. En ce qui concerne la psychopathie, même s'il banalise la violence de ses actes, il n'est pas indifférent à autrui. Il dit ne rien ressentir quand il abat ou torture ses victimes, mais c'est faux. Car, à chaque fois qu'il commet un tel acte, il transforme sa culpabilité en haine envers lui-même. De plus, il a une morale qui lui est propre, il ne s'en prend qu'aux personnes dont il estime qu'elles méritent un tel sort. Des personnes comme lui...

Les conclusions de mes collègues sont donc fausses. Toutefois, j'admets avoir très vite éprouvé de l'intérêt pour lui. Je remets donc également en cause mes compétences. Je crains de ne pas être impartiale. Pour la première fois de ma carrière, je doute de ma faculté à séparer mon ressenti de mon analyse. Et si je me voilais la face en lui trouvant des excuses ? Et si j'essayais de me convaincre moi-même que mon attrait pour lui est justifié ? Ce sont ces questions qui m'ont d'ailleurs maintenue éveillée jusqu'à l'heure de notre rendez-vous.

Tout à l'heure, quand j'ai fait irruption dans la pièce après avoir épié la conversation de mes collègues, ils se sont tous tus. Ils savent que je me suis rapprochée d'Aedan.

Mes sentiments à son égard sont assez contradictoires et suscitent chez moi une certaine appréhension. J'ai conscience de ses actes condamnables, mais je ne parviens pas à faire abstraction du fait qu'il n'est pas foncièrement mauvais. Ces réflexions me poussent à briser le silence en lui demandant :

— Si j'avais été tuée, hier, qu'aurais-tu ressenti ?

Aedan tourne brusquement la tête vers moi, surpris par une telle question.

— Ça n'est pas arrivé, dit-il simplement.

— Mais *si* c'était arrivé... ?

Il fronce les sourcils, ahuri par mon insistance.

— J'aurais été en colère et triste. Enfin, je crois.

Il hésite, comme s'il ne savait pas vraiment se projeter dans la situation.

— Pourquoi ?

— Parce que tu ne le mérites pas.

Je souris et secoue la tête. Sa réponse est aussi prévisible que rassurante. Non, Aedan n'est pas dénué d'émotions.

Soudain, des rires résonnent dans l'escalier. Nous échangeons un regard, comme deux voleurs sur le point d'être pris en flagrant délit.

Il m'attrape par le coude, ce qui réveille une douleur dans mon épaule.

— Merde, peste-t-il.

Il ouvre ensuite les portes de la vieille penderie, heureusement vide.

— On ne va tout de même pas entrer là-dedans ?

— Si. On a déjà fait pire en rampant dans un conduit, et on ne doit pas nous voir ensemble.

Il me pousse dans le meuble et m'y rejoint.

— Pourquoi ?

— Je n'en ai pas envie.

Outrée, je m'apprête à faire volte-face, mais il referme les battants avant que je ne puisse agir. Je suis donc bloquée contre lui, mon dos plaqué contre son torse. L'espace est à peine assez grand pour nous deux. Aedan est obligé d'enrouler ma taille avec son bras, n'ayant pas la place de le mettre ailleurs.

En dépit du caractère blessant de sa remarque précédente, la température augmente dans mes entrailles. Cette proximité me donne vraiment chaud. Je regrette déjà la fraîcheur de l'extérieur.

— Oh ! la fenêtre est ouverte ? lance une voix féminine.

— Les gonds sont fragiles. Un coup de vent a dû l'ouvrir, répond un homme.

Un grincement se fait entendre, signe que la vitre a été refermée.

— Assez parlé, viens là, reprend ce dernier.

La fille rit et des bruits de baisers nous parviennent. C'est une blague ? Pourquoi faire ça ici et pas dans l'une de leurs chambres ?

— On dirait qu'il y en deux qui s'amusent, me murmure Aedan à l'oreille.

Son souffle caresse ma nuque et un frisson me parcourt l'échine.

Soudain, les sons se transforment en gémissement. Bien malgré moi, je suis donc obligée d'assister aux ébats d'un couple, le corps plaqué contre ce mufle.

L'air dans la penderie devient étouffant. Je déglutis péniblement et des gouttes de sueur roulent sur mes tempes. Derrière moi, j'entends le souffle d'Aedan devenir plus rauque. Ses doigts se crispent sur mon ventre, créant une décharge brûlante dans mes membres. Des images indécentes traversent mon esprit, dans lesquelles je me projette à la place de la fille en train de gémir. J'imagine Aedan placé entre mes cuisses et ses mains courir sur ma peau, tandis que ses lèvres fraîches explorent mon corps lentement.

Une boule de désir se forme au creux de mes reins. Je ne dois pas être la seule à sombrer dans ce tourbillon honteux, car je le sens bouger contre moi. Il ne sait plus comment se placer. Sa main se glisse sous mon pull pour venir frôler mon ventre. Une sensation enivrante, mais insuffisante, me ronge de l'intérieur, accentuée par son excitation collée contre moi.

Ce supplice, aussi insupportable que délicieux, semble durer une éternité. Le couple finit enfin par déguerpir. Au cours de leur brève conversation après avoir pris du bon temps, j'ai cru comprendre que l'un trompait son partenaire, d'où le besoin de se retrouver en cachette. Mais mon cerveau surchauffe depuis de longues minutes, alors je ne suis plus capable de réfléchir.

Lorsque je suis certaine qu'ils sont loin, j'ouvre le battant de la penderie.

De l'air. J'ai besoin d'air.

Mais un bras puissant m'empêche de bouger. Aedan me maintient contre lui.

— Harmony, murmure-t-il d'une voix suave.

Je m'immobilise, le cœur battant. Jamais personne n'avait prononcé mon nom avec autant de désir.

— Tu devrais me lâcher.

— Tu veux vraiment que je te lâche ?

Non.

Je ne réponds rien, complètement droguée par le désir qui coule dans mes veines. Il laisse sa main descendre le long de mon ventre jusqu'à la couture de mon pantalon de pyjama.

— Si tu me donnais l'autorisation de glisser ma main dans ta culotte, je suis sûr que j'aurais la réponse.

En effet, il l'aura.

— Alors fais-le.

Je ferme les yeux, persuadée qu'il va concrétiser ses paroles après ma permission, mais il ne le fait pas. À la place, il me lâche et sort de notre cachette. Son absence soudaine me fait prendre conscience que c'est lui qui me soutenait, si bien que je perds un instant l'équilibre.

— Sortons d'ici, me lance-t-il alors que je peine à retrouver une respiration régulière. J'ai besoin d'une douche froide.

Et il n'est pas le seul.

Chapitre 10

Harmony

Boum. Boum.

C'est le même martèlement régulier qui résonne dans la salle d'entraînement depuis une bonne quinzaine de minutes. Tandis que je suis sur les tatamis avec mon instructeur, Aedan assène des coups puissants au pauvre sac de frappe à l'autre bout de la pièce.

— Prête ? me lance Antonio.

C'est avec lui que j'apprends des techniques basiques d'auto-défense depuis presque une semaine. C'est un ordre de la directrice, conséquence de ma dernière mission. Si je suis amenée à devoir à nouveau intervenir sur le terrain, il faut que je puisse me défendre. Je ne dois plus être une cible si facile à menacer.

J'expire et lui réponds :

— Oui.

Il s'approche de moi en imitant une situation d'agression. Il me saisit par-derrière, au niveau de la taille, avec l'un de ses bras pour me plaquer contre lui. Il place ensuite un couteau en bois sous ma gorge avec son autre main.

Avec agilité et détermination, je reproduis l'enchaînement qu'il m'a appris. Bien que j'exécute correctement les mouvements, cela ne suffit pas à me défaire de sa prise. Il m'avait prévenue qu'il augmenterait le niveau de difficulté progressivement. Parfois, mon épaule me lance encore, mais la douleur est supportable et n'entrave pas mon initiation.

Je tente donc autre chose, cherchant la combinaison la plus pertinente à reproduire parmi toutes celles qu'il m'a enseignées. J'opte pour une clé de bras, mais effectue mal le geste. Antonio essaye de se dégager de ma prise, ce qui me fait perdre l'équilibre. Je l'entraîne dans ma chute et il se retrouve allongé sur moi, retenant son poids avec ses coudes.

Les bruits de coups dans le sac de frappe cessent immédiatement.

— Tu étais mal positionnée, commence mon instructeur. L'angle de ta clé était mauvais, c'est pourquoi j'ai pu me dégager facilement.

Je hoche la tête péniblement. Son visage est trop proche du mien et ses prunelles bleues se plongent trop intimement dans mon regard.

Antonio est caporal. C'est un militaire chargé entre autres d'entraîner les espions qui en auraient besoin. Je dois admettre qu'il est plutôt attirant avec ses cheveux coupés court et son uniforme martial qui lui moule incroyablement bien les fesses, mais...

Mais quoi ? Je ne sais pas.

— Viens boire un verre avec moi, ce soir, me demande-t-il.

Je savais que ce n'était qu'une question de temps avant qu'il ne me fasse ce genre de proposition. Dès nos premiers entraînements, au vu de son comportement j'ai compris que je lui plaisais. Rien d'incorrect, il s'est toujours montré très respectueux et courtois malgré le contact physique qu'exige mon apprentissage.

Nerveuse, je lâche un rire et ironise :

— Où ça ? Nous ne sommes pas vraiment à proximité des bars de la ville.

— Il y a un bar, au sein de l'agence, réservé uniquement pour *nous*.

Voilà ce qui empêche Antonio d'être parfait : il décrit toujours les espions de façon péjorative. Il les réduit à leur statut d'ancien criminel. Il parle toujours en *nous* et en *eux*, comme si nous étions deux espèces différentes.

En résumé, il n'a pas le moindre respect ni la moindre considération pour ces agents qui risquent leur vie à chaque fois qu'ils partent en mission.

Un bruit sourd nous interrompt. Nous tournons tous les deux la tête vers sa source. Aedan a fait tomber un poids par terre.

— Oups, lâche-t-il en grognant.

Il l'a fait exprès, je ne suis pas idiote.

Antonio comprend le message et se relève en le fusillant du regard. Ça pue la testostérone dans cette pièce.

Il finit par détourner les yeux et il me tend la main en souriant pour m'aider à me relever. En me redressant, je laisse glisser mes iris sur le mufle. Il se tient debout au bord des tatamis, le torse nu et les bras croisés. Tout dans sa posture montre qu'il est contrarié.

Je souris intérieurement. Serait-il jaloux ?

— Ne reste pas là, ce n'est pas un spectacle, lui crache Antonio avec mépris.

S'il y a bien une réaction à ne pas adopter avec Aedan, c'est celle-là.

— J'ai envie d'apprendre aussi, réplique l'ancien mafieux.

Il ôte ses chaussures et nous rejoint. Il vient se positionner face à Antonio, l'air menaçant. Le militaire paraît chétif à côté de lui.

— Tu plaisantes ?

— Pas du tout.

Je me pince l'arête du nez, dépitée par ce combat de coqs.

Antonio vient saisir Aedan comme il l'a fait avec moi précédemment. Néanmoins, je remarque un peu plus de hargne dans ses mouvements. Il n'y va pas aussi doucement. Je dirais même que c'est tout l'inverse.

L'ex-criminel ne reproduit pas du tout l'enchaînement que j'ai effectué quelques minutes plus tôt. À la place, il attrape le poignet du militaire tenant l'arme en bois, tire et exécute une sorte de prise de judo. Antonio s'écrase violemment au sol, le souffle coupé. Quant à Aedan, il le dévisage, un sourire satisfait sur les lèvres.

Mon instructeur se relève, les yeux emplis de colère. Il ajuste son T-shirt et tente de cacher le sentiment de honte qui l'habite. Contrairement à Aedan, il est aussi facile de lire en lui que dans un livre pour enfant.

— Bon, je dois y aller. Pour ce soir, n'hésite pas à m'appeler.

Il sort un morceau de papier de sa poche et me le fourre dans les mains avant de s'en aller. C'est le numéro de son téléphone satellite, puisque les portables classiques ne fonctionnent pas ici. Aedan ne le lâche pas du regard jusqu'à ce qu'il quitte la pièce. Une fois l'instructeur parti, il m'arrache le bout de feuille des paumes et le déchire.

J'arque un sourcil.

— Tu sais que je peux aisément faire une interprétation de cette petite démonstration de virilité ?

— Il ne te mérite pas.

— Ah bon ? Et toi oui ?

— Je n'ai pas dit ça non plus, grogne-t-il en détournant la tête.

— Alors qu'est-ce que tu veux dire ?

Je souris et ne me gêne pas pour contempler la vue qui s'offre à moi. Il n'est vraiment pas désagréable à regarder. Je reprends pour le taquiner :

— Moi je pense que tu es jaloux.

— Pff, je crois que tu t'accordes trop d'importance, répond-il, piqué.

Ses yeux sombres viennent trouver les miens. Je ris, amusée, et le défie :

— Vraiment ?

Il crispe la mâchoire. Il vient ensuite saisir mon bras et me fait pivoter. Je me retrouve plaquée contre son torse comme dans le placard la semaine passée.

Sa main glisse sur le bas de mon ventre et mon cœur s'emballe. J'arrête soudainement de respirer. Le souvenir du désir revient picoter mes entrailles.

Il se penche jusqu'à ce que son menton frôle mon épaule.

— Tu es mon jouet, trésor. Et je ne suis pas réputé pour partager, me murmure-t-il d'une voix grave.

Son jouet ? La tension qui me brûlait les veines s'évapore comme si je venais de me prendre un seau d'eau froide.

Vexée, je tente de me dégager, mais il me maintient fermement.

— Lâche-moi !

— Pourquoi ? s'amuse-t-il.

Mais moi je ne joue pas. Je réitère en articulant chaque syllabe :

— Lâche-moi. Sinon, je crie.

— J'aimerais voir ça.

Il plaque sa main sur ma bouche. Je m'exécute et des sons étouffés s'élèvent dans la pièce. Constatant que mon entreprise est inutile, je mords la peau de sa paume. Il ne sourcille même pas, alors que je serre ma mâchoire de toutes mes forces. Je finis même par sentir un goût métallique me chatouiller la langue. La panique commence à me dévorer.

— Mords, c'est inutile.

Il me relâche et je me tourne vivement vers lui.

— Tu es malade ?

Ma réaction est disproportionnée et irréfléchie, mais c'est la peur qui m'anime. Pour la première fois, je ne me suis pas sentie en sécurité à ses côtés.

— Sûrement, mais c'est toi la psy.

— Je ne rigole pas, Aedan. Tu traites toutes les femmes comme des objets ?

— Je traite tout le monde comme des objets, trésor.

Je soupire bruyamment, sarcastique.

— Tu mens.

Il ouvre la bouche pour répliquer, mais une voix nous interrompt.

— La directrice veut vous voir, tous les deux, nous apprend un agent avant de disparaître.

Il a dû sentir qu'il y avait de l'électricité dans l'air.

Je remets mes baskets et, sans même me retourner, je me dirige vers la sortie.

— N'oublie pas de passer un T-shirt !

C'est la dernière chose que je dis avant de déboucher dans le couloir. Il me rattrape facilement en enfilant un haut. Nous marchons en silence, moi encore vexée, lui indifférent.

Nous entrons dans le bureau et prenons place sur les chaises en face du pupitre. La directrice nous attendait, les mains jointes posées sur le meuble. Même si ses lunettes ne sont pas sur son nez, son regard reste sévère.

Elle nous lorgne tour à tour, comme si elle savait ce qu'il se passait entre nous, comme si elle savait tout. C'est ça qui est terrifiant chez elle, mais je m'y suis habituée. Ça fait à présent partie du personnage.

— Voici le dossier de votre prochaine mission.

Elle nous tend deux portfolios. Je saisis le mien et l'ouvre.

— Il s'agit d'une mission d'infiltration. On nous a rapporté une activité inquiétante dans un quartier résidentiel en périphérie de York.

Aedan rit.

— Elle n'est pas entraînée pour une mission de cette ampleur.

Je tourne vivement la tête vers lui. La patronne réplique :

— Bien sûr que si, personne n'est mieux qualifié qu'elle pour jouer un rôle. Ce n'est pas une mission de front. Se battre ou savoir utiliser des armes n'est d'aucune utilité. La ruse et la maîtrise des émotions sont les compétences requises. Elle a deux semaines pour se préparer.

— Pourquoi elle ? Il y a de nombreuses espionnes plus expérimentées, se braque-t-il.

Je pince les lèvres. J'en ai marre qu'il parle de moi comme si je n'étais pas là.

— Il paraît que vous formez un bon duo. C'est ce qui ressort du dernier rapport. Selon les collègues d'Harmony, vous avez également créé des liens.

Elle glisse son regard sur moi.

— Et c'est la première fois que l'ombre de l'agence se laisse approcher de la sorte.

Cette fois, c'est à mon tour de ricaner. Son petit numéro de tout à l'heure me revient en tête.

Créer des liens.

Je me demande s'il s'agit vraiment de ça. Après tout, Aedan a admis jouer avec moi.

Il ment, tu le sais, souffle la psy en moi.

L'ancien mafieux se rembrunit, agacé de ne pas avoir son mot à dire.

Dans deux semaines, je vais donc partir en mission d'infiltration pendant plusieurs mois avec lui. Nous serons M. et Mme Harrison, un couple de jeunes mariés.

Je vais devoir jouer l'épouse de ce mufle.

Chapitre 11

Harmony

Plongée dans mes pensées, je ne vois même pas le paysage défiler sous mes yeux à travers la vitre de la voiture. Ça fait plusieurs heures que nous roulons, le coffre chargé de cartons.

Notre infiltration commence enfin. Ça fait maintenant deux semaines que je m'y prépare malgré les protestations d'Aedan. On ne s'est quasiment pas adressé la parole, d'ailleurs. Il s'est refermé comme une huître et est devenu encore plus agressif que d'habitude.

Au départ, je lui en voulais pour le comportement qu'il a eu envers moi à la salle d'entraînement. Cet incident m'a servi d'avertissement et m'a rappelé qu'Aedan n'est pas un homme fréquentable. Néanmoins, je ne supportais pas l'idée qu'un fossé se creuse entre nous alors que nous allions effectuer une mission d'une telle ampleur ensemble. Pour que nous puissions jouer le rôle d'un couple de façon convaincante, il fallait absolument qu'il y ait un minimum de lien entre nous. J'ai donc fait le premier pas.

Mais Aedan a fui. À chacune de mes tentatives, il a trouvé une excuse pour ne pas avoir affaire à moi. J'ai aussi tenté d'engager la conversation au début du trajet mais, comme d'habitude, il s'est contenté de grogner.

Depuis ces quinze derniers jours, j'essaye de l'analyser. Je décèle en lui de la colère et de la frustration, mais je suis incapable de percer ce voile et de percevoir ce qu'il cache derrière. Il reste une vraie énigme. Je ne peux donc faire que des suppositions, et je me demande ce qu'il pense réellement de ma participation à cette infiltration. Pourquoi est-il aussi contrarié que je l'accompagne dans une mission de longue durée ? Je suis pourtant la seule dont il semblait apprécier la présence.

« Je traite tout le monde comme des objets, trésor. »

Ses paroles résonnent encore dans ma tête sans que je ne puisse les chasser. Elles restent collées à mon esprit comme du chewing-gum à une chaussure.

Je n'abandonne pas, un jour, j'arriverai à comprendre pourquoi il agit comme ça. Mais pour cela, il faudra qu'il se confesse et qu'il accepte que je l'approche.

Pas physiquement, mais psychiquement.

Aedan gare la voiture dans une allée de garage. Lorsqu'il coupe le contact, le silence s'abat dans l'habitacle comme une vague contre les rochers lors d'une journée de tempête. Il est froid, violent et presque douloureux.

Nous restons de longues secondes immobiles. Dès que nous aurons posé un pied en dehors du véhicule, nous devrons commencer à jouer notre rôle de couple marié. Je ne serai plus Harmony, mais Hannah Harrison, designeuse de sites Internet. Aedan deviendra Allan Harrison, informaticien consultant. Undershade nous a créé des emplois fictifs dont le travail peut s'effectuer depuis le domicile. Ainsi, ça ne paraîtra pas bizarre pour les habitants du quartier de ne jamais nous voir partir travailler le matin.

L'agence a également dû supprimer mon identité de tous les registres civils, m'infligeant le même traitement que les autres agents. Ça ne me dérange pas de disparaître de la surface de la Terre. Je n'ai aucune attache. J'ai juste demandé que mes parents - mon unique famille - en soient informés.

Comme tous ces anciens criminels, je suis à présent la propriété d'Undershade. La seule différence, c'est qu'elle n'a aucun moyen de pression sur moi. Je n'ai aucun compte à rendre à la justice. La directrice m'a d'ailleurs assuré que mes données administratives seront restaurées lorsque je quitterai l'agence.

— Si tu la quittes un jour, a-t-elle ajouté.

Cette précision sonnait comme une condamnation, mais je n'y ai pas prêté attention.

Je chasse toutes ces pensées et reviens à l'instant présent. J'amorce un mouvement pour ouvrir la portière, mais mon coéquipier m'interrompt.

— Attends, m'arrête Aedan.

Je fronce les sourcils. Il daigne enfin m'adresser la parole ?

— Il faut encore qu'on règle un détail, reprend-il.

Ma perplexité s'accentue. Il tend sa main pour m'inviter à lui donner la mienne. Sur sa paume, je peux encore apercevoir la légère trace d'empreinte dentaire, séquelle de ma morsure de l'autre jour.

Je tends donc ma main droite. Il secoue la tête.

— La gauche.

Je m'exécute, toujours dubitative. Il sort un anneau doré de sa poche et le glisse à mon annulaire. Son geste est doux et lent, comme s'il me passait réellement la bague au doigt dans une église. Je le laisse faire en le fixant, mon rythme cardiaque se met soudainement à augmenter.

Une fois placé, l'anneau semble chauffer autour de mon doigt. Pas comme une brûlure, plutôt comme une chaleur réconfortante. Cette sensation est aussi agréable qu'incompréhensible.

Et sa réaction va encore plus me chambouler : il me tend l'autre anneau afin que je l'imite. Je saisis donc le bijou et l'enfile à son annulaire gauche. Sa main est rugueuse, puissante et...

Tachée de sang, poursuit ma voix intérieure. *Ses mains ont déjà tué.*

Je relève les yeux et constate qu'il me contemple, une lueur étrange dans le regard. Décidément, cette scène est vraiment insolite.

Lorsque je veux ramener ma main, il saisit brusquement mon poignet. Sa poigne est forte, sans être violente, mais il m'empêche de me dérober.

— Je peux embrasser la mariée, maintenant ? sourit-il.

J'entrouvre la bouche, partagée entre l'envie de rire et de le gifler. Néanmoins, je suis curieuse de voir comment il va réagir si j'entre dans son jeu.

— Bien sûr, ça fait partie de la cérémonie.

Il arque un sourcil, surpris par ma réponse. Une esquisse de sourire revient cependant vite étirer ses lèvres. Au lieu de s'exécuter, il porte ma main à sa bouche et y dépose un baiser.

Je vois, monsieur parle, mais n'agit pas. Une pointe de déception que je n'assume pas se forme dans ma poitrine.

Nous sortons ensuite de la voiture, prêts à jouer notre rôle. Aedan ouvre le coffre tandis que je me dirige vers la porte d'entrée de la maison. Je m'arrête une seconde pour détailler la façade en pierre claire. Elle est magnifique.

Je pénètre ensuite dans les lieux et déambule dans le rez-de-chaussée déjà meublé. Les ressources et l'efficacité de l'agence m'impressionnent. Tout était prêt pour notre arrivée, à l'exception d'un peu de vaisselle et d'affaires personnelles dans les cartons du coffre.

Je lorgne chaque centimètre de chaque pièce, excitée comme une enfant dans un parc d'attractions.

Même si c'est pour une durée déterminée, cet endroit sera mon chez-moi.

Mon chez-moi.

Dire que je n'en ai jamais eu serait faux. En revanche, je n'ai jamais eu de lieu à qualifier ainsi. Mon chez-moi, c'était ici et là, là où les voyages de mes parents me menaient. J'étais une feuille qui vivait grâce au vent, et aujourd'hui j'ai l'impression d'être un chêne.

C'est bizarre d'avoir des racines, même s'il ne s'agit que d'un rôle.

— Content de voir que la maison te plaît, trésor.

Je me retourne et aperçois un Aedan tout souriant poser des cartons sur la table du salon. Il me faut plusieurs secondes pour comprendre qu'il s'est déjà glissé dans la peau de son personnage.

Évidemment, nous sommes en public, la porte ouverte donne sur l'extérieur. N'importe quel passant pourrait nous entendre. Je décide donc de me glisser à mon tour dans la peau d'Hannah.

Je m'approche et m'accroche à son bras, le regard pétillant.

— Oui ! Je suis vraiment heureuse qu'on ait choisi celle-ci, mon cœur.

Je me dresse sur la pointe des pieds et viens déposer un baiser sur sa joue. Il tente de le cacher, mais je sens qu'il se crispe. Je lui fais un clin d'œil et sors rejoindre la voiture pour l'aider à décharger les caisses.

Lorsque j'arrive près du véhicule, je manque de me heurter à une personne.

— Bonjour, me salue chaleureusement une dame d'une trentaine d'années.

Sa coiffure et sa tenue sont impeccables et collent parfaitement au cliché de la femme au foyer anglaise. Une tarte dans les mains, elle me scrute de la tête aux pieds.

Être ainsi détaillée me met mal à l'aise. Lorsque ses yeux s'arrêtent sur la tache au niveau de mon cou, je rassemble mes cheveux d'un côté pour la masquer.

— Je suis Madison, votre nouvelle voisine, reprend-elle.

Sa jovialité et son sourire sont flippants. Il y a quelque chose qui me dérange dans son attitude.

— Puis-je vous aider ? lance une voix grave.

Aedan a fait son apparition derrière moi. Dans un geste protecteur, il pose ses mains sur mes épaules.

— Je viens saluer mes nouveaux voisins.

Elle nous tend la tarte. Je la saisis et lui souris :

— Merci, Madison. C'est très gentil. Moi, c'est Hannah et voici mon mari, Allan.

— Oui, Hannah et Allan Harrison, je sais.

Je fronce les sourcils. Elle sait ?

Face à mon air ahuri, elle me pointe la boîte aux lettres du doigt sans perdre son drôle de sourire.

— C'est marqué dessus.

Je ris nerveusement.

— Ah, oh ! Oui !

— J'ai hâte d'apprendre à vous connaître ! Installez-vous bien et n'hésitez pas à nous solliciter au besoin. Mon mari et moi habitons la maison juste à côté.

— Merci, c'est vraiment charmant de votre part.

— Je vous en prie, tutoyez-moi, tous les deux !

Et sur ce, elle nous tourne le dos et rentre chez elle. Je pivote pour croiser le regard d'Aedan. Il plisse les yeux avec méfiance. Je lui demande :

— Toi aussi, tu l'as trouvée étrange ?

— Elle est trop… parfaite.

Je hoche la tête. C'est exactement cette impression qu'elle m'a donnée. Trop parfaite, trop bien rangée pour que ce soit naturel.

— Si tu veux mon avis, trésor, nous sommes tombés dans un quartier de tarés, me murmure-t-il.

Oui, c'est certain. Après tout, c'est pour cela que nous avons été envoyés ici. Selon les renseignements de l'agence, quelque chose de pas net se passerait dans les environs. Toutefois, aucun des agents n'est resté assez longtemps pour réussir à obtenir des informations concrètes et incriminantes. C'est pourquoi la directrice a décidé de nous envoyer pour une mission à longue durée. Notre but : déterminer ce qu'il se trame ici.

Puisque les habitants n'ont aucun casier judiciaire, la patronne a été claire avec Aedan. S'il tue ou torture qui que ce soit, il sera renvoyé d'Undershade. Ce qui signifie qu'il sera livré à la justice irlandaise pour ses crimes. Il n'a vraiment pas apprécié. Évidemment, je ne suis pas censée le savoir, elle ne l'a donc pas dit devant moi, mais je l'ai très vite compris par moi-même. La réaction d'Aedan m'a fait penser à un chien à qui on a retiré un os. Je dois admettre que ça me soulage un peu. Ça me permet d'oublier son immoralité, d'oublier cette partie sombre en lui.

Tu ne peux pas l'oublier, c'est justement sa part d'ombre qui t'attire, me souffle une voix que je chasse immédiatement.

Il prend les derniers cartons du coffre, puis nous rentrons. Alors que je pose la tarte sur la table, Aedan vient se positionner près de moi.

Je me tourne vers lui, le regard interrogateur. Il dégage la masse de cheveux bouclés de mon épaule.

— Tu ne devrais pas cacher ce que tu es.

Ses doigts viennent effleurer mon cou avec douceur, laissant une sensation brûlante dans leur sillage.

— C'est toi qui dis ça, alors qu'on t'appelle l'ombre ?

Il plante ses iris verts dans les miens. Je suis incapable de décrire ce que j'y lis, le mélange d'émotions y est trop opaque.

Il retire sa main et retourne déballer nos affaires. Quant à moi, je viens poser la paume sur mon plus gros complexe, encore perturbée par ses paroles.

Des souvenirs que j'aurais préféré effacer remontent à la surface.

Grosse vache !

Voilà l'insulte à laquelle j'ai été le plus souvent confrontée. Ma corpulence n'a rien arrangé. Je n'ai jamais été un modèle de minceur, et ce depuis l'enfance. J'ai toujours eu des rondeurs, quelles que soient mon alimentation et la fréquence de mes activités sportives. Grâce aux voyages effectués au cours de ma vie, j'ai très vite réussi à accepter mon corps. Dans certaines cultures, avoir des rondeurs est un critère de beauté. En revanche, mon vitiligo a souvent soulevé des murmures.

J'étais une impure, une malade, punie par une divinité. Et pour les autres enfants, j'étais simplement une grosse vache.

— Trésor ?

Cette bulle de souvenirs noirs dans laquelle j'étais enfermée explose. La voix d'Aedan me ramène à la réalité.

— Oui, pardon.

Je balaye ces moments déplaisants de ma mémoire, ainsi que la larme qui naissait au coin de mon œil, et me reconcentre sur l'instant présent.

Chapitre 12

Aedan

Concentré sur ma tâche, je n'entends pas Harmony descendre les escaliers.

— Bonjour, me lance-t-elle.

Je lève la tête, le fouet encore en main. Sa chevelure bouclée est attachée en un chignon haut, découvrant son cou et son oreille. Je note ce détail comme une marque de confiance, puisqu'elle déteste montrer son vitiligo. Elle l'a encore prouvé hier lors de notre rencontre avec notre voisine, ou plutôt, une potentielle suspecte.

Elle s'assied sur le tabouret en face du plan de travail, les mains cachées par son pull trop large et les jambes couvertes par son pyjama Dumbo. Je me demande à quoi elle ressemble sans ses vêtements. Son corps bicolore doit être une œuvre d'art.

— Qu'est-ce que tu nous prépares ? reprend-elle.

— Ce que *je me* prépare, tu veux dire ?

Si mes pensées à son égard sont brûlantes, le ton de ma voix, lui, est glacial.

Elle glisse ses prunelles sur les quatre coquilles puis sur le bol dans lequel je m'apprêtais à battre les œufs. J'avais oublié que cette fille était observatrice. Il faut que j'apprenne à dissimuler les preuves.

— Tu manges quatre œufs le matin à toi tout seul ? me nargue-t-elle. Est-ce si difficile à assumer de préparer le petit déjeuner pour sa femme ?

Ma femme.

— Je n'ai pourtant pas une place dans ton lit.

Nous dormons en effet séparément. Harmony loge dans la chambre dans laquelle sont rangées toutes nos affaires. Moi j'utilise celle d'à côté et prends soin de refaire le lit chaque matin comme si la pièce était inoccupée. Mesure de précaution pour la crédibilité de notre mariage.

— Je ne t'ai pas interdit d'y venir. C'est toi qui as décidé de faire chambre à part.

Un sourire prédateur fend mes lèvres. Je contourne le plan de travail et viens lui faire face. J'appuie mes mains sur les rebords du tabouret pour la coincer entre mes bras. Je me penche vers elle :

— Tu devrais arrêter de me provoquer.

Déjà hier, elle s'est fait un malin plaisir à entrer dans mon jeu. Elle pense ainsi me mettre au défi, mais elle ne fait que se mettre en danger. Car quand je joue vraiment, je n'ai aucune pitié pour mes adversaires.

— Sinon quoi ?

— Si je viens dans ton lit, je t'assure que tu ne seras plus capable de marcher le lendemain.

Mon visage est si proche que ma bouche frôle sa joue. Les chaînes de mon self-control se resserrent pour museler mon désir. Un jour, elles céderont.

Je me redresse. Elle m'assène un regard meurtrier.

— Tu n'es qu'un mufle.

— Ne sois pas outrée, je suis sûr que tu aimerais.

Je viens balader ma main sur sa cuisse et ajoute :

— Du moins, c'est ce que j'ai cru comprendre quand on était enfermé dans le placard.

Les traits de son visage se tordent en une expression de frustration un instant, mais un sourire léger vient aussitôt la remplacer.

— Tu te vantes d'être bon au lit pour compenser ton piètre niveau en cuisine ?

— Qu'est-ce qui te fait croire que je ne sais pas cuisiner ?

Elle tourne la tête vers le plan de travail.

— Contrairement à ce que tu sembles affirmer, tu essayais bien de préparer le petit déjeuner pour nous deux, une omelette sans doute. Les quatre coquilles d'œufs et la taille de la poêle le prouvent. Ton téléphone est appuyé contre le pot de sel pour le maintenir à la verticale, ce qui me laisse penser que tu t'en sers comme support visuel. Une recette, je suppose ? Qui a besoin d'une recette pour faire une omelette, à part une personne qui n'a jamais cuisiné ?

Je me renfrogne. Foutue analyse de mes deux. Je savais que j'aurais dû mémoriser les instructions au lieu d'utiliser ce fichu portable.

Elle descend de son perchoir et vient se placer derrière le plan de travail. Elle me lance un sourire victorieux.

— Sans rancune. Allez, viens.

Je lui jette un regard méfiant. Elle soupire :

— Préparons cette omelette ensemble.

J'hésite plusieurs secondes.

— Tu ne vas pas me juger ?

— Je t'ai déjà dit que te juger ne m'intéressait pas.

Je finis par me résigner, sans enthousiasme. Harmony déplace mon téléphone - enfin, le téléphone fourni par l'agence pour la mission - et m'explique comment faire. C'est... facile.

— Tu ne cuisinais donc pas, dans la mafia, lâche-t-elle lorsqu'elle sert l'omelette dans nos assiettes.

— Non.

— Et avant ça ? Avant de rejoindre le monde du crime, je veux dire.

Je soupire avec ironie. Alors c'est pour ça qu'elle fait tout ça ? Pour m'extorquer des confessions ? Satanée psy.

Je lui réplique sèchement :

— J'ai été recueilli par le réseau quand j'étais gosse, donc non.

— Et tes parents ?

— Morts.

À cause de moi.

Je prends mon plat avec violence et pars m'asseoir à table sans lui accorder le moindre regard. Je sens ses prunelles grises m'observer. Elle doit avoir compris que son petit numéro m'a énervé. Je ne la questionne pas sur son passé, alors j'aimerais qu'elle laisse le mien là où il est. Je ne peux pas le changer et je l'assume, mais l'évoquer n'apportera rien de bon.

Harmony vient finalement prendre place à table, et c'est en silence que nous mangeons.

L'après-midi, nous nous baladons ensemble dans le quartier afin de nous familiariser avec les lieux. Mais avant tout on est à l'affût du moindre détail suspect. L'endroit comprend douze maisons avec jardin, une petite église et un cimetière adjacent. J'ai compté trois boutiques : une boulangerie, une bijouterie et une petite supérette de dépannage.

Au premier abord, ce quartier résidentiel paraît banal et terriblement ennuyeux. Mais ce sont toujours les choses aux apparences les plus anodines qui renferment les secrets les plus sombres.

Nous entrons dans l'église en pierre. Elle semble bien entretenue car il n'y a ni mousse ni lierre. À l'intérieur, un silence religieux règne en maître. Je déteste ce genre d'endroit, ça m'a toujours rendu nerveux.

Harmony lâche ma main et s'avance jusqu'à l'autel. Des bougies allumées sont posées sur un petit meuble juste devant les premières marches. D'un pas lent et hésitant, je la rejoins.

— Les habitants doivent se rendre souvent ici, commence-t-elle. Il n'y a aucune trace de poussière et les bougies ont l'air d'être fréquemment allumées.

— Super...

La belle métisse ne semble même pas entendre ma remarque. Elle fronce les sourcils et tourne sur elle-même pour inspecter l'entièreté des lieux.

Je grommelle :

— Quoi ?

— Nous sommes dans une église et il n'y a aucune croix. Tu ne trouves pas ça bizarre ?

Surpris par cette constatation, je me mets à mon tour à détailler les murs. En effet, il n'y a aucun crucifix, et même aucune représentation de Jésus.

— Je ne sais pas quelle divinité vénèrent ces gens, mais ce n'est pas celle de la religion chrétienne.

Je marmonne :

— Un groupe d'hérétiques. Encore mieux. Et on m'interdit de les tuer.

— Aedan ! me réprimande-t-elle tout bas avec de gros yeux.

— Quoi ? Les résidents de cette banlieue sont beaucoup moins parfaits qu'ils veulent le montrer.

— Ne faisons pas de conclusions hâtives, nous ne les avons pas encore rencontrés !

C'est ce moment précis que choisit Madison pour faire son entrée. Tandis qu'elle s'approche de nous, Harmony me murmure :

— Surtout, ne parle pas de notre constat. On ne doit pas éveiller les soupçons, gardons l'image du jeune couple innocent.

J'ouvre la bouche pour lui répondre que je ne suis pas un débutant, mais notre voisine m'en empêche.

— Oh ! quelle surprise de vous voir ici !

Ma *femme* glisse sa main dans la mienne.

— Oui, Allan et moi avons fini de nous installer. Nous avons donc décidé de visiter les lieux.

— Oh ! Quelle magnifique idée ! Vous auriez dû me prévenir, je vous aurais servi de guide avec plaisir.

— C'est aimable de ta part, mais nous ne voulions pas te déranger, sourit la psy.

Madison Roland est femme au foyer et sans enfants, d'après les informations remises par l'agence. Elle a l'air d'avoir du temps à tuer.

— Ooh d'ailleurs ! lance-t-elle d'une voix stridente. Ce week-end, il y a la fête des voisins. Ce sera l'occasion pour vous de rencontrer les autres !

— On n'y manquera pas, ce sera avec plaisir.

Nous nous dirigeons ensuite vers la sortie. Juste avant de mettre un pied dehors, je me retourne et aperçois au loin Madison agenouillée devant l'autel.

Tandis que nous marchons en direction de notre maison, je sens la main d'Harmony se crisper dans la mienne. Elle semble agitée.

— Je t'avais prévenue que tu n'étais pas préparée pour ce genre de mission.

— Tu te trompes dans ton interprétation, me répond-elle.

— Tu vas me dire que tu n'es pas en train de flipper ?

— Je ne flippe pas. Mais même si nous sommes arrivés depuis seulement une journée, j'admets que quelque chose me dérange profondément ici.

Elle jette un coup d'œil dans la rue où chaque extérieur est trop bien entretenu. Tout est à sa place, il n'y a aucune imperfection nulle part, aucun déchet par terre, et la pelouse est tondue au centimètre près.

— Si tu veux mon avis, ça pue la secte ou une connerie du genre.

— Sûrement, affirme-t-elle. Il faut qu'on passe en revue les profils des habitants une nouvelle fois.

J'acquiesce. Maintenant que nous avons pu faire certaines suppositions, peut-être trouverons-nous des indices dans les informations fournies par l'agence.

Alors que nous arrivons devant notre habitation, elle s'arrête. Je suis son regard qui se pose sur la boîte aux lettres.

Dans ce patelin de douze maisons, seule la nôtre était inhabitée. Plusieurs disparitions ont été recensées dans le quartier. Le point commun de ces personnes disparues ? Avoir résidé dans cette maison. Néanmoins, on ne trouve aucun lien entre ces individus qui se sont volatilisés et l'habitation. Les autorités ont apparemment conclu à une simple coïncidence.

Mais moi, je n'y crois pas.

— C'est fou, il n'y a aucune trace des résidents précédents. Même pas la trace d'une vieille étiquette sur la boîte aux lettres.

Les hérétiques de cet endroit sont responsables de ce qui se passe ici, j'en suis persuadé.

Chapitre 13

Harmony

Nous rejoignons nos nouveaux voisins dans le jardin de Madison. Elle nous accueille avec son sourire qui m'effraie toujours autant, celui d'une poupée parfaite.

— Hannah, Allan, je suis ravie de vous voir !

Je souris, pendue au bras d'Aedan.

— Nous n'allions pas manquer une si charmante occasion de rencontrer tout le monde.

Un homme à la coupe de cheveux aussi irréprochable que celle de mon interlocutrice s'avance vers nous. C'est Arthur Roland, son mari. Je connais le nom de chaque habitant. J'ai passé ces trois derniers jours à étudier leur dossier à la recherche du moindre détail suspect. Malheureusement, je n'ai rien trouvé. Sur papier, ces gens ont une vie banale et exemplaire. Mais si la piste de la secte avancée par Aedan est juste, ça n'a rien d'étonnant. Nombreux sont les défauts qui se cachent dans l'ombre de la perfection.

— Voici Arthur, mon mari, nous dit-elle.

Mon *époux* lui tend la main pour la lui serrer. Il essaye d'avoir l'air chaleureux et je dois admettre qu'il est étonnamment convaincant. Néanmoins, je remarque aux plissures formées au coin de ses yeux qu'il doit fournir un effort considérable pour jouer son rôle de bon citoyen. D'ailleurs, ce matin, j'ai été surprise de le voir porter un pull sans manches par-dessus une chemise, ainsi que de constater qu'il avait parfaitement dompté sa chevelure cuivrée. Son apparence est aux antipodes de ce qu'il est. Seuls ses tatouages débordant sur son cou et sur le dos de ses mains prouvent que j'ai encore affaire à la même personne.

— Quoi ? Il faut bien que je me fonde dans le décor parmi cette bande de tarés, a-t-il râlé face à mon hilarité.

Cependant, avec ma robe à col en dentelle et mon gilet en coton, je n'ai pas de quoi faire la maligne. Les températures commencent à redevenir clémentes en cette fin de mois de mars, ce qui m'oblige à me découvrir.

Madison nous présente ensuite le reste des habitants du quartier ainsi que leurs enfants qui jouent dans le jardin. À chaque salutation et parole de bienvenue, nous sourions faussement. Chacun de ces échanges nourrit le mal-être qui grandit dans mes entrailles. Je suis contente d'avoir une parfaite maîtrise de mes émotions, car derrière mon masque de jeune mariée naïve se cache une petite fille angoissée.

Arthur vient chercher Aedan pour le barbecue. Les hommes se retrouvent donc autour du fourneau métallique trônant dans un coin du jardin des Roland, une bière à la main.

J'espère qu'il s'en sortira.

Il fait ça depuis plus longtemps que toi, me rappelle une voix.

De mon côté, je suis harponnée par Annie, la doyenne des lieux. Nous nous asseyons sur des chaises disposées en cercle.

— Alors, raconte-nous, que fais-tu dans la vie ? me demande Madison avec l'enthousiasme d'une ado à une soirée pyjama.

Je m'efforce d'être guillerette.

— Je suis designeuse de sites Internet.

— Oh c'est super original ça ! Tu aimes ce que tu fais ?

— Oui, j'ai toujours aimé créer des visuels. C'est également assez confortable, je n'ai pas à me déplacer puisque je travaille depuis chez moi.

— C'est en effet plus simple pour la vie familiale, commente Lory, une mère de deux garnements.

Ils courent d'ailleurs autour de nous depuis tout à l'heure.

— Est-ce que ton mari et toi comptez avoir des enfants ? reprend-elle.

Je trouve la question assez intrusive. Nous ne nous connaissons que depuis quelques minutes. Je tente de garder mon calme et réponds :

— Un jour, oui. Mais nous préférons attendre d'être bien installés.

— Cela se comprend, affirme-t-elle.

Elles me font ensuite un discours sur l'importance de donner la vie, sur le fait que c'est un cadeau de l'existence. Leurs propos me heurtent. Ils ne laissent aucune place à une quelconque forme de tolérance. Le plus effrayant, c'est qu'elles parlent toutes avec entrain comme s'il s'agissait d'une fête longuement attendue. Elles sont convaincues par leurs propres paroles. Je me sens de plus en plus mal à l'aise.

Elles me font aussi une tirade sur l'image de la bonne épouse, l'importance d'être au service de son mari, et ce, sur tous les plans. Si je n'avais pas appris à contrôler mon langage non verbal, je me serais probablement étouffée avec ma propre salive.

Je m'abstiens donc de leur apprendre que chez nous c'est Aedan qui cuisine. Depuis notre arrivée, il s'ennuie. S'il ne s'occupe pas l'esprit, il devient sauvage. Se mettre derrière les fourneaux lui permet donc de ne pas rester inactif. Il s'applique beaucoup et suit toujours les recettes avec rigueur. À la fin de notre mission, il sera devenu un vrai chef !

— Dis-moi, Hannah, crois-tu au Destin ? me questionne Madison.

Bonne question. Je suis assez ouverte d'esprit pour concevoir que le hasard ne fait pas tout. Je ne suis pas fermée à l'idée qu'il existe une entité, sous une forme quelconque, qui influence nos vies. J'aime également m'intéresser aux différentes croyances, comme j'ai pu le faire au cours de ma vie de voyageuse. Je les trouve fascinantes. Toutefois, je n'adhère pas avec force à une croyance en particulier.

Je décide de lui répondre le plus honnêtement possible, tout en essayant d'aller dans son sens.

— Je ne sais pas. Je n'ai aucune preuve me permettant d'y croire ou de ne pas y croire. Disons que je peux l'envisager.

Un silence tombe sur notre cercle. Il ne dure qu'une fraction de seconde, pourtant, il est lourd d'un sens que je ne saisis pas. Cette incompréhension et cette atmosphère malsaine deviennent insoutenables et commencent à peser sur mes épaules. J'ai soudainement l'impression de rapetisser.

Annie frappe dans ses mains, ce qui me permet de me reprendre.

— Bon, allons manger !

Toutes les femmes se lèvent en même temps, tels des automates. Je me redresse avec un temps de retard et j'ai le terrible sentiment d'être à part, d'être celle qui est bizarre. Cette sensation me broie tellement l'intérieur du corps que je cherche à les imiter lorsque nous prenons place à la grande table installée dans le jardin.

Une fois assise, un constat me frappe de plein fouet : ce que je viens de ressentir, ce sentiment d'exclusion et l'envie d'appartenir au groupe… c'est la première étape d'un processus de conformité. C'est un mécanisme naturel du comportement humain, mais quand on le pousse à son extrême, c'est le meilleur moyen de tomber dans une secte.

Comme tout le reste, ce déjeuner est bizarre et dérangeant. Néanmoins, Aedan et moi nous adaptons au mieux pour ne pas éveiller les soupçons.

Soudain, lorsque je tends le plat de salade à Madison, mon geste découvre mon bras et dévoile ainsi une des taches claires ornant ma peau mate.

Tout le monde - à l'exception d'Aedan - s'immobilise. J'aurais pu lâcher un énorme pet, cela aurait eu le même effet. Le mal-être qui avait commencé à me ronger devient atrocement douloureux. Trop de souvenirs remontent à la surface et je dois me faire violence pour ne pas quitter les lieux en pleurant.

— C'est délicieux, lâche Aedan.

Je le remercie silencieusement de mettre fin à ce moment de souffrance mentale. Pourquoi les autres réagissent-ils de manière si vive ? Je n'ai pas la peste non plus...

Chacun reprend ses activités comme si l'espion venait d'appuyer sur le bouton *play* d'une télécommande. Rien ne va. Aedan a raison, ces gens sont tarés.

Nous décidons de quitter la fête dès que le repas est fini. Je prétexte un mal de tête. Lorsque nous arrivons dans le salon et que mon faux mari ferme la porte, je lâche un long soupir. Mon masque se fend avant de se briser en mille morceaux.

— Ils sont horribles.

Il ouvre la bouche, mais je ne lui laisse pas le temps de parler. J'enchaîne :

— Je vais prendre une douche.

J'ai besoin de me laver, d'ôter cette sensation qui m'étire les os et me brûle la peau. Malheureusement, je crains qu'une douche ne serve à rien.

Je reviens une heure plus tard dans la pièce de vie et remarque qu'Aedan est assoupi sur le canapé. Il s'est changé et a troqué son ensemble chemise-pull contre un T-shirt noir. Curieuse d'inspecter de plus près ses tatouages, je m'approche discrètement de lui.

Perdue dans ma contemplation, j'oublie les moments affreux de tout à l'heure. Cette fascination inexpliquée que j'éprouve pour lui prend le dessus sur tous mes autres tracas. Je murmure sans m'en rendre compte :

— Qu'est-ce que tu caches comme secrets, Shadow ?

Il se redresse d'un coup, me saisit la taille et m'attire à lui, si bien que je me retrouve allongée sur sa carcasse de colosse.

— Rien que tu n'as besoin de savoir, me répond-il en me serrant comme une peluche.

— Tu peux me lâcher ?

— Non, tu n'avais qu'à ne pas m'observer avec autant d'intérêt.

— Je ne t'observais pas !

— Tu mens mal, aujourd'hui.

Rien d'étonnant, j'ai les émotions en vrac. Même moi, j'ai mes limites.

— Tu avais les yeux fermés !

— Mais je sentais le poids délicieux de tes yeux gris.

Il chuchote cette dernière phrase contre ma joue, tandis que ses mains caressent mes hanches. Il ne me retient plus, je peux me relever à tout moment. Mais je n'en ai pas envie. Ses gestes doux et provocateurs réveillent un désir qui va au-delà de la fascination. La chaleur de son corps sous le mien diffuse dans mes veines une sensation rassurante.

M'accrocher au réconfort qu'un homme comme lui peut m'apporter va me détruire, je le sais. Néanmoins, je n'ai plus la force de me battre.

Je redresse légèrement la tête pour que mon visage soit face au sien. Nos bouches sont si proches qu'elles se frôlent presque. Nos souffles se mélangent et nos regards fusionnent.

Quelques millimètres, c'est la distance qu'il me suffit de combler pour l'embrasser et me perdre dans les ténèbres qui l'habitent. C'est la limite qu'il me suffit de franchir pour goûter ses lèvres au prix d'une damnation.

J'hésite, les secondes s'écoulent. Les prunelles d'Aedan rougeoient d'une lueur ardente qui fait écho à la mienne. Une part de mon âme supplie ma raison de céder. Mais lorsque j'ai enfin pris une décision, ce mufle me pousse sur le côté et je tombe par terre. La chute me sort de cet état second. Je me relève, offusquée, en attrapant un des coussins qui m'a accompagnée dans ma glissade et frappe l'ancien mafieux avec celui-ci. Il se protège de ses bras, un sourire plaqué sur la figure.

Il s'empare à son tour d'un coussin et tente de me rendre la pareille. Je prends la fuite, mais il me poursuit dans chaque pièce de l'appartement. Je laisse un rire naître dans ma gorge, amusée par ce jeu puéril.

Il trouve un raccourci et me barre la route entre la cuisine et l'escalier. Je l'esquive avec agilité. Mes éclats de rire résonnent dans la pièce et pansent temporairement la douleur qui me tordait le ventre un peu plus tôt.

Le mufle finit par me rattraper et me charge sur son épaule comme un sac de patates. Il me laisse choir sur le canapé tandis qu'il reste debout. Je n'ai pas envie d'arrêter de jouer, je veux continuer à ressentir cette euphorie enfantine. J'amorce donc un mouvement avec mon pied droit vers son entrejambe. Mon but n'est pas de réellement le toucher, mais de créer une diversion.

Il se protège et attrape ma cheville, ce qui n'était pas prévu dans mon plan.

— Une fois, pas deux, trésor.

Il fait référence au coup que je lui ai asséné lors de mes premiers jours à l'agence. Il étire une moue prédatrice.

— Et qui sait, tu en auras certainement besoin un jour.

— Sale mufle !

C'est à son tour d'éclater de rire.

Le reste de la journée se déroule dans une ambiance détendue. Aedan a l'air plus ouvert que d'habitude. Néanmoins, je ne parviens pas à lui faire confesser quoi que ce soit. Ne me fait-il pas confiance ? Notre relation ne peut-elle pas dépasser la taquinerie et la tension sexuelle ?

J'ai l'espoir que si, mais il semble rester prudent sur la part qu'il accepte de montrer de lui.

Je pars me coucher, plus légère. Du moins, c'est ce que je crois... Dès que je me retrouve seule dans ma chambre, le mal-être resurgit et me bouffe, grignotant les petits moments de simplicité que j'ai partagés avec mon coéquipier, comme un ver dévorant une pomme.

Sans prévenir, les paroles et les regards de mes voisins reviennent me hanter.

Chapitre 14

Harmony

Je me tiens debout dans une pièce obscure. De grandes ombres m'encerclent et m'enlèvent toute possibilité de fuite. Je me sens si petite, si différente. Les silhouettes ténébreuses psalmodient des murmures atroces. Je tente de me boucher les oreilles, en vain. Leurs paroles passent à travers mon être pour poignarder mon âme.

Dis-moi, Hannah, crois-tu au Destin ?

Les gloussements de Madison me brûlent la peau et le discours de Lory me broie l'estomac. Soudain, d'énormes billes rougeâtres apparaissent sur les ombres en guise d'yeux. Elles me lorgnent et me jugent. La gravité semble changer et mon corps s'alourdit. Je veux crier à l'aide, mais aucun son ne franchit mes lèvres. Les silhouettes ricanent. Elles se mettent à tourner autour de moi et créent un tourbillon de noirceur. J'étouffe.

J'ouvre brusquement les yeux, des perles de sueur sur le front et les mains moites. Je me redresse, le souffle court. J'étouffe toujours.

La panique s'empare de moi, j'ai l'impression de ne plus savoir comment respirer. Un poids pèse dans ma cage thoracique et je n'arrive pas à m'en débarrasser. Je veux lever la main pour balayer les larmes qui brouillent ma vue, mais mon bras semble trop lourd. Un bruit aigu bourdonne dans mes oreilles et des plaintes sortent de ma bouche.

À l'aide !

— Harmony ?

La voix d'Aedan me paraît lointaine, comme un murmure dans le vent. J'aimerais tourner la tête, mais je n'y parviens pas. C'est comme si l'angoisse me paralysait entièrement.

— Hé !

Je crois l'entendre s'agiter quand soudain deux bras puissants viennent m'entourer les épaules.

— Qu'est-ce que tu as, trésor ?

J'essaye de lui répondre, mais seul un gémissement sort de ma bouche.

— Allonge-toi.

Il me pousse doucement pour me forcer à me recoucher. Tel un pantin, je me laisse faire.

À travers mon voile de larmes, je l'aperçois lever sa main et passer son pouce sur mes pommettes. Petit à petit, je distingue plus nettement son regard, qui semble rempli d'interrogations mais aussi de...

Je ne sais pas. Je n'arrive pas à déterminer l'autre émotion qui habite ses prunelles. Est-ce de la colère ? De l'inquiétude ? Un mélange des deux ?

— Chut, souffle-t-il en caressant ma joue.

Son contact est comme un phare dans la nuit. Sa lumière luit dans mes ténèbres et chasse peu à peu l'obscurité. Une chaleur rassurante vient progressivement remplacer le froid mordant qui gelait mon sang.

Ma respiration s'apaise et je ferme les yeux, à la fois tourmentée, secouée et honteuse. Voilà bien longtemps que je n'avais plus fait de crises d'angoisse. Toute tremblante, je laisse négligemment échapper un long soupir avant de rouvrir les paupières.

Aedan est toujours près de moi, la même étincelle dans les iris.

Je m'attends à ce qu'il dise quelque chose, qu'il me demande ce qu'il s'est passé ou bien comment je me sens, mais il ne le fait pas. À la place, il s'allonge à mes côtés tandis que je me décale pour lui laisser de l'espace dans le lit. Il m'invite ensuite à poser ma tête contre son épaule. Encore une fois, je le laisse faire.

Nous restons un long moment sans rien dire, jusqu'à ce que je brise le silence.

— Ils étaient là. Ils ressemblaient à des ombres informes et terrifiantes. Leurs murmures me lacéraient la chair et leurs yeux rouges me dépeçaient.

— C'est là une torture que tu ne mérites pas.

Si je ne le connaissais pas, cette réponse m'aurait certainement interpellée. En revanche, quand on le connaît un minimum, on sait que cette remarque lui ressemble bien.

— Je savais que tu n'étais pas prête, reprend-il.

Je redresse légèrement la tête vers lui. Il ne va tout de même pas revenir là-dessus dans un moment pareil ?

— Pas besoin de m'embrouiller, trésor. Tu sais que j'ai raison.

— Mais la directrice a…

— La directrice est une femme froide qui n'agit que pour l'intérêt de l'agence. Elle ne voit en toi que tes compétences et pas l'être humain. Je n'ai pas de problème à ce qu'elle agisse de cette manière avec nous, les criminels. Mais toi, tu n'as pas à être traitée comme ça.

Je repose ma tête sur son épaule sans le quitter du regard. J'en conclus donc que la lueur qui brille si fort dans ses pupilles est le reflet de sa colère.

— Je lui avais dit que c'était une mauvaise idée, tout comme pour cette mission concernant la capture de Meijer. Je le savais, j'avais percé à jour sa stratégie, peste-t-il.

Je fronce les sourcils.

— Quelle stratégie ?

— La patronne est une femme intelligente et très manipulatrice. On n'arrive pas là où elle est sans ce genre de qualités, d'ailleurs. Quand elle t'a repérée, elle n'a pas pu te lâcher. Je parie que même si le complice de Holmadoff ne t'avait pas tiré dessus elle aurait trouvé un autre prétexte pour te garder à l'agence. Notre première mission ensemble, c'était un test. Elle a évalué notre duo et ton potentiel. Elle savait très bien que c'était trop tôt pour toi et que ça pourrait te mettre en danger.

— Pourquoi tester mes compétences ?

— Je pense qu'elle cherchait quelqu'un pour cette mission d'infiltration. Ce n'est pas la première fois que les espions d'Undershade sont amenés à en effectuer, mais ce cas-ci est spécial, m'explique-t-il.

— C'est plus subtil, moins brut, déduis-je.

— Exactement.

— Comment en es-tu arrivé à de telles conclusions ?

— Déductions et observations. Et je la connais.

Je ris faiblement.

— Je déteins sur toi.

Aedan a raison. Maintenant qu'il aborde le sujet, je réalise que la directrice a facilement accepté ma décision de venir sur le terrain. Elle n'a pas essayé de m'en dissuader, elle en était même ravie. J'ai moi-même décidé de devenir son pion sans réellement le savoir.

Mais Aedan ne doit pas découvrir que l'idée vient de moi. Il ne comprendrait pas.

Tout ça n'était alors qu'un test pour ensuite adapter ma formation préparatoire à cette mission précisément. Je dois avouer que c'est intelligent et stratégique.

Je repense toutefois à son alliance, ce qui m'amène à une question.

— La directrice, qui est-elle ?

— Une militaire. Elle a combattu au Moyen-Orient. Son mari est mort en intervention et c'était elle la cheffe des opérations.

Je vois. Je ne peux pas en être certaine, mais je dirais qu'elle est devenue froide et insensible en réaction à cet événement douloureux. C'est plus facile d'oublier sa peine en devenant sans cœur que de la surmonter.

— Ça explique certaines choses.

Instinctivement, je me blottis un peu plus contre le mufle.

— Je ne supporte pas l'idée qu'elle te traite comme nous, murmure-t-il contre ma tempe.

— Parce que je ne le mérite pas, c'est ça ? Tu radotes.

— Tu es une bonne personne, aider les autres est même devenu ton métier.

Ses paroles me touchent. Il y a une sincérité dans sa voix à laquelle je n'avais encore jamais été confrontée. Ça m'a tout l'air d'un compliment, mais je sens qu'en réalité c'est bien plus que ça.

— Confie-toi, s'il te plaît. Dis-moi ce qui te tourmente.

— Je pensais qu'une psy ne devait jamais forcer ses patients à parler, commente-t-il.

Il dégage une des mèches qui s'est échappée de mon chignon et qui tombe sur mon visage. Ses doigts s'arrêtent sur mon oreille décolorée.

Quand il fixe mon vitiligo, je ne vois pas dans son regard de la curiosité ou du jugement, mais de la fascination. Tout comme j'en éprouve pour lui.

— Ce n'est pas la psy qui te parle.

— Alors qui est-ce ? demande-t-il d'une voix rauque.

Ses phalanges s'attardent sur ma peau.

— Une amie.

Il rit.

— On ne peut pas être amis, trésor.

— Pourquoi ?

En vérité, je connais déjà la réponse.

Sa main saisit ma joue et son nez vient se cogner au mien. Nos lèvres s'effleurent.

— Pour ça, chuchote-t-il dans un souffle.

Mon cœur tambourine dans ma poitrine tandis que des picotements agréables envahissent mon ventre. Lorsque sa bouche vient rencontrer la mienne, une décharge de bonheur se répand dans mon corps. Le monde autour de nous s'arrête et plus rien ne semble compter. Comme une droguée, je veux que cette sensation de bien-être dure sans jamais s'estomper. Elle me fait tout oublier : les voisins, mes cauchemars, la directrice.

J'approfondis notre baiser et entrouvre les lèvres. La main d'Aedan glisse dans mon dos pour me plaquer plus contre lui.

Je commence à manquer d'air, mais je m'en fiche. Je pourrais m'étouffer dans ses ténèbres.

Il rompt notre lien, m'arrachant brusquement à ce cocon de délices.

— Ne te laisse pas corrompre par les paroles de ces fous.

Il caresse la tache blanche de mon cou et ajoute :

— Tu es magnifique.

J'entrouvre les lèvres pour lui répondre, mais les referme aussitôt. Je ne sais pas quoi dire. L'émotion me dévore.

Moi, Harmony Davison, spécialiste de la maîtrise du langage corporel, suis en train de perdre contre mon propre cœur.

L'ancien criminel finit par se lever. Son aura a changé. Il s'est refermé, ce qui signifie que ce moment hors du temps est terminé.

— Tu as déjà tes propres ombres à affronter, ne t'encombre pas des miennes, lâche-t-il doucement.

Et il quitte ma chambre sans même se retourner.

Je soupire, exténuée et ébranlée. Mes paupières deviennent lourdes et, en quelques minutes seulement, je plonge dans un sommeil sans rêves.

Plus de cauchemars. Plus de silhouettes aux yeux rouges.

Chapitre 15

Aedan

En fin d'après-midi, je rejoins ce fichu cercle de partage chez les Roland. Arthur m'ouvre la porte, un sourire glauque sur les lèvres. Je ne suis pas ravi d'être là, mais j'essaye de jouer ce rôle du mec naïf avec un balai dans le cul. Quand nos voisins nous ont proposé de participer à leur activité de méditation, Harmony et moi avons été obligés d'accepter. Il faut absolument qu'on intègre leur petit groupe.

Ce rassemblement n'est pas mixte. Les hommes se retrouvent ici, et les femmes, quant à elles, se réunissent chez Annie. Laisser Harmony seule avec ces folles me rend nerveux, elle n'est pas du tout taillée pour ce genre de mission, ce qui est parfaitement normal. Sa crise d'angoisse de l'autre fois me l'a encore confirmé.

— Bienvenue, mon frère, me salue mon hôte.

Je réponds à son accolade en masquant mon dégoût. Il m'invite ensuite à entrer.

— Pour plus de confort, je te propose d'enlever tes chaussures.

Je me retiens d'arquer un sourcil et lance un regard au plancher. Sous le portemanteau, plusieurs paires de souliers parfaitement cirés sont alignées. À contrecœur, je me conforme et viens y ajouter la mienne.

Je le suis dans une pièce de la maison. Les autres sont déjà installés en cercle sur des petits coussins. Au centre, de la fumée s'échappe d'une sorte de théière dont l'odeur m'agresse les narines.

Bon sang, qu'est-ce que c'est que cette merde vaporeuse ?

D'un geste de la main, Arthur me suggère de prendre place sur l'un des poufs restants. Je ravale mon agacement et m'exécute. Est-ce que la psy doit subir le même cirque de son côté ?

Tandis que je m'assieds, le goût de ses lèvres me revient en tête. J'ignore ce qui m'a pris de faire ça, ce soir-là. J'en avais très envie, mais pas pour les raisons habituelles. Généralement, je me contente d'embrasser une femme lorsque j'éprouve un désir purement charnel envers elle. Mais avec elle c'était différent. Sa vulnérabilité a remué quelque chose en moi. Elle a réussi à me tirer dessus sans utiliser la moindre arme. Je la désire, c'est indéniable, et c'est réciproque, elle me l'a bien fait comprendre. Néanmoins, il y autre chose. Et c'est cette « autre chose » qui m'empêche d'assouvir mes fantasmes.

Tu crains que ce soit plus que de l'attirance physique, tu redoutes l'attachement qui pourrait s'être créé entre vous, me souffle une voix inopportune.

De l'attachement ? La bonne blague. Depuis la mort de mes parents, je ne me suis plus attaché à personne et c'est mieux comme ça. Ne rien éprouver pour quiconque ne m'a jamais empêché de me sentir bien.

— Mon frère ? Es-tu avec nous ?

Je lève le regard vers Arthur qui s'est installé à mes côtés. Je lui mettrais bien un poing dans la tronche pour qu'il cesse de m'appeler comme ça.

— Oui. Je suis là.

— Alors, commençons. Que tout le monde ferme les yeux et inspire profondément.

Les autres hommes obéissent instantanément tandis que je garde encore les paupières ouvertes. Je soupire intérieurement avant de les imiter, j'espère que cette comédie ne va pas s'éterniser.

— Laissez-vous guider par la Lumière. Ouvrez vos Cœurs et fusionnez avec votre Intériorité.

Je manque d'éclater de rire. C'est quoi cette tirade ?

Je reste immobile de longues minutes. Cette séance de méditation est d'un ennui mortel. Mais soudain une sensation étrange parcourt mon corps. Une euphorie inexpliquée me monte à la tête. Mes muscles se détendent et mes pensées deviennent plus légères.

Bordel, je suis sûr que c'est à cause de cette fumée écœurante.

— Allez-y, ouvrez-vous au monde. Reconnectez-vous à la Nature, notre Mère à tous.

Ma lucidité perd du terrain. Cette alacrité commence à me dominer et la tentation de boire les paroles d'Arthur me guette. Je me sens si bien, si détendu. J'ai l'impression de voler et je ne veux pas redescendre.

— Vous êtes libres comme l'air, déterminés comme le feu, calmes comme l'eau et robustes comme la terre. Vous êtes un tout, un être de Vie. Déliez-vous de ce monde superficiel et corrompu, retrouvez vos racines dans l'Instant.

Plusieurs de mes « voisins » se mettent à murmurer des paroles tout aussi farfelues et insensées. Heureusement, la drogue qui m'embrume le cerveau n'est pas assez puissante pour me déposséder complètement de mes facultés mentales. Je parviens donc à maintenir un semblant de raison.

S'ensuit un moment de confession. Selon Arthur, il permet à chacun de se décharger du poids de son « Existence », trop lourde pour les êtres que nous sommes.

Lorsque vient mon tour, la nervosité me gagne. Je dois lutter pour garder mon sang-froid. L'air empoisonné que je respire me rend la tâche difficile.

— Je suis orphelin depuis l'âge de dix ans. Parfois, je me demande ce que serait ma vie si mes parents étaient toujours là.

Je mens. En réalité, ça ne m'intéresse pas de ressasser le passé et de fabuler sur une pseudo-vie alternative. Refaire le monde avec des « si » est inutile.

— Que s'est-il passé ? me demande Arthur. Tu peux parler en toute sérénité.

Comme tous les autres membres du cercle, il a les pupilles dilatées.

— Accident domestique.

C'est vrai, en partie. Ce que je ne dis pas, c'est que cet accident c'est moi qui l'ai provoqué. C'est moi qui ai tué mes parents. C'est à cet âge-là que j'ai compris que je ne méritais pas d'avoir une belle vie.

Le tour continue. Les autres sont plus bavards, plus ouverts. Ils s'abandonnent complètement à ce psychotrope qui parfume la pièce qu'ils qualifient de canal pour accéder au bien-être.

La séance se finit. Je remets mes chaussures et sors à la hâte. J'ai besoin d'air frais, sinon je vais craquer.

— À la semaine prochaine, me lance Arthur tandis que je m'éloigne.

J'espère vite boucler cette affaire, car je ne supporterai pas cette « thérapie » hebdomadaire bien longtemps. En partant, je constate que les autres se saluent d'une façon étrange. Ils s'échangent des paroles aussi loufoques que pendant le rassemblement. Malgré mon état second, je déduis que c'est un genre de rituel de fin. Cette fois-ci, je peux plaider l'ignorance pour justifier mon départ hâtif et non conforme à leurs « règles », mais à la séance prochaine je serai obligé de les imiter.

Les quelques mètres que j'effectue dehors pour rejoindre ma « maison » me permettent d'évacuer une bonne partie de cette fumée qui altérait mon esprit. Au moins, les effets se dissipent vite.

Lorsque je pénètre dans la pièce de vie, Harmony est déjà rentrée. Elle est allongée sur le canapé. Un de ses bras barre son visage.

— Je vois que toi aussi tu as eu droit à ce petit voyage au monde des fées.

Elle se redresse d'un coup et soupire :

— Ne m'en parle pas. J'ai cru que j'allais devenir folle. Lutter contre cet encens m'a coûté cher.

— Et sinon, comment ça s'est passé ?

— Aussi bizarre que je me l'imaginais.

Je l'observe un instant, elle semble dire la vérité, du moins en apparence. Mais je ne me fie plus aux apparences, surtout avec elle.

— Ont-elles fait des commentaires sur ton vitiligo ?

— Rien de vexant, enfin...

Elle n'achève pas sa phrase.

— Enfin quoi ?

— Je ne sais pas. J'ai déjà fait face à de nombreuses moqueries et injures à cause de ma maladie, mais ici, c'est différent. Elles semblent s'y intéresser, mais j'ignore comment le décrire et comment l'expliquer.

Je grommelle :

— Mouais, elles mériteraient que je leur troue la peau.

Elle lâche un rire entre le sarcasme et l'amusement. Je suppose que mon attitude ne la surprend plus. Elle se rallonge tandis que je monte à l'étage pour me changer. Je n'en peux plus de cette chemise boutonnée jusqu'au cou et de ce pull en cachemire qui me démange.

J'attrape donc le premier T-shirt de la pile dans ma penderie et le troque contre cet accoutrement ridicule. Je redescends ensuite au rez-de-chaussée pour me rendre dans la cuisine et préparer le dîner.

Une bonne heure plus tard, j'enfourne le gratin d'aubergines. Harmony s'est redressée et écrit à présent dans un carnet. Ce n'est pas la première fois depuis le début de notre séjour ici que je l'observe exprimer ses constats dans ce calepin. Généralement, je ne relève pas, mais là tout de suite je n'ai rien de mieux à faire que d'être curieux.

Je me dirige vers elle. Par-dessus le dossier du canapé, je lui enlève le calepin des mains. Elle pousse un cri de protestation et saute sur ses pieds. Je commence à lire et elle me rejoint pour essayer de reprendre son bien. Pas de chance pour elle, je n'ai qu'à le lever en l'air pour qu'il soit hors de sa portée.

Elle était en train de décrire la séance de méditation à laquelle elle a participé et essayait d'en tirer des conclusions. Puisque ça ne m'intéresse pas, je reviens quelques pages en arrière.

— Rends-moi ça ! C'est un outil professionnel et *confidentiel* !

Je ne l'écoute pas et m'arrête sur un extrait en particulier. Celui me concernant.

Les mots « psychopathe » et « sadique » y sont barrés. Je n'ai pas le temps de m'attarder sur la suite, car elle parvient à me reprendre son carnet des mains. Elle a dû faire un bond pour y parvenir.

J'étire un sourire en coin.

— Quels fantasmes racontes-tu sur moi dans ton journal intime ?

— Ce n'est pas un journal intime ! Ce sont des notes personnelles afin qu'aucun détail ne m'échappe.

Elle referme le cahier et le serre contre elle.

— Et je ne nourris aucun fantasme à ton sujet, sale mufle.

Je ris.

— Vraiment ?

Je viens la coincer contre le dossier du divan en plaçant mes bras de part et d'autre de son corps. Je me penche pour que mon visage soit face au sien. Nos iris se croisent. Elle me lorgne d'un regard dur, je prends ça pour un défi. J'insiste :

— Vas-y, répète-le.

Une de mes mains quitte le dossier pour venir lui frôler la hanche. Mon sourire s'agrandit quand un frisson qu'elle n'a pas pu réprimer la parcourt.

— Bon, d'accord, tu es physiquement très attrayant.

Je romps un instant notre contact visuel pour jeter un œil au carnet qu'elle sert toujours contre elle.

— Si je ne suis ni psychopathe ni sadique, alors qu'est-ce que je suis ?

— Tout le monde ne rentre pas dans une case théorique. Tu fais partie de ces gens-là. Tu n'es pas psychopathe, car tu ressens des émotions pour les autres, tu n'es pas indifférent. Tu n'es pas sadique non plus, car tu n'éprouves aucun plaisir à faire du mal. Ton problème, c'est que tu te hais toi-même. Pourquoi ? Je ne sais pas, puisque tu refuses de te confier. Mais je pense que je ne prends aucun risque à supposer que la mort de tes parents y est pour quelque chose.

Je me redresse et la dévisage. Elle n'a pas oublié, elle a retenu cette minable confession.

Pourquoi suis-je encore surpris ?

Je ricane.

— C'est une déduction trop simpliste.

— C'est tout ce que je peux faire pour l'instant.

Je lui tourne le dos et m'apprête à me diriger vers la cuisine. Elle me stoppe en saisissant mon poignet.

— Pourquoi refuses-tu de me parler ?

Je me dégage de sa prise.

— Je dois surveiller le gratin.

Je retourne donc voir ma préparation sans lui accorder un regard et me penche vers la vitre du four.

— Tu comptes fuir éternellement ?

Je fais volte-face. Exaspéré, je frappe brusquement le plan de travail.

— Ton insistance est agaçante !

Elle sursaute, surprise par mon agressivité. Ses épaules finissent par s'affaisser et elle me rejoint. Elle me prend délicatement la main.

— Tu as raison, ce n'est pas professionnel. Néanmoins, le jour où tu voudras te livrer, tu pourras compter sur moi.

Ses propos sont dépourvus de tout jugement. Ils sont authentiques et sincères, sans arrière-pensées.

Je me fige. Quelque chose naît dans mes entrailles tandis que sa paume tiède serre la mienne.

Tu pourras compter sur moi.

Eilema Decker

Personne ne m'avait traité comme ça depuis bien longtemps. Personne n'avait pris la peine de s'inquiéter pour moi depuis la mort de ma mère.

Personne n'avait réussi à faire ressortir mon humanité comme elle est en train de le faire.

Chapitre 16

Harmony

— Tu es sûr que c'est une bonne idée ?

— Il faut bien que nous en apprenions plus, et ce lieu de culte doit sûrement jouer un rôle dans toutes ces conneries, me répond Aedan en laçant ses chaussures.

Il compte se rendre dans la chapelle du quartier. Il est persuadé que cet endroit est l'une des pièces du puzzle, c'est ce que son intuition lui souffle.

— On est samedi matin, tu ne seras certainement pas tout seul.

— Je sais, et tant mieux. Peut-être que ces tarés m'en diront plus, marmonne-t-il.

Une fois ses lacets noués, il se redresse. Je dois lever la tête pour retrouver son regard.

— Tu ne veux toujours pas que je vienne avec toi ?

Il lève les yeux au ciel.

— Non. Je préfère que tu restes ici.

C'est la troisième fois qu'il me ressort la même réponse sans y ajouter une explication supplémentaire. Moi, j'en vois trois : soit il ne me fait pas assez confiance, soit il préfère que quelqu'un surveille la maison, ou soit... il veut m'épargner.

Une partie de moi souhaite que ce soit la troisième option. Je n'arrive pas oublier la douceur de ses gestes lors de ma crise d'angoisse, l'autre soir. Il a fait preuve d'une tendresse dont de nombreuses personnes le pensent dépourvu, lui le premier.

Qu'as-tu vécu pour te persuader que seule de l'ombre réside en toi ?

Il ouvre la porte d'entrée et s'avance à l'extérieur. Je le regarde s'éloigner depuis le seuil. À peine est-il arrivé au milieu de l'allée que des voix l'interpellent :

— Oh ! bonjour, Allan, le salue Madison, pendue au bras de son mari.

Elle me fait ensuite un signe de la main, un large sourire dessiné sur le visage qui me fait toujours aussi froid dans le dos.

— Où vas-tu de si bon matin ?

— À l'église. J'aime bien m'y rendre pour réfléchir.

Puisque cet endroit ne comporte aucun signe chrétien et n'a pas l'air d'être dédié à Dieu, je ne suis pas sûre qu'on puisse encore le qualifier d'« église ». Cependant, Aedan joue la carte de l'ignorance. C'est mieux de faire comme si nous n'avions rien remarqué. Il continue donc de nommer ce lieu ainsi en public.

Très malin.

— Hannah ne t'accompagne pas ? lance Madison.

Son regard glisse sur moi. Je réponds avec une voix qui se veut faiblarde :

— Je ne suis pas au meilleur de ma forme.

J'ai déjà pris l'excuse du mal de tête la semaine dernière pour m'éclipser de ce déjeuner horrible, j'ajoute donc :

— J'ai une santé fragile.

Le couple continue de me fixer avec un sourire glauque.

— Nous comprenons, commente Arthur avant de se tourner vers Aedan. Nous nous y rendions justement, viens avec nous.

— Avec plaisir, dit-il avec un sourire faux.

Nos voisins ne doivent pas le remarquer, mais il serre ses poings si fort que les jointures de ses doigts deviennent blanches.

Il finit par se décrisper et fait demi-tour. En quelques enjambées, il me rejoint et dépose un baiser sur mon front.

Madison soupire, attendrie. Il les rejoint ensuite et ils s'éloignent ensemble. Quant à moi, je reste figée sur le seuil, surprise par son geste.

Cette réaction venait de lui ou bien est-elle due à son rôle ?

Je secoue la tête pour chasser cette pensée et referme la porte. Le silence qui domine la maison s'abat soudainement sur mes épaules. Qu'est-ce que je vais bien pouvoir faire ? C'est encore assez nouveau pour moi, de flemmarder chez soi.

Le bip de la machine à laver me donne la réponse.

Ah oui, c'est vrai, il y a les tâches ménagères.

Je me dirige vers la buanderie située derrière une porte au fond du salon. La pièce n'est pas très grande. La machine et le sèche-linge prennent une bonne partie de la place. Il paraît que c'était un petit bureau avant notre aménagement. On peut d'ailleurs encore voir les fines traces laissées sur le sol par le raclement répété d'une chaise.

Je sors les vêtements humides par le hublot et les transfère dans le sèche-linge. Une chaussette se fait la malle et tombe au sol. Je me penche pour la ramasser et mon regard s'arrête sur le mur. Je fronce les sourcils, un détail me frappe. La plinthe est sectionnée comme si une partie était destinée à être enlevée. Curieuse, je m'accroupis à côté de la machine et tends le bras. Je saisis le bout de la plinthe en bois et tire dessus. Elle se déboîte facilement de la paroi.

Mes yeux s'écarquillent. Un livre est dissimulé dans le renfoncement creux que cachait la boiserie.

Je l'attrape et souffle dessus. Un nuage de poussière voltige autour de moi. Il doit être caché là depuis un moment.

Je m'empresse de m'occuper du linge et fonce ensuite dans le salon avec ma trouvaille. J'ouvre la première page et y découvre un nom : Jessica Mills.

Ce nom, je le connais, je l'ai déjà lu dans un dossier. C'est celui de la fille disparue, celle qui habitait dans cette maison avant nous.

En décembre dernier, elle et son mari – James – sont devenus mystérieusement introuvables. Ils ont annoncé partir en voyage avant les fêtes de fin d'année et leur voiture a été découverte sur une aire d'autoroute à quelques kilomètres de York. Les autorités ont été dépassées, elles n'ont pas réussi à trouver la moindre piste sur ce qu'il leur était arrivé. Puisque Jessica était la nièce d'un homme politique important, Undershade a décidé de s'en mêler, à la demande du politicien.

Aedan et moi ne nous sommes pas directement intéressés à ce couple disparu, car notre mission n'est pas de les retrouver, mais de déterminer ce qu'il se trame ici. Et puis, poser des questions aurait éveillé les soupçons des habitants.

Néanmoins, j'ai espoir qu'en résolvant les mystères de ce quartier nous éluderons également au moins une partie des causes de leur disparition.

Je me plonge dans l'ouvrage qui se présente sous la forme d'un journal intime. Jessica était jeune. Elle avait vingt et un ans quand elle a emménagé ici. Elle s'est mariée rapidement pour échapper à sa famille. Elle explique dans les premières pages avoir subi des violences familiales. Ses descriptions me retournent l'estomac. Elle a essayé d'en parler, notamment à son oncle, mais personne n'a voulu la croire.

Heureusement, l'homme qu'elle a épousé semblait la combler. Du moins, c'est comme ça qu'elle le dépeint.

Malgré cela, la trace des sévices qu'elle a subis ne s'efface pas si facilement. Je peux aisément déceler à travers son récit qu'elle était une jeune femme brisée, prête à tout pour avoir accès au bonheur.

D'abord, elle décrit les habitants du quartier comme flippants. Je la comprends, c'est exactement l'impression qu'ils me donnent. Ensuite, au fil des semaines, elle semble s'accommoder à leur... bizarrerie. Je peux d'ailleurs noter que son vocabulaire change. Il devient aussi décalé que celui utilisé lors de la séance de méditation. Séances auxquelles elle participait toutes les semaines. Je remarque l'utilisation de majuscule pour certains mots comme « Nature », « Instant », « Cœur », « Intériorité ».

Jessica a changé, cet endroit l'a transformée. Elle écrit qu'elle se sent mieux, qu'elle a trouvé sa place, que retrouver une connexion avec la « Nature » lui a sauvé la vie.

Notre Divine Nature, a-t-elle inscrit.

Cette transformation a eu des conséquences dans son couple. James, lui, n'a pas adhéré à toutes ses activités qu'il qualifiait de sectaires. Jessica écrit avoir été profondément blessée par l'attitude de son mari. Mais finalement, animé par le désir de sauver son couple, il a décidé de s'intéresser de plus près aux pratiques censées aider sa femme. Et à son tour, il est devenu un fervent adepte de cette vision de la vie.

En quelques mois à peine, le couple a sombré dans un univers délétère.

« *Nous avons réussi à nous élever, à transcender notre condition. J'espère qu'un jour le monde se réveillera de cette hypnose industrielle et rouvrira son Cœur. Seule l'Illumination sauvera l'humanité.* »

Je suis horrifiée en lisant cet extrait de la jeune femme. Ces gens ont profité de sa détresse, ils ont détourné des pratiques saines telles que la méditation pour en faire une arme d'endoctrinement.

Et c'est probablement ce qu'ils essayent de faire avec nous.

Je remonte quelques pages en arrière pour tenter d'identifier le moment exact où Jessica a basculé. Mais c'est impossible à déterminer. C'est un processus lent et progressif qui conditionne l'esprit.

Toutefois, cette deuxième lecture me permet de relever un nouvel élément : celle qui a été là pour elle, c'est Annie. Elle la décrit comme sa sauveuse, sa nouvelle mère.

Annie, septuagénaire et doyenne de la rue.

Une évidence me frappe soudainement. Il y a eu plusieurs disparitions dans le quartier, la première ayant été recensée dans les années 1980. Je mettrais ma main à couper qu'Annie habitait déjà ici à l'époque.

En revanche, comme pour la terrible histoire de Jessica et son mari, aucun élément n'a pu prouver que ces disparitions avaient un lien avec ce lieu.

Je finis par arriver à la dernière page, celle du 14 décembre. Jessica mentionne en effet un voyage, mais elle ne précise ni où ni quand.

« *Je suis impatiente d'effectuer ce voyage qui me reliera à notre Divine Nature.* »

Ce sont là ses derniers mots.

Je referme le livre, les neurones en ébullition. Un bruit de porte me fait sursauter et un soupir las m'informe du retour d'Aedan.

— Putain, ils sont vraiment fous, se plaint-il.

Il enlève ses chaussures à la hâte et se laisse tomber sur le canapé, à côté de moi. Je prends tout à coup conscience qu'il est parti depuis deux heures. Je n'ai pas vu le temps passer.

Ses yeux aussi verts qu'une forêt de sapins se posent sur la couverture de cuir.

— Qu'est-ce que c'est ? me questionne-t-il.

— Le journal de Jessica. Il était caché derrière une plinthe dans la buanderie.

C'est en entendant le tremblement de ma propre voix que je comprends à quel point l'histoire de cette jeune femme brisée et influençable m'a secouée.

Son expression change et il m'enlève le livre des mains. Il le feuillette rapidement.

— Tu l'as lu entièrement ?

— Oui.

Je lui narre ensuite le récit du couple et de l'endoctrinement dont ils ont été victimes.

— J'envoie ça à Undershade en guise de preuve. On ne peut pas laisser ça ici, c'est un miracle que ces tarés ne l'aient pas trouvé.

— Laisse-moi prendre des photos, avant.

Je photographie donc chaque page de l'ouvrage. J'aurais probablement besoin de revenir dessus pour mes analyses.

Aedan l'embarque ensuite avec lui et rejoint sa chambre pour contacter l'agence avec un téléphone satellite. Il redescend et m'apprend qu'un espion déguisé en coursier viendra chercher ma trouvaille dans l'après-midi.

Je le questionne :

— Et toi, de ton côté, as-tu appris quelque chose ?

— Ils m'ont servi le même genre de discours perché que lors de la séance de médiation. Le moment de prière était oppressant, mais en apparence, on ne peut pas le différencier d'un autre culte religieux.

— Madison et Arthur ont-ils mentionné une *Divine Nature* ?

J'ai omis de citer ce terme lors de mon explication précédente. Il y avait tellement de choses à dire que cela m'est passé au-dessus de la tête.

— Oui.

— Aedan, je crois que c'est la divinité qu'ils vénèrent.

— Super, grogne-t-il.

Nous commençons à avancer. Le nombre de pièces du puzzle à notre disposition augmente. Nous savons maintenant que nos voisins sont bien les adeptes d'une secte et qu'ils sont responsables d'une quelconque manière de la disparition de Jessica et James.

Cependant, ces découvertes ont engendré d'autres questions : quel était ce voyage dont parlait la jeune femme ? Pourquoi leur voiture a-t-elle été retrouvée si loin ? Toutes les disparitions de ces quarante dernières années ont-elles un lien ? Annie est-elle l'instigatrice de tout cela ?

Ces nombreuses interrogations se bousculent dans mon crâne et réveillent une migraine.

Aedan vient poser la main sur ma cuisse. Je tourne la tête vers lui et me perds dans son regard.

— Ne t'inquiète pas, ils ne t'auront pas. S'ils osent te toucher, je les tue.

Et venant de lui, ce n'est pas une expression.

Chapitre 17

Harmony

Allongée dans mon lit, je bouquine tranquillement. J'ai pris avec moi quelques livres de la bibliothèque d'Undershade. Et je ne suis pas la seule, Aedan aussi en a amené quelques-uns. Ils sont rangés dans ma chambre, comme tout le reste de ses affaires, d'ailleurs. Nous devons donner l'impression de partager la même pièce, bien qu'il ne dorme pas réellement ici.

Comme il me l'avait signalé, un agent déguisé en coursier est bien passé prendre le journal de Jessica dans l'après-midi, quelques heures plus tôt. Néanmoins, malgré sa couverture, la présence de cet inconnu a attiré l'attention. Depuis, j'ai la désagréable sensation d'être surveillée.

J'ai fait part de mon ressenti à Aedan. Fidèle à lui-même, il s'est empressé de faire le tour de la propriété. Afin que son comportement ne soit pas perçu comme suspect dans l'hypothèse où l'on serait véritablement espionné, il a simulé une recherche de clés en affichant l'expression perplexe et désespérée que peuvent prendre les gens lorsqu'ils égarent un objet d'une telle importance. C'est une bonne chose qu'il ait joué cette comédie, car l'un de nos voisins est justement passé par là.

Ils sont partout et intrusifs, rien d'étonnant que cette sensation d'être épiée s'immisce dans mes entrailles.

Lorsque je relis pour la quatrième fois la même phrase de mon livre, je comprends qu'il est temps de le refermer. Je n'arrive pas à me concentrer. Cette histoire de Jessica me trotte dans la tête.

Je quitte mon lit et m'avance dans le couloir. Lorsque je passe devant la salle de bains, son battant s'ouvre. Le timing est si mauvais - ou parfait - que je manque de foncer dans Aedan. Je m'arrête juste à temps et le découvre vêtu uniquement d'une serviette autour de la taille. Ce n'est pas la première fois que je le surprends dans un accoutrement aussi léger, toutefois, je ne peux m'empêcher d'à nouveau le détailler.

Il sourit. Ses cheveux cuivrés qui tombent en boucles sur ses épaules sont encore humides.

— Eh bien, tu as le chic de toujours te trouver au bon endroit au bon moment, trésor.

— Au *mauvais* endroit au *mauvais* moment, tu veux dire ?

— Tu es de mauvaise foi, lâche-t-il sans perdre son sourire.

— Pas du tout.

Il saisit mon poignet, geste qui commence à devenir récurrent, et plante ses yeux dans les miens.

— C'est si difficile que ça d'assumer que je te plais ? Tu l'as pourtant déjà admis.

— Correction, j'ai dit que ton physique était attrayant.

— C'est la même chose, déclare-t-il.

Nous nous dévisageons. Je meurs d'envie de lui faire un discours sur le fait que le caractère joue également un rôle dans le charme d'une personne, mais m'abstiens. Ce ne serait pas juste, car je le trouve beaucoup plus ouvert et aimable - à sa façon - que lors de nos premiers échanges. Il ne se rend probablement pas compte des progrès qu'il a faits.

J'aimerais vraiment qu'il accepte de me faire confiance et qu'il se confie, je souhaiterais réellement l'aider. Toutefois, comme il me l'a fait remarquer l'autre jour, mon insistance est contre-productive. C'est assez ironique en sachant que je suis psychologue.

Cette erreur, je sais pourquoi je l'ai commise : le lien affectif qui se crée entre nous m'empêche d'avoir le recul nécessaire pour rester professionnelle.

Ce dont il a besoin, c'est d'un proche, pas d'une psy.

C'est un constat qui m'a frappée lors de notre arrivée ici. Il est solitaire, sans famille ni amis prêts à s'inquiéter pour lui. J'ai donc décidé de laisser plus de place à Harmony et non à la psychologue analyste. Et la conséquence de ce choix est bien sûr l'attachement émotionnel...

Aedan est un meurtrier, un criminel à qui la justice infligerait la perpétuité, mais il possède cette part touchante qui ne me laisse pas indifférente. Cet attendrissement me frustre au plus haut point.

Il vit dans l'ombre parce que l'ampoule de son cœur a été brisée, et jamais personne n'est venu la remplacer.

Le contact de ses doigts qui enserrent mon poignet me ramène à la réalité. Je me dégage doucement de sa prise et recule d'un pas pour rétablir une distance correcte entre nous.

— Au fait, pourquoi tu es sorti à moitié à poil ?

— J'ai oublié de prendre mes vêtements avec moi. Je peux passer ?

Je lui bloque en effet le passage. Je hoche la tête et me décale sur le côté sans regarder où je mets les pieds. Mon talon rencontre donc le vide de la première marche de l'escalier avant même que je n'aie pu le voir. Je perds l'équilibre et commence à basculer en arrière.

Je ferme les yeux, prête à encaisser une chute qui s'annonce douloureuse mais le choc n'arrive jamais. À la place, c'est un bras puissant qui m'enserre la taille et me tire légèrement vers l'avant.

Je rouvre les paupières, le corps plaqué contre celui d'Aedan. Il affiche une expression amusée.

— Tu devrais faire attention, trésor.

Le rouge me monte aux joues et je n'ose pas fixer autre chose que son sourire moqueur. En me rattrapant, la serviette qu'il avait autour de la taille s'est dénouée. Je le sais, je le *sens* et je suis affreusement gênée.

Ce mufle ne retient pas le rire qui lui chatouille la gorge. La situation le divertit. N'a-t-il donc aucune pudeur ?

Une fois certain que j'ai retrouvé ma stabilité, il me lâche et commence à se diriger vers la chambre.

Ne pas le suivre du regard, ne pas le suivre du regard.

Un flash traverse soudainement mon esprit : le sèche-linge. Je l'ai lancé tout à l'heure juste après avoir trouvé le journal de Jessica, mais aucun de nous ne s'est ensuite occupé de le vider.

— Euh, je pense que tes affaires sont encore dans la buanderie.

Et puisque nous ne possédons pas beaucoup de vêtements, il n'en a plus aucun de rechange dans la penderie.

J'enchaîne :

— Je vais te les chercher !

Je descends comme une flèche sans attendre une réponse de sa part, soulagée d'avoir trouvé une échappatoire à cette situation.

Je rejoins la buanderie et vide le tambour dans un panier à linge. J'attrape un caleçon, un T-shirt et un jean.

— Tu as hâte de me rhabiller, à ce que je vois.

Je me retourne et découvre Aedan, toujours nu, appuyé contre l'encadrement de la porte. Je me dépêche de fermer les yeux.

— Personnellement, j'aurais préféré te voir pressée de me déshabiller plutôt que l'inverse.

— Sale mufle !

Les paupières toujours closes, je jette ses vêtements dans sa direction sans être sûre qu'ils atteignent leur cible. Il rit.

J'entends plusieurs froissements de tissus et il finit par reprendre :

— C'est bon, tu peux ouvrir les yeux.

J'inspire et m'exécute. Dès l'instant où ma vue se libère, je tombe sur la silhouette d'Aedan. Il a bien enfilé un pantalon, mais il est toujours torse nu.

— Tu te fous de moi ?

— Ne t'énerve pas.

Il soulève un soutien-gorge. J'ai dû l'attraper à la place de son T-shirt sans le vouloir... En plus, il n'avait rien à faire au sèche-linge, ça risque de l'abîmer.

— Je ne rentre pas là-dedans, trésor.

— Oui, bon, ça va.

Je fais un pas en avant et le lui enlève des mains, feignant la colère pour masquer ma gêne. Notre proximité me permet de sentir son odeur de pin et un picotement agréable me traverse le corps. Mon regard s'immobilise sur son torse tatoué. Je lâche mon sous-vêtement et amorce un mouvement de la main.

J'ai envie de le toucher.

Je reprends instantanément mes esprits et stoppe mon geste. Inquiète, je lève mes prunelles vers les siennes et espère qu'il n'a pas eu le temps de comprendre ce que je m'apprêtais à faire.

Je me plante royalement, car il attrape ma main et la pose sur son torse.

— Ne te gêne pas, murmure-t-il avec un demi-sourire.

Nos pupilles ne se sont pas lâchées. Je peux y voir un éclat brûlant qui ne laisse aucun doute sur ses pensées, et il recouvre soudainement son sérieux. L'atmosphère devient lourde et mon rythme cardiaque s'accélère.

Je commets ensuite la terrible erreur, ou pas, de descendre mon regard sur ses lèvres. Aedan cède et vient chercher leur contact sans hésiter. Son mouvement brusque, mais pas violent, m'oblige à reculer de quelques pas. Il profite de cet élan pour me pousser jusqu'à ce que mes jambes heurtent la machine à laver tandis qu'une sensation de bien-être envahit mon corps. Mon cœur se gonfle de quiétude et le désir vient nouer le bas de mon ventre. Il saisit l'arrière de mes cuisses et me soulève pour m'asseoir sur l'appareil.

Pas un seul instant, notre baiser n'a été rompu. Sa langue chaude a trouvé la mienne et l'air me manque soudain. La raison m'a désertée et seules les émotions dominent mon être.

Je suis néanmoins contrainte de m'éloigner pour reprendre mon souffle, les poumons en feu. Comme le reste de mon corps, en fait. Je monte mes mains sur son torse pour ensuite venir les poser autour de son cou, mon front plaqué contre le sien.

— Bordel, si tu m'autorises à continuer, je ne vais même pas avoir la patience de monter jusque dans la chambre, souffle-t-il d'une voix rauque.

Pour toute réponse, je reviens plaquer ma bouche contre la sienne. Les doigts d'Aedan glissent sous mon haut. Au contact de ses phalanges, un frisson agréable me parcourt l'échine et me donne la chair de poule.

Misère, je dois mettre un terme à ce moment, ça ne débouchera sur rien de bon. Enfin, sur un plaisir éphémère seulement. Mais je ne m'écoute pas. C'est impossible. J'ai déjà franchi la ligne rouge.

Le bruit de la sonnette brise la bulle enivrante dans laquelle nous sommes enfermés.

— Merde, râle l'ancien mafieux contre mes lèvres. Tant pis, on l'ignore.

Le son aigu retentit une deuxième fois, puis une troisième. Aedan grogne et se détache à contrecœur de moi. Il se dirige vers la porte d'entrée d'un pas furieux. J'ignore qui est derrière le battant, mais cette personne risque de finir blessée. Par précaution, je lui emboîte le pas.

— Rebonjour ! salue Madison. Oh...

Ses yeux détaillent le torse dénudé de mon faux mari. Ce dernier devient rouge de colère, je décide donc de prendre la parole la première.

— Que pouvons-nous faire pour toi ?

— J'avais de la tarte en trop, je me suis dit que j'allais vous en apporter un morceau. Ce serait dommage de la jeter.

Elle nous tend une boîte. Je la saisis en la remerciant d'un signe de tête. De toute façon, elle finira quand même à la poubelle, comme celle qu'elle nous a offerte le premier jour.

— Mais j'interromps quelque chose, peut-être ?

— Oui, grommelle Aedan.

— Mmmh, disons que je pense que le moment est venu de remercier notre Mère Nature et de donner la vie.

J'essaye de reprendre les termes avec lesquels les femmes du quartier me bassinent depuis mon arrivée. L'ancien criminel tique et sa colère se mue en incompréhension.

— Oh ! je vois, je ne vous dérange pas plus longtemps. D'ailleurs, je voulais vous proposer de venir manger à la maison, demain soir.

Je souris.

— Nous acceptons avec plaisir.

Aedan referme la porte, attrape la tarte et la jette à la poubelle.

— *Le moment est venu de remercier notre Mère Nature et de donner la vie* ? répète-t-il. Tu parles de faire des gosses, là ?

Il est tendu.

— Elle et les autres n'arrêtent pas de me faire des laïus sur la maternité. Je lui ai dit ça pour la faire déguerpir.

Il ferme un instant les yeux et reprend :

— Mais Madison n'a pas d'enfants.

— Elle ne peut pas en avoir.

Il lâche un « oh » avant qu'une lueur prédatrice revienne habiter son regard.

— Bon, reprenons là où on en était.

Il s'apprête à se jeter sur moi, mais un nouveau bruit le stoppe. C'est son téléphone satellite, je le reconnais à son horrible sonnerie.

— Putain ! Jamais tranquille !

Il se dirige vers l'escalier et se retourne une fois sur la première marche.

— Reste là.

Et il disparaît à l'étage.

Je ne l'écoute pas. Je fonce chercher des vêtements dans la buanderie avant d'aller m'enfermer dans la salle de bains.

Chapitre 18

Aedan

Impatient, je lance depuis le bas de l'escalier :

— Bon, tu te dépêches ?

— Oui, oui ! Arrête d'être si pressé, on ne va pas loin, me répond Harmony depuis l'étage.

— Être en retard ne va pas coller avec notre couverture.

Et surtout, plus vite on se rend chez nos dégénérés de voisins, plus vite on rentre. Je n'ai aucune envie d'aller dîner chez Madison et Arthur, ça va encore être un supplice.

— Alors, viens m'aider ! Je n'arrive pas à fermer cette fichue fermeture Eclair.

Je lâche un juron et monte les marches quatre à quatre.

— Sérieusement, tu...

Je m'interromps quand je l'aperçois. Elle est debout face au grand miroir, vêtue d'une magnifique robe à fleurs avec un col en dentelle. Ses jambes et ses bras dénudés dévoilent ses taches décolorées, ce qui lui donne un charme fou.

Face à mon immobilité soudaine, Harmony croise les bras et détourne la tête dans un geste de repli. C'est comme si elle essayait de se cacher, ou plutôt, de cacher sa peau.

Je m'approche d'elle et lui saisis les bras pour les décroiser.

— Ne te cache pas, tu es très belle.

— Pour toi. Mais nous savons très bien que pour *eux* ce n'est pas le cas.

Je me souviens alors de l'épisode du repas de la dernière fois. L'ensemble des habitants assis autour de la table ont tous eu, avec une synchronisation effrayante, une réaction étrange.

— C'est la seule tenue que je possède qui fasse un peu plus classe que ces horribles chemisiers, ajoute-t-elle.

Je me décale pour me placer dans son dos et monte doucement la fermeture Eclair. Je profite de chaque centimètre de peau que son dos peut m'offrir.

Elle me demande de l'aider à la vêtir alors que je préférerais la déshabiller.

Pour refouler les pensées indécentes qui se bousculent dans ma tête, je reprends :

— Je trouve ça ironique que des gens qui prônent la tolérance et l'acceptation de soi-même puissent juger une autre personne sur ses particularités physiques.

— Je ne pense pas que ce soit du jugement en tant que tel... Mais j'ignore ce que mon vitiligo représente exactement dans leurs croyances.

Je stoppe mon geste un instant pour réfléchir à ses paroles. Son inquiétude doit sûrement découler de son expérience personnelle.

— Tu as déjà été confrontée à des représentations abjectes, je me trompe ?

— Toute ma vie, me confie-t-elle. Peu importe où j'allais, ma peau bicolore a toujours fait l'objet d'injures ou de regards déplaisants, peu importe le pays, peu importe la culture.

Elle rit avec amertume avant de reprendre :

— Connais-tu la signification étymologique de *vitiligo* ?

Je termine de fermer sa robe et marmonne un « non ».

— Ça vient du latin *vitium* qui signifie défaut, vice.

Je ne réponds rien, je me contente de fixer son reflet dans le miroir. La tonalité de sa voix contient une profonde tristesse que je n'aurais jamais imaginée en elle. La psychologue maîtrisant parfaitement ses émotions a disparu.

Elle soupire et se ressaisit. Elle se tourne vers moi, un sourire sur le visage, comme si toute cette peine n'avait jamais existé.

— Bon, allons-y, sinon nous allons vraiment être en retard.

Malgré les températures plus qu'agréables de ce début de mois d'avril, elle enfile un gilet. C'est dommage, ça gâche le charme de sa tenue, mais je n'émets aucun commentaire.

Nous arrivons sur le seuil de la porte d'entrée de nos voisins. Le battant s'ouvre avant même qu'Harmony n'ait eu le temps d'appuyer sur la sonnette. Cela ne signifie qu'une chose : ils guettaient notre arrivée.

— Bonsoir ! s'enthousiasme Madison.

Ça y est, je suis déjà agacé.

Nous pénétrons dans la maison. Lorsque nous débouchons dans le salon, un profond malaise me fait presque frissonner. Les lieux sont impeccables. Tout est si bien rangé que c'en est dérangeant. Il n'y a pas la moindre photo, pas la moindre décoration ou la moindre plante. La pièce est aussi neutre qu'un modèle d'exposition. La seule chose qui se démarque de ce décor sans vie, c'est l'espèce de grand symbole accroché au mur.

— Vous m'excuserez, je n'ai pas eu le temps de terminer de nettoyer, lâche notre voisine.

Je me retiens d'éclater de rire tandis qu'Harmony manque de s'étouffer. Heureusement, nos hôtes ne semblent rien remarquer. Ils nous invitent à prendre place sur le canapé. S'ensuit une conversation étrange autour d'un verre de champagne que je préfère ne pas boire.

Lorsque nous passons à table, Madison fait une proposition saugrenue à ma « femme ».

— Veux-tu une couverture ?

— Euh, non, merci. Je n'ai pas froid, répond-elle.

— Ce n'est pas pour le froid, ma chère sœur. C'est pour dissimuler tes défauts.

Elle fixe Harmony en souriant avec une fausse bienveillance. La concernée fronce les sourcils, incapable de masquer sa perplexité. Je suis à deux doigts de tout casser lorsque je comprends que cette proposition avait pour but de lui suggérer de cacher ses jambes dénudées.

C'est quoi son problème à cette grognasse ?

— Ah oui, lâche Harmony.

Elle sourit comme si elle avait accepté le fait de cacher sa différence. Je sais qu'elle joue un rôle pour caresser ces tarés dans le sens du poil, mais elle n'est pas obligée d'aller jusque-là.

Elle finit donc avec une couverture sur les jambes.

— Tu es forte, la félicite Madison. Sache que notre Divine Nature en tient compte.

— Notre Divine Nature ? répète Harmony.

C'est en effet la première fois qu'elle la cite devant elle. Elle feint donc l'ignorance, car elle n'est pas censée savoir qui elle est.

— Oui, notre Mère à tous.

Que leur divinité à la con me préserve, car je vais tuer cette folle. Je n'ose même pas imaginer ce que les autres femmes lui ont dit lors de cette séance de méditation.

« Les sectes fonctionnent souvent sur base de la faiblesse d'autrui. Le gourou exploite la faille de la personne afin de la convaincre subtilement d'adhérer à ses idéaux. Il pousse l'autre au fond du trou pour ensuite lui tendre la main et se placer en sauveur. Annie et les autres habitants ont sûrement procédé comme ça avec Jessica. Ils lui ont rappelé à quel point elle était malheureuse et insignifiante avant de lui promettre qu'elle pourrait devenir quelqu'un grâce à eux. »

Les paroles de la belle métisse résonnent dans mon crâne. Elle les a prononcées hier, lorsqu'elle m'a expliqué ce que contenait le journal de Jessica Mills.

D'après elle, c'est ce mécanisme que ces tordus utilisent. Et ils sont en train d'essayer de l'appliquer sur elle. Ils ont compris que sa maladie était sa faiblesse, ils la rabaissent en la faisant se sentir différente. Ensuite, ils n'auront plus qu'à la convaincre que rejoindre leur communauté est sa seule issue.

Ils répètent sans doute le même schéma qu'avec ce couple disparu : endoctriner la femme pour qu'elle entraîne ensuite son mari dans son délire.

Pff, s'ils pensent qu'ils vont m'avoir comme ça.

— Avant d'entamer ce repas, je vous propose une petite prière. C'est nouveau pour vous, mais je vous assure que ça vous aidera à vous sentir mieux.

Un nouveau rire est sur le point de franchir mes lèvres. Quelle absurdité.

Néanmoins, je suis forcé de participer à cette farce. Nous nous prenons les mains et Madison commence son discours :

— Que nos Cœurs s'ouvrent et nous lient. Que notre Moi profond puisse s'épanouir lors de ce moment de partage. Que nos chaînes de ce monde corrompu se brisent par la force de notre Intériorité.

Ce n'est pas possible, ils doivent fumer quelque chose pour sortir des trucs pareils avec une telle conviction.

Nous mangeons enfin. Je m'en serais bien passé, mais, alors que j'ai réussi à ne pas boire de champagne, je ne peux pas trouver d'excuses crédibles pour ne toucher à rien sans les vexer. Heureusement, la nourriture a l'air saine. C'est même délicieux.

Lorsque Madison commence à débarrasser, Harmony lui propose son aide et ôte la couverture. Les deux femmes s'éclipsent donc dans la cuisine. J'aimerais les suivre, j'ai peur de ce que notre chère voisine soi-disant bienveillante pourrait lui dire.

Arthur remarque mon expression frustrée en voyant celle qu'il pense être mon épouse disparaître.

— Elle a l'air d'être très importante pour toi, me sourit Arthur.

Son propos touche une corde sensible, et pendant un instant j'oublie que je suis en mission d'infiltration.

J'ouvre la bouche, un pli de colère barrant mon front, prêt à nier. Mais je me ravise aussitôt.

Calme-toi, c'est normal qu'il pense que tu tiens à elle.

— Évidemment, c'est ma femme.

— C'est beau, tu ne trouves pas ? me questionne-t-il.

Putain, mais de quoi il me parle encore ?

— De quoi ?

— Qu'il y ait encore de l'amour dans ce monde, qu'on puisse encore lire la sincérité dans un regard.

Je vais péter un câble. Il sous-entend qu'il y a de l'amour dans mes yeux quand je regarde Harmony ?

— Je trouve ça admirable que tu puisses la soutenir dans son combat, reprend-il.

J'arque un sourcil :

— Son combat ?

— Oui, contre cette impureté qui la ronge malgré elle. Mais si elle fait ce qu'il faut, la Divine Nature la délivrera.

Cette fois, la coupe est pleine. Je me lève subitement, saisis le col d'Arthur assis en face de moi et lui assène une droite. Bordel, ça fait des jours que ça me démange.

J'entends le cartilage de son nez craquer sous mon poing. Je le lâche et il tombe de sa chaise, sonné.

Il touche son visage ensanglanté avant de me lancer un regard surpris. Enfin ! Il affiche une expression un peu plus humaine !

Je me rue sur lui tandis que les deux femmes reviennent dans la salle à manger, alertées par le bruit.

— Par la Divine Nature ! s'exclame Madison.

— Aed... Allan ! m'interpelle Harmony.

Je ne prends même pas la peine de me tourner vers elle et continue de décharger ma colère sur ce dégénéré.

Il mérite de mourir. Ils méritent tous de mourir. Ils n'enfreignent aucune loi, mais ils ne valent pas mieux que les criminels.

Elle entoure mes épaules pour me tirer en arrière, mais en vain.

— Arrête, s'il te plaît, me murmure-t-elle. Je t'en prie.

L'horreur dans sa voix me touche en plein cœur et une sensation que je ne voulais plus jamais ressentir refait surface. Je laisse mon geste en suspens et fixe le visage baigné de sang d'Arthur. Pendant une fraction de seconde, ce sont mes parents allongés au sol dans notre salon que je revois, une mare rougeâtre autour d'eux.

— Arrête, s'il te plaît, répète-t-elle.

Mais ce sont les dernières paroles de ma mère qui me parviennent aux oreilles.

« Appelle les urgences, s'il te plaît. »

Une douleur insupportable, la même que ce jour-là, vient paralyser mon corps. Harmony saisit tendrement mon poing resté en l'air. Arthur, quant à lui, me dévisage avec un regard effrayé.

Elle aussi, elle m'a regardé comme ça avant de mourir.

Je me relève et me laisse traîner en arrière. Je suis complètement submergé par l'ombre de mes souvenirs.

— Je suis désolée, dit-elle à Madison. Nous allons rentrer, merci pour le dîner. Il viendra vous présenter ses excuses quand il sera calmé.

Elle me tire en dehors de la maison et nous retournons chez nous.

— Qu'est-ce qui t'a pris ? me demande-t-elle lorsque nous arrivons dans le salon.

Il n'y a aucune colère dans sa voix, juste un besoin de comprendre.

— Il a dit que tu étais impure...

Je m'attends à un sermon, à une tirade me rappelant que la violence est détestable, que je n'avais qu'à l'ignorer. Mais sa réaction est tout autre.

Elle sourit. Un vrai sourire qui me donne envie de mourir pour elle.

— Comment peux-tu prétendre être indifférent aux autres après ça ?

Je suis perdu, je n'arrive pas à saisir le sens de ses paroles.

— Tu n'es pas les autres.

— Non, tu as raison. Tu sais pourquoi ? Parce que tu as passé du temps avec moi, tu as appris à me connaître, à apprécier mes qualités et à grogner sur mes défauts. C'est ce qu'on appelle créer du lien, Aedan.

Elle prend mon poing couvert de sang dans ses mains.

— En revanche, il faudra travailler sur ta manière de défendre les gens auxquels tu tiens. Tu ne peux pas frapper presque à mort chaque personne qui se montre offensante envers tes proches.

Nous nous fixons. Elle me regarde avec compassion tandis que je nage toujours dans l'incompréhension. Je finis par barricader ces souvenirs qui n'auraient jamais dû resurgir et je retrouve mes esprits. Je dégage mon poing et me rembrunis. Je me dirige ensuite vers l'évier de la cuisine pour me laver les mains.

Au loin, des paroles s'élèvent dans la pièce de vie. Harmony vient d'allumer la télévision.

After shadows comes the dawn, chante le candidat de l'émission. « Après les ombres arrive l'aube. »

Je lâche un rire ironique et reviens dans le salon.

— Tu veux rega..., commence-t-elle.

Mais je l'interromps :

— Je monte, j'ai besoin d'être seul.

Et je la plante là sans même me retourner.

Chapitre 19

Harmony

J'arrive chez Annie pour notre séance de méditation hebdomadaire. Toutes les autres femmes sont déjà là. Pourtant, je ne suis pas en retard, j'ai même de l'avance.

Tous les regards sont posés sur moi et elles me saluent avec leur sourire dérangeant. J'ai l'impression d'être propulsée dans mon cauchemar de la fois dernière et d'être scrutée par ces hautes ombres aux yeux rouges. Une sensation horrible vient me compresser la poitrine. J'aimerais me cacher pour qu'elles arrêtent de me fixer comme si j'étais une orange sur un pommier. Pire, j'aimerais devenir une pomme, ne plus être distinguée.

C'est leur objectif, Harmony, ne l'oublie pas.

J'ai beau le savoir, ça n'atténue pas ce sentiment d'être une intruse. Elles jouent sur mes faiblesses, elles percent mes résistances et injectent leur poison dans mon cœur.

Maintenant que nous sommes toutes là, elles commencent à s'installer. Par souci de conformité, je les imite, mais Annie m'arrête.

— Hannah, si tu veux bien, aujourd'hui nous allons méditer toutes les deux.

Sa proposition me surprend. Je m'efforce toutefois de ne rien laisser paraître.

— Que me vaut cet honneur ?

— Madison m'a raconté l'incident de l'autre soir.

Elle parle du débordement de violence d'Aedan lors de notre dîner chez les Roland. Ce dernier est d'ailleurs allé s'excuser le lendemain. Il l'a fait sans penser ce qu'il disait, mais il fallait absolument qu'il en passe par là pour le bien de la mission. Sans surprise, Arthur, un énorme pansement sur le nez, lui a pardonné. Il lui a promis qu'il l'aiderait à évacuer toute cette colère intériorisée et à libérer son Moi authentique. Autant dire qu'Aedan est revenu encore plus énervé à la maison après ça.

J'espère que tout se passe bien de son côté et qu'il parviendra à dompter ses pulsions colériques. Je comprends que la situation devient horripilante, mais, au-delà de l'immoralité de ses actes, il risque gros. S'il fait trop de vagues, la directrice l'expédiera devant les tribunaux irlandais.

Annie me fixe de ses prunelles pétillantes, dans l'attente d'une réaction de ma part. Malgré les rides qui tirent le coin de ses yeux, elle fait plus jeune que son âge. Je lui aurais donné à peine soixante ans.

— Allan s'est repenti. Il a accepté d'effectuer un travail sur lui-même.

— C'est une bonne chose. Chacun devrait avoir la possibilité de se retrouver et de calmer cette agressivité engendrée par cette société gangrénée.

— Je me sens plus à l'aise en grand groupe, j'aimerais rester ici avec les autres.

Elle enveloppe l'une de mes mains dans les siennes avec un geste qui se veut maternel.

— Allons, ne sois pas timide, j'ai bien saisi ton malaise. Je voudrais t'aider, je t'assure que je ne veux que ton bien.

Et c'est bien ça le problème.

— Montons à l'étage rien que toutes les deux.

— Tu es sûre ? Je ne voudrais pas être intrusive. Nous sommes chez toi après tout.

— Oh ! Voyons ! J'ai su me détacher de cet égoïsme qui ronge le cœur des Hommes et de ce sens aigu de la propriété qu'ils ont !

Elle a laissé sous-entendre que son offre était une proposition, mais en réalité je ne vais pas avoir le choix. Je soupire intérieurement et accepte avec un hochement de tête.

Nous abandonnons les autres et rejoignons le premier étage. Annie m'invite à entrer dans une pièce au fond du couloir. Comme chez les Roland, la maison est assez neutre, dépourvue de personnalité. Mais cet endroit est différent. Les murs sont colorés et couverts de symboles étranges. Des bougies et des objets ésotériques sont posés ici et là sur les quelques meubles. Une odeur d'encens parfume déjà la pièce et une musique de relaxation tente de détendre l'atmosphère.

— Je t'en prie, assieds-toi.

Elle me désigne du regard un des coussins posés à même le sol.

À contrecœur, je m'exécute. Une pointe de panique s'immisce dans ma poitrine. Je gère de moins en moins la situation dans cette mission. Aedan a raison, je ne suis pas faite pour ça. Je sais lire et interpréter les paroles et le comportement des gens, néanmoins, j'ai toujours fait cela dans un cadre précis. Ce sont les criminels qui venaient à moi. Je ne me suis jamais aventurée sur leur territoire.

Annie s'assied en face de moi en tailleur, après avoir pris une boîte sur une étagère.

— Comment te sens-tu, Hannah ?

— Plutôt bien, j'aime ma nouvelle vie ici.

Je souris et m'efforce de paraître convaincante.

— Je veux dire, comment te sens-tu avec toi-même ?

Elle fixe la manche de mon gilet. Il ne m'en faut pas plus pour comprendre ce qu'elle veut dire.

— Ma maladie me donne un physique atypique, mais c'est également ce qui fait de moi ce que je suis. Je ne laisserai personne remettre cela en doute.

Je plante mon regard dans le sien avec une certaine sévérité. J'espère qu'elle décèlera mon sous-entendu.

— C'est honorable et d'une positivité que j'admire. L'important est d'être en symbiose avec son Intériorité, et je sais que tu ne l'es pas.

— Avec tout mon respect, comment peux-tu savoir mieux que moi ce que je ressens ?

— Allons, ma chère, il y a des signes qui ne trompent pas. Il faut que tu acceptes cette impureté qui te ronge. C'est le premier pas vers ton propre épanouissement.

Je comprends mieux pourquoi Aedan a craqué. J'ai moi aussi des envies de meurtre à l'égard de cette femme. Je devrais me lever et partir, j'ignore ce qui me retient ici.

La septuagénaire remarque ma contrariété, car elle ajoute :

— J'ai une proposition à te faire. Je peux t'aider à accéder à ton inconscient. Ainsi, nous pourrons vérifier si tu as raison.

Je jette un regard à la boîte qu'elle ouvre et dont elle flambe le contenu avec un briquet. De la fumée commence à s'élever dans les airs. C'est donc pour ça qu'elle m'a fait venir ici. Sincèrement, je me questionne sur ses véritables intentions. L'histoire du « voyage » de Jessica me revient en tête.

— Je suis désolée, je dois y aller.

Je tente de me lever, mais elle me retient par le bras. Elle a plus de force qu'elle en a l'air. N'osant pas la brusquer - elle reste une personne âgée - je me résigne. Je vais attendre qu'elle me lâche pour fuir. Soudain, elle me met la boîte fumante sous le nez. J'en inhale donc malgré moi. L'odeur m'agresse les narines et me fait tourner la tête. Cette fumée n'avait aucun effet loin de mon visage, mais en respirer si près semble altérer ma conscience. Mon corps est déjà mou. Je n'arrive même plus à lui ordonner de se mouvoir.

Annie laisse cette drogue sous mon nez de longues secondes. Je m'avachis et mon regard se voile. Je ne ressens plus aucune crainte. À vrai dire, je ne ressens plus grand-chose mis à part une béatitude salvatrice. C'est encore plus fort que lors de notre dernière séance de méditation. Cette fois, je ne peux pas lutter pour garder un semblant de raison.

Lorsqu'elle constate que je suis pleinement dans un état second, elle referme le couvercle de la boîte.

— Viens, couche-toi.

Je sens vaguement ses bras aider mon corps à s'allonger sur les coussins.

— Suis ma voix, reprend-elle.

Elle est lointaine, mais me parvient tout de même aux oreilles. Je ne peux plus filtrer les informations qui arrivent à mon cerveau. Elle a le contrôle sur moi.

Elle force l'accès à mon inconscient sans mon consentement.

— Tu es légère, tu es libre.

Je suis légère, je suis libre.

— Libère-toi de toutes ces chaînes imposées par la société, tu peux être toi-même, retrouver ton Moi profond.

Ses paroles s'implantent directement dans ma tête et façonnent des engrenages dans mon esprit. Qu'est-ce qu'elle me fait ? Je veux répondre quelque chose, mais seul un son inarticulé sort de ma bouche. Je suis trop droguée pour formuler le moindre mot.

Annie continue à déblatérer des propos que j'aurais trouvés dérangeants dans un autre contexte. Elle plante les graines de ses idéaux sectaires au plus profond de mon être, sans que je ne puisse les parer avec ma raison ou ma réflexion.

J'absorbe tout comme une éponge.

Je suis impure.

J'ai fait quelque chose de mal dans une autre vie et je dois me racheter dans celle-ci.

Annie et les autres sont là pour m'aider. Elles sont bienveillantes et me guideront sur le chemin du bonheur et de l'acceptation.

Je ne peux compter que sur elles. Elles sont ma seule issue.

Elle continue son modelage psychique quand soudain la porte s'ouvre à la volée. J'entends la doyenne sursauter et une voix qui ressemble à celle d'Aedan crier. Toutefois, je ne réagis pas, je flotte toujours sur mon petit nuage. Le monde extérieur m'importe peu.

— Hé !

Je sens que l'on me secoue, puis une main vient se poser sur mon front brûlant.

— Qu'est-ce que tu lui as donné comme merde ? s'exclame la voix masculine.

— Interrompre la séance ainsi est dangereux pour elle. Tu devrais me laisser terminer, prévient-elle.

— Certainement pas ! Tu es en train de l'entraîner dans ta secte de barges !

— Je vois que la méditation avec Arthur ne soulage pas ta colère et ton esprit corrompu.

— C'est vous, les corrompus ! Bande de timbrés !

Je suis soulevée du sol. Je me laisse faire, incapable de réagir.

— Un jour tu comprendras que nous essayons de la sauver, réplique Annie.

Ses paroles sont lointaines. Je sens que nous nous éloignons d'elle et j'ai vaguement l'impression de descendre des marches d'escalier.

Des cris offensés s'élèvent ensuite dans les airs. Je ne suis pas en mesure de déterminer leur source. Peut-être les autres femmes dans le salon ?

L'air frais de la soirée vient ensuite caresser ma peau bouillante.

J'entends des bruits et des sons que je n'arrive pas à identifier. Mon cerveau ne les traite plus. Puis, mon dos rencontre soudainement une surface molle et agréable. Le canapé, le lit ?

— Harmony ?

C'est mon nom ? Je ne sais plus.

Il claque des doigts au-dessus de mes yeux, en vain. Mon regard est perdu dans une brume épaisse.

— Bordel, qu'est-ce qu'ils t'ont fait ?

Je suis impure. Elles seules peuvent m'aider.

Ce sont les termes qui tournent en boucle dans ma tête et s'ancrent de plus en plus dans mon psychisme.

Ses pas s'éloignent avant de s'approcher à nouveau. Un bras puissant me redresse et de l'eau fraîche coule sur mes lèvres entrouvertes. Le liquide pénètre dans ma bouche. Par réflexe, je déglutis.

Le breuvage qu'Aedan me force à boire me fait du bien. Le brouillard dans ma tête se dissipe peu à peu et une sensation inconfortable parcourt mon corps. Un malaise diffus m'envahit.

Je veux parler, mais encore une fois un son incompréhensible sort de ma gorge.

— Putain, je ne peux pas t'aider sans savoir ce qu'ils t'ont donné, peste-t-il.

Mais ses mots ne m'atteignent plus, je suis soudainement projetée dans un tourbillon douloureux.

Chapitre 20

Aedan

Je pose le verre vide sur la table basse. Lorsque je reporte mon attention sur Harmony, allongée sur le canapé, je remarque qu'elle commence à se tortiller. L'expression de béatitude peinte sur son visage vient d'être remplacée par une mimique de douleur. Elle secoue la tête en poussant de brefs gémissements.

Elle réagit mal à ce que cette folle lui a fait inhaler.

Interrompre la séance ainsi est dangereux pour elle, m'a-t-elle averti.

Je suppose qu'elle aurait ensuite dû lui donner quelque chose pour la faire réatterrir sur Terre après son numéro d'endoctrinement.

Bordel.

L'état de la psy s'aggrave de minute en minute tandis que mon cerveau s'échauffe. Depuis mes débuts à Undershade, j'ai été confronté à plusieurs reprises à des situations d'empoisonnement et j'ai également suivi une formation sur le sujet. Néanmoins, je n'ai pas la moindre idée de la substance qui court actuellement dans ses veines et donc, aucune idée du remède à lui donner. Si je me trompe, je pourrais empirer son mal, voire la tuer.

Je peux aussi appeler l'agence via le téléphone satellite pour décrire ses symptômes à un médecin de là-bas. Cependant, ces derniers ne sont pas qualifiés pour déterminer à distance ce qui l'intoxique.

Il reste l'option de l'ambulance locale, mais c'est hors de question.

Je l'abandonne un instant et monte à l'étage. Je fouille dans la trousse de secours fournie par Undershade et trouve un antipoison au large spectre. C'est un pari risqué, mais c'est la seule solution qui s'offre à moi.

Je redescends et le lui fais boire. Je pose ensuite ma main sur son front.

— Putain, tu es brûlante !

Elle ne semble même plus m'entendre. Ses paupières sont closes et ses traits sont déformés par une douleur qu'elle n'est pas en état de me décrire.

Je la soulève du canapé et la porte dans mes bras. Je monte l'escalier et la dépose sur le sol de la salle de bains. Je l'assieds délicatement contre le mur. J'ouvre ensuite le robinet de la baignoire et jauge la température. Même si son corps est bouillant, il ne faut pas que l'eau soit trop froide.

Les gémissements plaintifs d'Harmony s'accentuent dans mon dos. Elle n'est pas bien installée, mais c'est le mieux que je puisse faire en attendant que le bassin se remplisse. Une fois le niveau de l'eau arrivé à la moitié de la baignoire, j'enlève mes chaussures puis celles de la belle métisse. Je nous immerge ensuite dans le liquide transparent, Harmony installée sur mes cuisses et son dos adossé à mon torse.

L'eau caresse notre épiderme et plaque nos vêtements contre nos corps. À l'aide de ma main repliée en coupe, je porte de l'eau à sa nuque pour la rafraîchir, tandis que mon autre bras ceinture sa taille.

Ses plaintes diminuent, j'en déduis que l'eau la soulage, et l'inquiétude qui nouait mon ventre se dissipe peu à peu. Nous restons ainsi de longues minutes, immobiles et silencieux, collés l'un à l'autre. J'ignore combien de temps dure exactement ce moment : cinq minutes ? Dix ? Peut-être même vingt ?

Je me laisse bercer par le calme qui nous enveloppe, l'esprit embrumé par le corps de la psy contre le mien. Je déteste ne rien faire, mais à cet instant, c'est différent. Je me sens bien. J'ai l'impression de la protéger, d'être enfin autre chose qu'un destructeur. J'aimerais la garder contre moi le plus longtemps possible, ne jamais la voir partir.

Mon cœur est entouré d'une aura chaleureuse. Je ne me souviens pas avoir déjà ressenti ça auparavant. C'est agréable et... nouveau.

— Aedan ? murmure soudainement Harmony.

À l'énonciation de mon nom, je me redresse légèrement.

— Je me sens bizarre, ajoute-t-elle.

— Cette connasse t'a droguée.

Elle lâche un rire engourdi.

— Je sais, je me souviens de tout. C'est assez flou, comme un rêve, mais j'ai retenu l'essentiel. Et...

Elle ne termine pas sa phrase. J'ignore si parler lui demande trop d'énergie ou bien si elle s'est interrompue volontairement.

J'attends qu'elle reprenne la parole, mais la suite ne vient pas.

— Et ?

— Est-ce que je suis vraiment impure ?

Derrière l'indolence de sa voix provoquée par cette mystérieuse substance, je décèle une profonde tristesse. Mon sang ne fait qu'un tour dans mes veines et je la serre involontairement plus fort contre moi.

— Tu ne me poses la question sérieusement ?

Elle reste muette. Je la fais pivoter pour qu'elle se retrouve assise à califourchon sur mes jambes. Je veux pouvoir la regarder dans les yeux pour lui dire ce que je pense.

— Ils sont en train de s'emparer ton esprit malgré toi. Ne les laisse pas te briser, et surtout, ne les écoute pas.

Je me souviens de la première fois où je l'ai vue. C'était à la planque d'Édimbourg pour l'interrogatoire de Holmadoff. Elle se tenait droite, sûre d'elle, sans pour autant paraître imbue de sa personne. Elle avait cet éclat de curiosité dans le regard et des yeux observateurs scannant tout ce qui l'entourait. Derrière sa posture très professionnelle et neutre, j'ai ensuite découvert une femme pétillante et dotée d'une repartie amusante. Au début, j'avais seulement envie de jouer avec elle, mais ces derniers temps je ressens le besoin d'autre chose… C'est différent et je ne pourrais pas expliquer pourquoi.

La Harmony mal assurée que j'ai actuellement en face de moi n'est pas celle que j'ai rencontrée. Ces gens sont en train de la changer, de la faire douter pour mieux la façonner.

— Je sais, j'en ai parfaitement conscience, mais…, commence-t-elle.

— Mais ils y parviennent quand même.

Elle détourne le regard avant de hocher la tête.

— J'ai honte. Je suis spécialisée dans le domaine. Je devrais pourtant mieux résister à ce genre d'attaque.

Agacé par les absurdités qu'elle déblatère, j'encadre son visage de mes mains et plante mes iris dans les siens. Ils sont déjà plus éclatants que tout à l'heure.

— Tu es un être humain.

Elle sourit et pose l'une de ses paumes sur mes doigts.

— Toi aussi.

Deux mots. Ce ne sont que deux putains de petits mots, pourtant, j'ai l'impression qu'un torrent vient de m'emporter. Ça fait si longtemps que je ne me considère plus ainsi. Ce constat me foudroie.

Avec un rire sarcastique j'ôte mes mains de son visage.

— Plus vraiment, trésor.

Elle vient poser le bout de son index sur mon front.

— C'est parce que tu t'en es persuadé toi-même, tout comme je suis en train de me convaincre que je suis impure.

La psychologue est de retour.

Je saisis son poignet et approche mon visage du sien, un sourire au coin des lèvres.

— Je vois que tu as retrouvé ta vivacité d'esprit.

— Ta petite baignade a été efficace, répond-elle.

Je pense plutôt que c'est l'antipoison qui a fait effet. Néanmoins, je m'abstiens de le lui faire remarquer, car son commentaire me rappelle qu'elle est assise sur moi, le corps moulé par ses habits trempés.

Mes prunelles quittent les siennes pour venir lorgner sa silhouette. Son chemisier clair est devenu assez transparent pour que je puisse avoir une vue intéressante sur son sous-vêtement et les courbes de sa poitrine.

— Mes yeux sont plus hauts, lâche-t-elle.

Maintenant que je la sais hors de danger, mon désir pour elle revient à la charge. Je saisis ses cuisses et me lève d'un coup. Elle hoquette de surprise et enroule avec difficulté ses bras autour de ma nuque. Si son psychisme semble aller mieux, son corps, lui, paraît encore fonctionner au ralenti.

J'enjambe le rebord de la baignoire et la pose au sol. Elle titube, les muscles encore trop faibles, et tombe à genoux. Elle fronce les sourcils, frustrée que le physique ne suive pas l'esprit. Elle relève la tête vers moi.

— Je vois que ta prévenance prend fin, grommelle-t-elle.

— Désolé, trésor. Il fallait que je te lâche.

— Pourquoi ça ?

— Parce que l'eau n'était pas assez froide pour m'empêcher de bander.

Une expression partagée entre l'offense et l'amusement naît sur son visage.

— Sale mufle.

Mon sourire s'agrandit. Ce surnom n'est plus une vulgaire insulte, c'est devenu une marque d'affection.

Grelottante, elle tente de se relever à l'aide du rebord du bassin. J'avoue ne pas avoir chaud non plus. Nous devrions nous changer avant d'attraper la crève.

Elle parvient à se dresser sur ses jambes. Elle avance ensuite d'un pas hésitant jusqu'à la sortie de la salle de bains. Je lui emboîte le pas. Dans le couloir, elle s'aide du mur pour marcher, semant des gouttes d'eau derrière elle.

Une fois dans la chambre, elle tente d'attraper une serviette dans la penderie, mais elle est trop petite et n'a pas la force physique d'effectuer un petit saut pour l'atteindre.

C'est ainsi qu'elle procède à chaque fois, je l'ai déjà vue faire.

— Bordel, peste-t-elle.

J'arque un sourcil, amusé. C'est rare qu'elle soit grossière.

Je m'avance et décide d'attraper ce qu'elle vise.

— Merci.

Elle tend un bras pour m'inviter à la lui donner. Mais, au lieu de m'exécuter, je déplie la serviette et l'enroule autour de son corps. Je l'attire ensuite à moi à l'aide de celle-ci, comme un pêcheur venant de capturer un poisson dans son filet.

Je me les gèle, mais je mourais d'envie de faire ça. Je penche ensuite ma bouche vers la sienne.

— À quoi tu joues ? me demande-t-elle.

Je ne réponds pas et continue de fixer ses lèvres bleutées.

— Arrête ça et fais-le, reprend-elle.

Elle a compris ce que je veux faire et elle ne doit pas me le répéter deux fois. Je viens l'embrasser sans retenue. Au-delà des sensations que ce baiser réveille en moi, je perçois cette chaleur qui enrobait mon cœur se diffuser dans mes veines. Je vais commencer à devenir accro.

Je m'écarte ensuite d'elle, soudainement terrifié par ce constat. Je n'ai jamais été accro à personne. Elle me fixe de ses yeux d'une couleur métallique, les lèvres rosées. Toutefois, le léger claquement de ses dents prouve qu'elle est toujours frigorifiée.

La voir ainsi me donne envie de la couver, de tout faire pour qu'elle n'ait plus froid. Ce sentiment qui m'habite depuis que je l'ai retrouvée chez Annie me rend tout à coup nerveux. Je me referme sur moi-même afin de m'en débarrasser au plus vite.

C'est inutile, souffle une petite voix dans un coin de ma tête.

Non, elle ne provient pas de ma tête, elle provient de...

Je lève instinctivement la main à ma poitrine.

— Ça va ? me questionne-t-elle.

Sa voix me sort de ma torpeur.

— Ouais.

Je saisis une serviette et des vêtements et quitte la pièce. Je lance depuis le couloir :

— Je vais préparer le dîner.

Je me change et nettoie un peu la salle de bains avant de descendre dans la cuisine. Tandis que j'arrive près du plan de travail, j'aperçois une silhouette par la fenêtre.

Je serre les dents, énervé. Ce n'est pas la première fois que nous nous sentons observés. Lequel de ces barjots s'amuse à nous épier ? Ces gens sont vraiment glauques, même pour moi.

Je décide d'aller jeter un œil dehors, prêt à me défouler sur le connard qui traîne sur ma propriété. Je fais le tour de la bâtisse plusieurs fois, mais je ne trouve personne.

C'est un chanceux, car si je l'avais chopé, je lui aurais refait le portrait.

Avant de rentrer, je lance un dernier coup d'œil à la maison d'Annie, une soixantaine de mètres plus loin. Ma colère s'accentue.

Lorsque je pénètre dans l'entrée, Harmony me dévisage depuis le pied de l'escalier.

— Tu vas bien ?

— Ouais, j'ai cru voir quelqu'un.

Un frisson la parcourt, ce qui ne m'apaise pas vraiment.

J'en ai ma claque, il faut que je la sorte de là. Je dois absolument mettre un terme à cette mission au plus vite. Si seulement j'avais le droit de tous les buter.

La belle métisse triture sa fausse alliance, pensive. La voir toucher cet anneau fait dériver mon regard vers celui qui orne ma phalange. J'avais presque oublié la présence de cette bague à mon doigt, fondue parmi les autres. Même sa symbolique me semble normale.

J'ai pris l'habitude de me dire que j'étais marié.

Je ris intérieurement. Quelle ironie. Suis-je en train de toucher le fond ?

Non, ça fait bien longtemps que j'ai plongé dans l'ombre des abysses. À moins que ce soit un autre type de chute ?

Parce que dans l'expression « tomber amoureux » il y a le mot tomber.

Et j'ai l'impression que je suis en train de bien me péter la gueule.

Chapitre 21

Harmony

Assise sur le canapé, j'essaye de suivre le scénario malgré les commentaires d'Aedan. On a eu le malheur de tomber sur un film d'espionnage. Évidemment, il ne peut pas s'empêcher de démonter tous les clichés que véhicule le long métrage.

— Ça a l'air si facile, quand on les voit, lâche-t-il avec un rire amer.

— Tu dis ça parce que tu es jaloux qu'ils aient plus de style que toi.

Le mufle tourne vivement la tête vers moi, offensé, ce qui me déclenche un fou rire.

— C'est ça, moque-toi de moi.

Son air bougon accentue mon hilarité, si bien que je commence à avoir mal aux abdos. Je parviens finalement à me calmer et relève la tête vers lui. Il me contemple en silence avec ce regard qu'il arbore de plus en plus souvent.

J'aime quand il me regarde comme ça, j'ai l'impression d'être précieuse. À chaque fois, ça fait naître une douce chaleur dans ma poitrine.

Nous nous lorgnons plusieurs secondes. Je peux presque percevoir le lien qui s'est tissé entre nous et qui nous unit d'une bien étrange façon.

Il finit malheureusement par rompre notre contact visuel. Depuis mon empoisonnement d'avant-hier, il se referme comme une huître à chaque fois qu'il prend conscience de cette proximité émotionnelle entre nous. Cette réaction me tiraille à l'intérieur.

Une part de mon esprit essaye de se convaincre qu'il a raison d'agir ainsi, que c'est mieux pour nous, mieux pour moi.

Ça me taraude depuis deux jours. Je sais que je suis en train de trahir mes principes, je sais que mon affection pour lui a dépassé une limite que je m'étais juré de ne jamais franchir.

Même si les habitants de ce quartier commencent à me faire douter de moi, je n'ai pas besoin d'être une psychologue compétente pour comprendre que je suis en train de tomber amoureuse de lui.

Mais c'est un criminel, un meurtrier.

C'est ce que la psy en moi me hurle depuis les profondeurs de ma conscience. Cependant, mon cœur ne veut rien entendre. C'est mal, je sais, mais on ne choisit pas la personne dont on tombe amoureux.

Et puis, Aedan est plus que ça. Derrière cette façade de hors-la-loi immoral se cache un être humain qui a souffert. J'ignore encore son histoire, néanmoins, il ne peut pas être réduit à ses actes, même s'ils sont injustifiables.

Aedan reporte son attention sur le film tandis que je continue de l'observer. Comme souvent, il a attaché ses cheveux cuivrés en un chignon dans le bas de sa nuque, ce qui permet à mes yeux de détailler les tatouages qui dépassent de son T-shirt et dévorent son cou.

Parfois, je me demande quelle signification ils ont pour lui. En fait, je me pose encore beaucoup de questions à son sujet. Il est toujours aussi mystérieux que depuis notre rencontre.

Il doit sentir le poids de mon regard car il tourne à nouveau la tête vers moi.

— Je sais que je suis beau, mais est-ce que tu pou...

Ses yeux quittent les miens et glissent derrière moi.

— Quoi ?

— J'ai vu quelqu'un par la fenêtre.

Un frisson d'effroi me parcourt l'échine. Plus les jours passent, plus nous sommes persuadés d'être espionnés. Si au début ce n'était qu'une impression, c'est aujourd'hui confirmé. Toutefois, nous n'arrivons pas à attraper le ou les coupables. À chaque fois que nous surprenons une ombre à notre fenêtre, elle disparaît dès que nous sortons.

— Putain, cette fois, je vais le choper, crache-t-il en voulant se lever.

Je le retiens.

— Non. Entrons dans leur jeu.

Ce qui m'angoisse le plus dans cet espionnage, ce sont leurs intentions. Pourquoi nos voisins nous surveillent-ils ? Le problème, c'est qu'ils risquent de découvrir que nous ne sommes pas un vrai couple. Car s'il y a bien une chose que j'ai comprise, c'est qu'ils sont loin d'être idiots.

— Et qu'est-ce que tu proposes ? me répond-il.

— Consolidons notre image de jeunes mariés.

Je m'avance vers lui sur le canapé et viens l'embrasser.

Aedan est d'abord surpris par mon initiative, mais il s'abandonne vite à notre baiser, si bien que je ne suis plus sûre que ce soit de la comédie.

Cet attachement qu'il tente de fuir et que j'essaye de condamner nous lie à nouveau. Cette chaleur qui prend sa source dans ma poitrine se diffuse dans tout mon corps.

Il monte une de ses mains dans ma nuque et plonge ses doigts dans mes cheveux bouclés.

Ses lèvres quittent les miennes et viennent s'aventurer dans mon cou. J'en profite pour reprendre mon souffle. Ma tête tourne déjà, mais ce n'est pas d'un manque d'air.

Aedan me tire à lui et je finis assise à califourchon sur lui.

— Tu viens de nous mettre dans la merde avec ton idée, tu sais ça ? me murmure-t-il.

Je sais.

Je ne lui réponds pas et reviens plaquer ma bouche contre la sienne. Il rit un instant et se fait un plaisir de reprendre là où nous en étions. Ses mains sur ma taille me pressent un peu plus contre lui. Son excitation frotte mon entrejambe et accentue le désir qui était en train de s'éveiller au creux de mes reins. Je commence à onduler des hanches tandis que ses doigts se glissent sous mon haut. Lorsqu'ils entrent en contact avec ma peau, je frémis. J'ai soudainement envie qu'il me touche partout et sans retenue.

— Bordel, dis-moi que cette fois tu ne vas pas aller te planquer dans la salle de bains, sinon tu vas me tuer, grogne-t-il contre mes lèvres.

Je romps notre contact pour le regarder dans les yeux.

— Non, pas cette fois.

— Dis-moi que j'ai le droit d'aller plus loin.

J'acquiesce.

— Non, pas de ça, je veux des mots, trésor. Je veux te l'entendre dire.

Je souris.

— Tu as une préoccupation particulière pour le consentement explicite, à ce que je vois.

— Je suis un tueur, mais pas un violeur. Et puis, je trouve ça plus satisfaisant de te l'entendre dire, roucoule-t-il en me serrant un peu plus contre lui.

— Sale mufle !

Il lâche un rire amusé que je partage immédiatement. Je redeviens ensuite sérieuse et plonge mes prunelles dans les siennes. Elles reflètent un désir réciproque.

— Tu as le droit d'aller plus loin.

Un sourire d'une tout autre nature étire ses lèvres. Il se lève d'un coup et j'enroule mes bras et mes jambes autour de lui pour ne pas tomber.

— Dans ce cas, allons ailleurs. Ça ne me dérange pas que notre stalker assiste à nos ébats, mais je préfère quand même me donner l'exclusivité de te voir sans vêtements.

Et sur ce, il monte l'escalier et nous amène à l'étage.

Une fois dans la chambre, il me repose au sol et mon dos vient se cogner au mur. Ses lèvres retrouvent sauvagement les miennes et j'attrape le bas de son T-shirt que je commence à relever. Il se laisse faire et m'aide ensuite à le lui ôter entièrement. Une dizaine de secondes plus tard, c'est au tour de mon haut et de mon sous-vêtement de tomber au sol.

Il s'écarte de moi pour m'admirer. Un malaise me prend aux tripes et je croise les bras. Ce n'est pas ma poitrine dénudée que je tente de cacher à son regard, c'est l'énorme tache décolorée sur mon ventre.

Aedan saisit mes bras pour les décroiser avec une tendresse surprenante.

— Ne te cache pas, tu es magnifique.

Son compliment résonne agréablement en moi et me rappelle le moment devant le miroir avant notre dîner chez les Roland. Il avait fait la même chose et avait prononcé presque les mêmes mots.

Bien qu'il soit un peu beauf sur les bords, il ne dit pas cela uniquement parce que je suis à moitié nue. Non, il le pense réellement, je peux le voir dans ses yeux.

Et ça me touche en plein cœur.

— Si tu veux bien, j'aimerais t'admirer entièrement, reprend-il.

Je comprends ce qu'il veut dire, et sous son regard brûlant j'ôte le reste de mes vêtements. Il m'observe silencieusement. Ce n'est pas la première fois que je me retrouve nue devant un homme, mais c'est la première fois que l'un d'eux me contemple de cette façon.

— Je le savais, chuchote-t-il.

— De quoi ?

— Que ton corps était une œuvre d'art.

J'entrouvre la bouche. Il est la première personne après mes parents à complimenter avec sincérité cette particularité que le monde m'a forcée à considérer comme un défaut.

Impure.

Je m'approche de lui pour rompre la distance qu'il avait installée entre nous. Je pose mes mains sur son pantalon et le déboutonne. Il me laisse faire avant d'à son tour retirer le reste de ses vêtements.

Nous nous regardons une dernière fois dans les yeux, immobiles. J'oublie où je me trouve, pourquoi je suis là et ce que j'ai enduré ces derniers jours. Tout disparaît. Il n'y a plus que lui et moi.

Quelque chose d'intangible cède. Comme si l'unique barrière encore debout entre nous venait de s'effondrer. Les mains d'Aedan m'attirent à lui et son corps chaud se retrouve contre le mien. Sa bouche explore mon cou et mes épaules tandis que mes doigts courent sur la musculature de son dos. Soudain, il me fait pivoter. Mon épine dorsale se retrouve plaquée contre ses abdos. Ses lèvres continuent d'embrasser ma peau en feu et il ceinture ma taille d'un de ses bras. Sa main libre s'aventure sur ma poitrine. Je ferme les yeux et profite de ses caresses qui rendent ma respiration haletante.

— Enlève mes bagues, trésor.

Sa voix rauque me fait rouvrir les paupières. Fiévreuse, je m'exécute et ôte les anneaux d'argent qui décorent ses phalanges. Les bijoux tombent au sol dans un tintement métallique que nous ignorons tous les deux. Ses doigts maintenant libres viennent d'abord dessiner des cercles sur le bas de mon ventre et laissent dans leur sillage des picotements agréables. La boule de désir grossit dans mes entrailles et l'impatience me ronge.

Quand ses doigts viennent ensuite caresser mon intimité, je me laisse aller contre lui.

Un râle de satisfaction m'échappe et je referme les yeux pour ne rien manquer des sensations qu'il éveille en moi. Ses cajoleries deviennent de plus en plus intenses, si bien que je commence à me tortiller en gémissant.

— Si tu savais depuis combien de temps je rêve d'entendre ce son sortir de ta jolie bouche.

Malgré l'ivresse qui m'habite, je lui réponds :

— Depuis combien de temps espérais-tu me mettre dans ton lit ?

Son pouce glisse fermement sur la partie la plus sensible de mon anatomie. Je me mords la lèvre de plaisir.

— Depuis que je t'ai vue dans cette chemise d'hôpital, susurre-t-il contre mon oreille.

Je suis sur le point d'imploser, mais il s'arrête. Il passe ses bras sous mes aisselles et sous mes genoux pour me porter jusqu'au lit. Mon dos heurte le matelas et, quelques secondes plus tard, le corps d'Aedan surplombe le mien. J'ignore pourquoi il a fait un bref détour par le placard.

— Mais j'ai changé d'avis, ajoute-t-il avant de mordiller ma clavicule.

Je fronce les sourcils.

— Comment ça ?

— Tu es devenue plus importante, tu es plus qu'une femme avec qui je veux partager une nuit.

Un sentiment de légèreté vient se mêler au désir que je ressens. J'aimerais le questionner à ce sujet, je voudrais encore l'entendre dire que je suis importante pour lui… tout comme il l'est pour moi.

Néanmoins, il ne m'en laisse pas l'occasion. Il vient retrouver mes lèvres, et la pression de son intimité contre la mienne refait monter mon excitation en flèche. Il le sait, car il continue son petit manège et se frotte contre moi. Mais je ne suis pas la seule à perdre la tête, je sens Aedan vriller.

Il finit par se redresser et déchire l'emballage du préservatif qu'il a en main. C'est donc ça qu'il est allé chercher.

Je lui lance d'un ton taquin :

— Tu avais tout prévu ?

Il l'enfile et revient me surplomber.

— Bien sûr, tu croyais vraiment que je n'allais pas m'équiper alors que j'allais être coincé dans une baraque des semaines avec toi ?

« M'équiper ».

J'éclate de rire pendant qu'il se remet à caresser ma peau. Il unit finalement son corps au mien avec une douceur qui contraste avec son tempérament et sa carrure d'athlète. Ses mouvements de bassin sont d'abord lents et doux. Sa présence en moi comble le vide que le désir avait créé et je soupire de plaisir. Je me sens bien, respectée et entière.

Je me laisse aller à notre étreinte sans appréhension ou remords. L'intensité de ses poussées augmente et m'arrache des gémissements dont je n'ai pas honte. Mes mains s'agrippent à ses épaules, et quand l'extase me fauche, j'enfonce mes ongles dans sa chair. Il me suit rapidement dans la délivrance en murmurant mon nom.

Nous nous immobilisons un instant, le souffle court. Il vient ensuite déposer un baiser sur mon front.

— Jamais je ne pourrai te céder à un autre, lâche-t-il.

Ses propos sont à la fois terrifiants et attachants. J'ai plongé dans le danger en toute connaissance de cause et, à l'instant présent, je ne regrette rien.

Après un tour dans la salle de bains, nous nous blottissons l'un contre l'autre. Sa présence m'apaise. Je ferme les paupières, prête à passer la nuit dans ses bras, quand tout à coup il commence à parler.

— C'était il y a vingt ans.

J'ouvre les yeux et les lève vers lui.

— De quoi parles-tu ?

— J'ai tué mes parents.

Chapitre 22

Aedan

Harmony cale sa tête dans le creux de mon épaule. Sa chevelure épaisse chatouille mon épiderme. Les rayons de la lune filtrent par la fenêtre et me permettent de la contempler. Elle est si belle, si unique. Ce sentiment de légèreté qui m'habite depuis le début de la soirée ne me quitte pas, et il ouvre la porte à quelque chose de plus profond, si bien que j'ai envie de lui confier mon cœur. Je lui ai donné mon corps, mais j'ai envie de lui offrir plus.

Elle ferme les yeux, apaisée.

— C'était il y a vingt ans.

Moi-même, j'ignore pourquoi j'ai dit ça. C'est sorti tout naturellement.

Elle rouvre les paupières et ses iris gris viennent chercher les miens.

— De quoi parles-tu ?

— J'ai tué mes parents.

Son expression se fige de stupeur. Elle ne s'attendait certainement pas à un tel aveu après le moment que nous venons de passer ensemble. Son silence m'angoisse, j'ai si peur de ce qu'elle pourrait penser de moi.

Avant, ça m'était égal.

Elle se redresse légèrement et s'appuie sur un coude. Je recherche sur son visage une quelconque trace de dégoût, de haine ou de peur. Mais je ne décèle aucune de ces émotions. Au lieu de cela, elle sourit faiblement.

— Raconte-moi, me propose-t-elle.

J'ouvre la bouche, prêt à lui narrer ce terrible souvenir que je n'ai jamais confié à personne. Pourtant, je ne l'ai jamais oublié et ce n'est pas faute d'avoir essayé. La scène me revient en tête avec une netteté bouleversante, comme si je la revivais.

Je cours dans le salon, un avion en plastique dans les mains.

— Vrouuuuuuu.

Je le fais monter puis descendre, avant de lui faire faire des loopings.

— Aedan, arrête de courir autour de nous, c'est dangereux, m'avertit ma mère.

Plusieurs tournevis dans les mains, elle est debout à côté de l'échelle sur laquelle mon père se tient. Ils sont en train de changer le lustre du plafond.

Je ne l'écoute pas. Je suis trop pris par cet élan d'énergie. Je n'arrive pas à m'asseoir bien sagement, j'ai toujours besoin de bouger, de faire quelque chose. C'est d'ailleurs un reproche que me fait souvent ma maîtresse d'école. Elle l'a encore signalé à mes parents à la dernière réunion avec les professeurs. Rien ne sert de se voiler la face, je ne suis pas un enfant calme. J'ai constamment la bougeotte.

— Aedan !

Ma mère élève la voix. Son ton autoritaire me fait lever les yeux vers elle et détourne mon attention de ma trajectoire. Je me prends les pieds dans le tapis et trébuche.

Je tombe sur l'échelle et lâche mon jouet. Malgré mes dix ans, j'ai le physique d'un enfant de douze voire treize ans. J'ai toujours été plus grand et plus massif que les garçons de mon âge. Mon poids est donc malheureusement suffisant pour faire tanguer le grand escabeau en métal.

Mon père perd l'équilibre à son tour. Paniquée, ma mère tente de le stabiliser en vain, et il lui tombe dessus, l'emportant avec lui dans sa chute. Un bruit assourdissant résonne dans le salon lorsque leur crâne se fracasse sur la table basse.

Je me relève et me frotte l'épaule. J'aurai un bleu, c'est certain. Néanmoins, ma douleur disparaît immédiatement quand mes yeux se posent sur les corps de mes parents, allongés l'un sur l'autre.

Pourquoi ils ne se relèvent pas comme moi à l'instant ?

Je m'approche et découvre une mare de sang autour de leur tête. La respiration de ma mère est haletante et ses yeux terrifiés. Quant à ceux de mon père, ils sont figés dans la mort.

— Aedan, murmure-t-elle.

Un filet de sang coule au coin de ses lèvres. Contrairement à mon père, elle n'est pas morte sur le coup.

— Appelle les urgences, s'il te plaît.

Je la fixe, immobile. La peur me tétanise et je n'arrive plus à bouger. Je n'arrive pas à réagir.

— Ae...

Elle tente de prononcer mon nom, mais des gargouillements atroces l'empêchent de l'achever. Elle tousse et des postillons ensanglantés volent dans les airs.

Finalement, son regard paniqué s'éteint.

Impuissant, je lorgne les cadavres de mes parents de longues secondes, sous le choc. Je ne réalise pas vraiment ce qu'il vient de se passer.

Quand je parviens à redevenir maître de mon corps, je m'accroupis. Je secoue l'épaule de mon père.

— Papa ?

Je fais ensuite de même avec ma mère.

— Maman ?

Leur absence totale de réaction m'affole, me sortant de cet état de choc. Je prends progressivement conscience de ce que ça signifie.

Morts. Ils sont morts.

C'est ma faute. J'aurais dû écouter ma mère et cesser de m'agiter.

C'est à cause de moi. C'est moi qui les ai tués.

Trop jeune pour affronter ça seul, mais assez grand pour saisir l'ampleur du drame que j'ai commis, je me mets à pleurer. Des plaintes provenant de la chambre à l'autre bout du couloir se joignent aux miennes. Mon petit frère de trois ans s'est réveillé.

Qu'est-ce que je fais ? Qu'est-ce que je dois faire ?

C'est ta faute, *me souffle une voix interne.*

Une culpabilité insupportable naît dans mon cœur. Je suis un meurtrier. Je suis un meurtrier. Je suis un meurtrier.

Je fais donc la seule chose qu'il me semble possible de faire : je m'enfuis sans même fermer la porte, abandonnant mon frère à son sort.

Dans les rues de Dublin, je cours à toute vitesse sans savoir où je vais. Les passants me lancent des regards surpris. Je n'ai même pas pris la peine de mettre des chaussures.

La nuit tombe et je me réfugie dans une ruelle déserte. Je ne sais pas où je suis ni ce que je dois faire. Voilà trois jours que je vagabonde en ville. La peur et le froid me font souffrir. J'ai tenté de voler de la nourriture, mais je me suis fait prendre. Le commerçant m'a chassé en me menaçant d'appeler la police.

Je suis donc parti en courant. La police ne doit pas m'arrêter. Je suis un assassin. Ils vont m'emprisonner avec les adultes.

Je me cache derrière une benne à ordures et me roule en boule. Je grelotte et les larmes me montent aux yeux. Soudain, une paire de chaussures apparaît dans mon champ de vision. Je relève la tête et aperçois une main tendue dans ma direction.

Un homme entièrement vêtu de noir avec une cigarette au bec me détaille.

— Viens, petit.

Je ne réagis pas. Je ne le connais pas.

— Je peux t'aider. Je sais ce que tu as fait et je peux t'emmener dans un endroit où tu n'auras plus à regretter tes actes.

Il sait ? Comment sait-il ce que j'ai fait ?

— Et j'ai de quoi manger.

Cet homme n'est pas fréquentable, je ne suis pas idiot. Maman m'a toujours dit de me méfier des inconnus. Mais aujourd'hui, je suis un meurtrier.

Et l'argument de la nourriture me tente. Je n'ai rien mangé depuis des jours. Je finis par me lever et lui prends la main.

— Cet homme, c'était le mari de la cheffe de la mafia irlandaise. Cette dernière m'a recueilli, m'a nourri et m'a logé. Et en échange, je suis devenu son ombre. Celui dont on ignorait le nom, mais qui exécutait tous les ordres. Celui qui se salissait les mains pour que les siennes restent blanches.

Harmony me fixe, bouleversée. Je détourne les yeux de ses prunelles. Je n'aime pas la pitié qu'elles renferment.

— Aedan, ce n'était pas ta faute...

Je ricane. Évidemment qu'elle allait me dire ça.

— Bien sûr que si. Si j'avais obéi à ma mère, ça ne serait jamais arrivé.

— Tous les enfants désobéissent au moins une fois à leurs parents. C'était un accident.

— Peut-être, mais ça n'efface pas ce que j'ai fait après.

C'est vrai, aujourd'hui, avec mon regard d'adulte, je peux reconsidérer cet événement. Mais même si je n'ai pas directement tué mes parents, je reste responsable de leur disparition. Et surtout, ça ne change rien à celui que je suis devenu.

Ce jour-là, à dix ans, j'ai cru être un criminel... Alors, pour survivre, pour vivre avec ce fardeau, j'en suis réellement devenu un.

— Pourquoi tu n'es pas retourné chez toi ? me questionne-t-elle.

— Parce que je craignais que les flics m'embarquent. À cet âge-là, je ne savais pas que la police n'arrêtait pas les mineurs.

Je soupire et reprends :

— J'ai appris des années plus tard que mes parents ont été découverts morts le jour même grâce à la voisine. Elle a entendu les pleurs de mon petit frère et trouvait ça étrange que la porte soit ouverte. Un avis de disparition avait été lancé pour me rechercher, mais c'était trop tard, la mafia m'avait déjà recruté sans que je ne le sache. Pendant de longues années, j'ai été considéré comme mort. C'est seulement une fois adulte que le petit garçon tristement disparu est réapparu en criminel.

Je suis bien bavard. D'habitude, même quand je suis de bonne humeur, je ne parle pas autant. Mais cette fille m'a ensorcelé.

— Et ton frère… ? me demande-t-elle.

— Je ne l'ai jamais revu. Je sais juste qu'il a une chouette petite vie et qu'il me déteste certainement.

— Tu n'as jamais essayé de reprendre contact ?

Un nouveau ricanement m'échappe.

— Pour lui dire quoi ? Désolé d'avoir tué nos parents et d'avoir pris la fuite ? Il y a des choses que l'on ne peut pas réparer, Harmony.

Elle garde le silence. Surpris qu'elle n'ait aucune réplique de psy à me sortir, je tourne la tête vers elle. Elle a l'air pensive.

— Je sais à quoi tu penses. Que c'est con, que j'ai gâché ma vie pour rien. Si j'étais resté, j'aurais été pris en charge par les services sociaux et cet événement aurait été classé comme accident. Mais on ne change pas le passé.

Le ton de ma voix est indifférent. Ça fait bien longtemps que j'ai arrêté de vivre dans le regret en me disant « Et si j'avais fait ceci au lieu de cela ? » C'est comme ça qu'on souffre inutilement.

Harmony finit par sortir de son immobilité et revient se blottir contre mon torse dénudé. Elle pose la main sur ma joue et replace une de mes mèches derrière mon oreille.

— Pourquoi as-tu trahi la mafia, alors ?

Je me rembrunis. Voilà une question que je redoutais, car j'ignore moi-même la réponse exacte.

— Je ne sais pas. J'en avais ma claque. Et finalement, j'ai continué à faire le même boulot à l'agence, car je me suis vite rendu compte que j'étais incapable d'arrêter, incapable de changer.

— Tout le monde le peut, me corrige-t-elle.

— J'aimerais te croire, trésor.

— Alors je vais te donner des preuves. Tu l'as fait avec moi, non ?

— Ce n'est pas pareil. Tu es différente.

— Pourquoi je suis différente ?

Je déteste quand elle me pousse à m'interroger de la sorte, surtout à propos d'émotions que je ne maîtrise pas.

Face à la tournure de cette discussion, je grogne et, tel un gamin, je lui tourne le dos. Elle colle sa poitrine contre mes dorsaux et enroule ses bras autour de ma taille. Cette drôle de chaleur irradie à nouveau dans mon corps.

— Merci de t'être confié, ça me touche.

Il n'y a pas de doute. Cette fille est spéciale.

Je me retourne vers elle. Nous nous faisons face sur le matelas et je viens la serrer contre moi. Je ne veux jamais qu'elle parte. Elle est à moi.

— Moi aussi, je veux te poser une question.

— Je t'écoute, me répond-elle.

— Pourquoi tu as accepté le contrat de la directrice ?

Je la sens soupirer contre ma peau.

— Tu me l'as dit toi-même l'autre jour, la directrice m'y aurait forcée d'une manière ou d'une autre si je n'avais pas accepté.

C'est vrai, je sais ce que j'ai dit. Mais le fait qu'elle ait cédé si facilement attise ma curiosité depuis un moment. D'ailleurs, je me pose de plus en plus de questions sur les intentions de la patronne à l'égard d'Harmony. J'ai le sentiment qu'elle cache quelque chose.

— Tu as la tête sur les épaules. N'importe qui aurait refusé.

Elle soupire de nouveau.

— Je ne sais pas. L'idée d'avoir quelque chose de fixe me plaisait peut-être.

Je ne suis pas convaincu par son explication, mais je n'insiste pas.

Le silence nous enveloppe. Nos secrets et nos ressentis les plus intimes flottent dans la pièce. Finalement, aucun de nous ne reprend la parole.

Je dépose un baiser sur son front et elle sourit.

Bordel, je me damnerais une deuxième fois pour la voir encore sourire comme ça.

Elle s'assoupit rapidement et le sommeil vient ensuite me cueillir. Pour la première fois, j'ai l'impression de m'endormir plus léger.

Chapitre 23

Harmony

Confortablement enroulée entre les draps, j'ouvre les yeux. Je roule sur le dos et étire mes bras vers le haut. Un bâillement m'échappe. Je tourne la tête sur le côté, m'attendant à apercevoir Aedan, mais il n'y a personne. Je fais la moue. J'aurais aimé me blottir encore un peu contre ses abdos.

Je me lève et pars prendre une douche avant de rejoindre la cuisine. À peine ai-je passé les dernières marches de l'escalier que l'odeur de toasts grillés du petit déjeuner me monte aux narines. Lorsque j'arrive sur le seuil, mes yeux se posent sur un Aedan concentré sur ses œufs brouillés. Je m'immobilise et le contemple.

Les images de la veille me reviennent en tête et un sourire se dessine sur mes lèvres. Je me remémore également le récit de ses souvenirs. Son histoire m'a bouleversée. Je comprends maintenant mieux sa vision des choses et son sentiment de mériter de mourir. Aedan est un enfant brisé qui a été sauvé par les mauvaises personnes. Elles ont utilisé sa souffrance pour faire de lui un être qu'il ne serait sans doute jamais devenu sans cet événement tragique.

Tandis que je l'observe, il s'active dans tous les sens pour préparer le petit déjeuner. Maintenant, il gère à merveille. Un vrai chef.

Hier, lorsqu'il me narrait son histoire, il a souligné cette envie de toujours bouger. Apparemment, c'est un défaut qui lui était déjà reproché avant l'accident.

Un besoin de toujours s'occuper l'esprit, c'est en effet quelque chose de très marqué dans sa personnalité. Je me souviens que, dès nos premières rencontres, il tournait en rond comme une bête sauvage tant que la directrice ne lui attribuait pas une mission.

Il est hyperactif.

Cela aurait dû me sauter aux yeux dès le départ. Ça explique pourquoi, quand il était enfant, il était incapable de rester assis sur une chaise à l'école et pourquoi il courait partout le jour où ses parents ont changé leur lustre.

La psy en moi se réveille et je me demande s'il est atteint d'un trouble déficit de l'attention avec ou sans hyperactivité, dit TDAH. Je ne peux pas l'affirmer sans diagnostic, mais étant donné ce que j'ai pu constater, je dirais que non. Il n'a pas l'air de rencontrer de difficultés à se concentrer. Il a juste besoin de constamment être en mouvement.

— Laisse-moi deviner, tu repenses à notre nuit ensemble ? Je savais que tu ne pourrais plus me chasser de ton esprit, me lance-t-il.

Je m'avance et viens prendre place sur le tabouret en face du plan de travail.

— Évidemment, comment t'oublier ?

Il relève la pointe de sarcasme dans ma voix et étire un sourire en coin, amusé. Il verse les œufs brouillés mélangés à des tomates dans les deux assiettes qui comportent déjà des toasts.

— Est-ce que tu regrettes ? me demande-t-il soudainement.

Son interrogation ainsi que le ton sérieux qu'il y met me surprennent.

— Pourquoi, je devrais ?

— Je ne sais pas, tu as peut-être quelqu'un qui t'attend, quelque part, en dehors de l'agence.

J'éclate de rire.

— C'est un peu tard pour t'en inquiéter, non ?

Il se rembrunit.

— Je n'ai aucune attache, que ce soit envers une personne ou un lieu. Je suis une vagabonde depuis ma naissance.

Le seul moment de ma vie où je me suis plus ou moins installée quelque part, c'est lors de mes études. Et encore, j'ai fait des échanges avec des universités de plusieurs pays.

Je sais qu'une partie de moi a envie de découvrir ce que l'on ressent quand on se pose, quand on possède un chez soi. C'est sûrement l'une des raisons pour lesquelles j'ai accepté le contrat d'Undershade. Car, comme Aedan l'a souligné hier, c'était une décision assez stupide et, surtout, dangereuse. Mais ce n'est pas le motif principal de mon choix.

J'étais obligée d'accepter, je ne voulais plus avoir peur.

Je chasse cette pensée intrusive et lui retourne ensuite la question.

— Et toi, tu regrettes ?

Il relève la tête vers moi, une lueur prédatrice dans le regard.

— Certainement pas. Et je compte recommencer.

Je lâche un petit rire. Le mufle est de retour. Néanmoins, je prends la peine de me corriger :

— Je ne parlais pas de sexe.

Il pose mon assiette devant moi et s'arrête net quand il comprend ce à quoi je fais référence. Je parle de sa confession.

Sa mâchoire se contracte, ses yeux s'assombrissent et ses épaules se tendent. J'analyse tout son langage corporel. Si je ne le connaissais pas, je dirais qu'il est en colère. Toutefois, ces semaines passées en sa compagnie m'ont appris à décoder les subtilités de sa personnalité.

Il est frustré, mais pourquoi ?

J'aimerais savoir ce qu'il ressent et ce n'est pas un questionnement qui me taraude en tant que psy, mais en tant qu'Harmony. D'une certaine façon, j'ai espoir qu'il éprouve la même chose que moi, qu'il soit confronté au même tumulte de sentiments.

Je pose ma main sur la sienne qui est restée agrippée à l'assiette pour le rassurer. J'ai compris qu'il rencontrait des difficultés à parler de ses émotions.

— Un oui ou un non suffit.

Il vient planter ses iris dans les miens.

— Je ne regrette pas de t'avoir confié tout ça, cependant, je ne veux plus en parler.

Je hoche la tête.

— D'accord.

Nous déjeunons ensuite en changeant de sujet.

Il est un peu plus de midi lorsque, appuyée sur le dossier du canapé, je regarde Aedan prendre les clés de la voiture.

— Je fais vite, me promet-il.

Il doit partir faire quelques courses, nous commençons à être à court de provisions. Je voulais l'accompagner, car j'appréhende de rester seule depuis mon empoisonnement. Nos voisins ont vraiment réussi à créer une peur incontrôlable en moi, d'autant plus que nous savons qu'ils nous espionnent depuis un moment.

Néanmoins, malgré mes craintes, je suis obligée de rester ici. On ne peut pas s'absenter de la maison tous les deux aussi longtemps. Qui sait, ils pourraient venir fouiller la maison ? Ou pire encore...

— Je fonce à York, il y a un supermarché au centre ouvert le dimanche. Je reviens dans une heure maximum, ajoute-t-il.

Il embrasse ma tempe avant de passer la porte et de la refermer derrière lui. J'arque un sourcil. Je me questionne encore une fois sur la nature de ce genre de petites attentions. Est-ce de la comédie, car nous pouvons être épiés à chaque instant, ou est-ce spontané ? L'idée que tout cela s'arrête à la fin de notre mission me tord l'estomac.

Je soupire et m'installe sur le canapé. Je sors mon téléphone de ma poche et passe une nouvelle fois en revue les photos du journal de Jessica. Je connais à présent son contenu par cœur, mais je ne peux m'empêcher de le lire, encore et encore. Je me répète sans cesse qu'un détail m'a peut-être échappé, car même si les pratiques sectaires de ce quartier ne sont plus à démontrer, nous ne possédons aucune preuve concrète de l'implication des voisins dans la disparition de la jeune femme et celle de son mari.

Aedan a informé la directrice de l'incident de l'autre jour me concernant. Il a d'ailleurs décidé que nous avions assez perdu de temps et que, lors de la prochaine séance de méditation, il se débrouillerait pour obtenir un échantillon de cette drogue volatile. Nous avons également convenu d'enregistrer ce rassemblement tordu chacun de notre côté.

Toutefois, j'ignore si nous y serons encore les bienvenus compte tenu de la réaction d'Aedan la dernière fois. Les connaissant, je pense qu'ils nous inviteront, mais nous obligeront à faire je ne sais quoi pour obtenir leur pardon. Cette situation me tend. Je ne sais plus à quoi m'attendre.

Je chasse ces réflexions intempestives et stressantes pour me concentrer sur mon téléphone. D'habitude, je ne m'attarde pas sur les photos des premières pages du journal. Jessica y raconte les raisons de son déménagement et confie les violences intrafamiliales qu'elle subissait. C'est assez dur à lire et ça n'apporte pas d'éléments de preuve sur les agissements de nos voisins.

Cependant, je prends cette fois la peine de relire ce passage atroce. Jessica se sentait si mal chez elle qu'elle se mutilait. Et dire qu'elle a fui un cauchemar pour atterrir dans un autre...

Un bip désagréable me tire de ma lecture. C'est le téléphone satellite.

Je monte à l'étage et saisis la valise dans laquelle il est rangé. La sonnerie n'est à présent plus étouffée et malmène mes oreilles. Je décroche et lance :

— Ici Dawn.

La petite fille en moi est tout émoustillée à l'idée de parler comme un vrai agent secret. Nombreux sont les enfants qui ont rêvé de jouer ce rôle un jour.

— Shadow n'est pas là ?

— Il est parti nous ravitailler.

J'ignore pourquoi je le formule ainsi, plutôt que de simplement dire « faire des courses ». Je m'emballe trop.

Un silence me répond. La directrice semble réfléchir à ce qu'elle doit faire. Un bref soupir me parvient avant qu'elle ne reprenne :

— Le journal de Jessica Mills a été analysé, il ne comporte que ses empreintes. Quant à son contenu, il est évidemment essentiel, mais ne constitue pas une preuve suffisante pour que nous puissions intervenir.

— Bien, j'en informerai Shadow.

— Je vous communique également à tous les deux les plans de la chapelle que Shadow a réclamés.

J'ai à peine le temps de la remercier qu'elle raccroche.

D'accord, toujours aussi chaleureuse, à ce que je vois.

En rangeant le téléphone, je tombe sur une petite mallette. Je sais qu'elle contient les enregistreurs et une idée me traverse l'esprit.

Quand j'étais étudiante, je révisais mes cours à voix haute, cela m'aidait à mieux comprendre la matière, comme si je me l'expliquais à moi-même. Je m'enregistrais et m'écoutais ensuite. Cela me permettait éventuellement de déceler mes propres erreurs dans mon bla-bla ou bien de prendre conscience de certaines subtilités qui m'avaient échappé.

Peut-être devrais-je procéder de la même façon avec mes théories sur les notes de Jessica ? Je ne perds rien à essayer, et puis je n'ai rien de mieux à faire jusqu'au retour d'Aedan.

Je saisis donc un enregistreur et vérifie qu'il est bien vide. Je redescends ensuite dans le salon, puis je me mets à tourner en rond et à parler toute seule, l'appareil en main.

Tandis que je suis en plein monologue, la sonnette retentit. Je me fige. Est-ce déjà le mufle ? Non, il n'aurait pas pris la peine de sonner.

Une peur irrationnelle s'immisce dans ma poitrine. Une confrontation avec Madison ou Annie me terrifie. Paniquée, je fourre l'objet sans l'éteindre dans mon soutien-gorge – réflexe étrange qui s'explique par mon affolement – et me dirige vers la porte.

J'inspire un grand coup pour refouler toutes mes émotions. Après tout, les contrôler, c'est ce que je fais le mieux. Enfin, ce que je suis *censée* faire le mieux.

J'ouvre enfin le battant, un grand sourire aux lèvres.

— Bonjour, Hannah, me salue Madison avec son expression dérangeante.

— Oh bonjour !

— Comment vas-tu ? Je m'inquiète pour toi depuis l'intervention inopportune de ton mari jeudi dernier.

Je me glisse dans mon rôle et réponds :

— Bien. Merci. Désolée, ça m'a gênée, je n'osais plus sortir.

— Oh ! Mais non, voyons ! Pas de ça avec nous !

Elle écarte les bras pour m'inviter à l'étreindre. À contrecœur, je m'exécute. Quand je m'éloigne enfin, je sens une silhouette se glisser dans mon dos. Je n'ai pas le temps de me retourner, un bras ceinture ma taille et une main vient plaquer un tissu contre ma bouche. Je tente de me débattre, mais la personne me tient trop fermement.

Le produit dont le tissu est imbibé me monte au cerveau. Mes muscles s'engourdissent et mes paupières deviennent lourdes. Mes genoux cèdent et seul le bras de l'inconnu me permet de ne pas m'effondrer au sol. Ma conscience s'éteint progressivement.

— Je vais l'emmener. Occupe-toi de son mari.

Ce sont les dernières paroles que j'entends avant de totalement sombrer.

Chapitre 24

Aedan

Je me gare devant notre « maison » après presque trois heures. Je sors mon téléphone de ma poche, j'ai reçu une notification en roulant. Je constate que la directrice m'a envoyé les photos des plans de la chapelle que je lui ai demandés. Je suppose qu'elle a appelé via le téléphone satellite pendant mon absence et que la psy lui a répondu.

Je range mon portable et sors du véhicule. Je saisis ensuite les deux sacs de courses dans le coffre. Je suis parti un peu plus longtemps que prévu parce qu'un trou de balle a créé un accident en plein centre. C'était le bordel total. J'ai cru que j'allais bouffer mon volant.

Je pose un sac au sol et insère la clé dans la porte. Elle n'est pas verrouillée, mais on ne peut pas l'ouvrir autrement, car il n'y a pas de poignée à l'extérieur. Lorsque je pénètre dans le hall d'entrée, un frisson me parcourt l'échine. J'ai un mauvais pressentiment.

— Harmony ?

Je pose les courses et tourne la tête vers le salon. Personne.

Je m'approche pour vérifier qu'elle ne s'est pas endormie sur le canapé et découvre son portable sur la table. Je m'immobilise et tends l'oreille à la recherche du moindre bruit.

Je n'entends rien. Je peux tirer deux hypothèses de ce silence anormal : soit la psy n'est plus dans la baraque, soit elle dort dans son lit.

Néanmoins, elle n'a jamais été du genre à faire une petite sieste en plein après-midi. Quelque chose cloche, je le sens. Mon instinct me le hurle.

Mes muscles se tendent et tous mes sens sont en alerte. Je me retourne et me dirige vers la cuisine pour inspecter la pièce. Dans le reflet du four, j'aperçois une silhouette se mouvoir. Il y a bien quelqu'un dans la maison. Je décide d'agir comme si je n'avais rien vu. Je vais laisser croire à cet enculé que je ne l'ai pas repéré.

Sans surprise, lorsque je sors de la pièce, une masse me fonce dessus.

Le connard, il m'attaque par-derrière, en plus.

Je me retourne et me décale juste à temps pour éviter la pointe du couteau. J'attrape son poignet, le tire dans le prolongement de son mouvement pour le faire passer devant moi et lui fais une clé de bras. L'homme pousse un cri et lâche son arme. Il tourne la tête vers moi et je reconnais immédiatement Arthur. S'il est toujours coiffé et habillé comme un Playmobil, son regard lui a bien changé. Il est froid, sévère et sans pitié.

Ouh. Alors monsieur Parfait montre enfin son vrai visage ?

Je lui tords un peu plus le bras et crache :

— Où est ma femme ?

Je ne suis pas idiot. S'il a essayé de me tuer, ça signifie que lui ou l'un de ces dégénérés s'en est pris à elle.

Il ne dit rien. Il se contente de grogner de douleur.

Bien. Il veut jouer ? Alors, jouons. De toute façon, je suis le meilleur au jeu de « je te torture pour te faire parler ».

Je le pousse avec violence. Il se vautre par terre. Il tente de se relever, mais je ne lui en laisse pas le temps. Je le plaque au sol et m'assieds sur lui. Je lui saisis le col et lui assène une droite. Je lui recasse le nez dont la blessure commençait à peine à cicatriser. Je pensais que la dernière fois lui aurait suffi pour comprendre qu'il ne faut pas me chercher.

— Est-ce que tu vas m'obliger à répéter, sale con ?

Alors qu'il a le visage en sang, il a l'audace de me rire à la gueule.

— Tu paieras pour ta violence, ricane-t-il.

— Dit celui qui a voulu me poignarder.

— C'est notre Divine Nature qui nous l'a demandé.

— Mon cul, ouais. Je te traînerai en enfer avec moi.

Je le refrappe au visage. Il est sonné. Bon, il faut que je change de technique, car s'il tombe dans les vapes, je ne pourrai plus l'interroger.

Je me lève puis le redresse. Il se laisse faire comme une poupée de chiffon. Puis, soudain, il me donne un coup de boule. Sous l'effet de surprise, je recule d'un pas. L'enfoiré, il a fait semblant d'être K-O pour me leurrer.

Cependant, les coups que je lui ai déjà assénés le ralentissent et je n'ai aucun mal à le rattraper. Je chope une chaise de la salle à manger et l'assieds dessus. Je lui porte ensuite un coup à l'abdomen. Le souffle coupé, il se plie en deux, ce qui me laisse assez de temps pour saisir de la corde et une paire de ciseaux dans un tiroir de la commode.

Il se débat, mais je parviens à lui ligoter les poignets dans le dos de la chaise. Il s'acharne sur ses liens sans succès. Je pars ramasser le couteau de cuisine avec lequel il a tenté de m'agresser et le rejoins.

Je vais le faire souffrir. Un sourire cruel s'étire sur mes lèvres. *Il le mérite.*

Soudain, l'image de la directrice me vient en tête. Je me revois assis derrière son bureau, quelques jours avant le début de la mission.

« Écoute-moi bien. Cette mission est différente, tu vas sortir du champ criminel. Ces personnes n'ont aucun casier judiciaire et sont sur papier des citoyens exemplaires. Tâche de te contrôler, car sinon, tu devras répondre de l'ensemble de tes actes devant le tribunal de Dublin et je n'interviendrai pas. »

Ses paroles résonnent dans mon crâne comme une putain de malédiction. Ces gens sont probablement des assassins et manipulent l'esprit des plus faibles. Ils ne méritent pas d'être traités différemment.

Ce sont ensuite les beaux yeux d'Harmony qui s'impriment dans mon esprit. Je repense à son sourire, à ses sourcils froncés quand je l'énerve et à son expression contrariée quand elle m'appelle « sale mufle ». Je me remémore la fraîcheur de ses lèvres contre les miennes, sa peau moite qui frissonne à mon contact, ses soupirs de plaisir quand j'étais en elle. Avec toutes ces pensées, une chaleur étrange revient envelopper mon cœur.

Si je suis jugé, j'irai en prison pour le reste de mes jours, c'est certain. Et je ne supporterai jamais son absence. Je la veux près de moi. Pour la première fois de ma vie, je me suis attaché à quelqu'un.

Je peste :

— Putain !

Je ne vais pas pouvoir faire ce pour quoi j'ai toujours été bon. Tant pis, il n'y a pas que la torture physique qui permet de faire parler une personne. Je ne peux pas trop l'amocher, mais je peux le menacer.

Et quelle est la chose à laquelle un homme tient plus que tout ? Ses couilles.

Je fais tournoyer le manche dans ma main et viens planter la pointe de l'arme à quelques millimètres de son entrejambe. La lame est si aiguisée qu'elle s'enfonce dans le velours du siège comme dans du beurre.

— Si tu ne me dis pas où est ma femme, tes burnes seront les prochaines à vérifier la qualité de cette lame.

Pour appuyer mes paroles, je reprends le couteau et entame un mouvement pour l'abattre sur sa cible. Un éclair de panique passe dans le regard d'Arthur et il lâche :

— Dans la chapelle, Madison l'a emmenée dans la chapelle !

Je ne perds pas plus de temps et l'abandonne là. Je fonce dehors et me précipite vers le lieu de culte. Tandis que je cours, l'angoisse me gagne. Mes poumons me brûlent, mais l'adrénaline et l'inquiétude me permettent de garder un rythme soutenu. Je déteste la sensation qui me tord les entrailles. C'est insupportable.

Lorsque je pénètre à l'intérieur, il n'y a personne. M'aurait-il menti ?

Non. J'ai torturé assez de personnes dans ma vie pour différencier un mensonge de la vérité. Il était bien trop affolé pour me raconter de la merde. Je me concentre malgré l'urgence de la situation. Soit Madison a finalement décidé de changer sa destination sans que son mari ne le sache, soit elle est bien dans la chapelle, mais pas ici.

Un éclair traverse mon esprit. Les plans.

Je tâte ma poche et pousse un soupir de soulagement lorsque je constate que mon téléphone y est encore. Il aurait très bien pu tomber lors de ma petite altercation avec ce taré.

J'ouvre les photos du schéma du bâtiment. Tandis que je les observe attentivement, j'entends mon propre cœur battre dans mes oreilles. La pression est insoutenable. J'ignore ce que ces fous lui réservent, et la peur qu'ils la butent me serre le cœur.

Comme indiqué, il y a bien une estrade et quatre piliers porteurs. Je ne vois aucune autre entrée que la principale, au bout de l'allée centrale. Je m'attaque à la deuxième photo et fronce les sourcils. La forme du lieu est semblable à la première, avec les mêmes piliers, mais sans l'estrade. Je murmure tout bas.

— Putain, mais c'est quoi ce bordel ?

Il me faut plusieurs secondes de réflexion pour comprendre qu'il s'agit d'un sous-sol. Les plans sont vieux, car la rénovation de la chapelle date de l'après-guerre. L'évidence n'en était donc pas vraiment une.

Toutefois, un problème se pose : je n'ai aucune idée de la manière dont on y accède. Les plans n'en disent rien.

Nerveux, je fourre à nouveau le portable dans ma poche et commence à inspecter les lieux à la recherche d'une porte ou d'une entrée dissimulée. Après deux tours de la chapelle, la pression augmente encore dans mes veines. Je ne trouve rien.

— Fait chier !

Je donne un coup de pied dans l'une des statues d'ange, sur l'estrade. Mes yeux se posent sur le sol et je découvre des traces de raclement, comme si un objet assez lourd était régulièrement déplacé à cet endroit. Mon regard continue son chemin et tombe sur l'autel.

Je viens me placer de l'autre côté et dépose mes mains sur le rebord. Je le pousse de toutes mes forces. Le bloc de marbre qui est en réalité creux coulisse dans un bruit horrible. Il résonne dans toute la chapelle.

Je me redresse et constate que la pierre cachait une grande trappe, je l'ouvre et découvre un escalier. Sans tergiverser plus longtemps, je descends les marches comme un dératé.

Toutefois, je m'arrête net quand je me retrouve face à une lourde porte qui a traversé les âges. Je tente de l'ouvrir, sans succès.

Je colle mon oreille conte le battant et j'entends de l'autre côté des paroles lointaines. Ils sont plusieurs et répètent je ne sais quoi en chœur.

Ils sont là et je parie qu'ils ont Harmony.

Un sentiment d'inquiétude que je n'avais jamais ressenti auparavant explose dans mon corps et engendre une colère indescriptible. Je commence à donner des coups d'épaule dans la porte en y mettant tout mon poids. Je réitère mon geste en boucle sans m'occuper du boucan que ça génère. À force de cogner dans le battant, mon épaule devient douloureuse, mais je n'en ai rien à foutre. Je continue, encore et encore, animé d'une rage qui m'amène presque les larmes aux yeux.

Le bois finit par céder. Je donne ensuite plusieurs coups de poing jusqu'à m'en blesser les phalanges pour agrandir le trou. Lorsque j'estime qu'il est assez grand, je me jette dessus et passe littéralement à travers la cloison.

Je titube et dois faire quelques pas avant de retrouver mon équilibre. Mes mains et mon flanc sont ankylosés et douloureux, mais je ne ressens plus rien d'autre qu'une colère intense. Je lève les yeux et ils se posent sur Harmony, attachée sur un autel en pierre brute gravé de symboles étranges. Des silhouettes encapuchonnées l'entourent en demi-cercle. Mon interruption a attiré leur attention et ils me dévisagent tous. Je reconnais tout de suite nos voisins.

— Aedan, murmure Harmony.

Le fait qu'elle vienne de prononcer mon vrai nom et non celui d'emprunt m'indiffère. C'est actuellement le cadet de mes soucis.

Mes prunelles se lèvent légèrement et tombent sur la lame d'une dague aussi bizarre que le reste du décor. Annie, capuche rabattue, tient l'arme au-dessus du ventre découvert de la psy.

Elle s'apprêtait à la tuer, à la sacrifier comme un vulgaire mouton.

La fureur qui coule dans mes veines s'embrase. Je vois soudainement rouge et je me précipite vers la doyenne. Je vais la tuer.

Je vais *tous* les tuer.

Chapitre 25

Harmony
Quelques instants plus tôt

L'esprit dans le brouillard, j'ouvre les yeux. Je dois battre plusieurs fois des paupières pour que ma vue devienne nette. Au fil des secondes, mes idées s'éclaircissent et les brumes de l'inconscience se dissipent. Ma mémoire se réveille et mes souvenirs me percutent comme une balle contre un poteau.

Madison qui sonne à la porte. Moi qui ouvre. Un tissu sur ma bouche. Les ténèbres.

Une douleur non identifiée m'oblige à tourner la tête sur le côté. Je constate avec horreur que je suis attachée, les bras et les pieds écartelés. Les liens métalliques qui m'enserrent les poignets et les chevilles me blessent la chair.

La panique déclenche une décharge d'adrénaline dans mon corps et me fait oublier le froid qui me mord la peau. La pierre sur laquelle je suis allongée est glacée.

Ma première réaction instinctive est de me débattre. Je me tortille pour essayer de me libérer, mais en vain. Je ferme les yeux quelques secondes et respire lentement. M'acharner de la sorte ne me mènera à rien. Je dois réfléchir, garder mon sang-froid.

Mais je suis attachée dans une...

Dans une quoi ?

J'inspecte la pièce du regard autant que ma position me le permet. Le plafond, les murs, le sol. Tout est fait en pierre. Je remarque que celle-ci a été autrefois taillée, mais avec le temps elle s'est émoussée. Des gravures étranges ornent les parois de ce que j'identifie comme un sous-sol. À gauche de l'espèce d'autel sur lequel je suis étendue se trouve la statue d'une femme couverte de fleurs et de feuilles sculptées dans la pierre. Elle a les bras écartés, prête à accueillir les pauvres âmes comme la mienne. Contrairement au reste du décor, elle semble entretenue. Aucune poussière ou toile d'araignée n'altère son corps parfaitement lisse.

— Tu es réveillée, lance une voix qui hante maintenant mes cauchemars.

Annie.

Je tourne la tête dans sa direction tandis qu'elle s'approche de moi.

— Libère-moi.

Cette demande est stupide. Si elle, et probablement les autres habitants du quartier, ont pris la peine de m'attacher ici, ce n'est certainement pas pour me laisser filer.

— Je ne peux pas. Notre Divine Nature a parlé.

Elle lève les yeux vers la statue. C'est donc la représentation de leur divinité.

Je respire un bon coup. Si je veux espérer qu'elle me libère, je dois entrer dans son jeu, me montrer conciliante.

— Et qu'a-t-elle dit ?

J'essaye d'aborder une expression aussi émerveillée que celle d'Annie. Elle croit vraiment à ce qu'elle dit.

— Qu'il était temps de te sauver. Elle a entendu ta souffrance et elle veut t'en délivrer.

Je me fais violence pour étirer un sourire béat. À l'intérieur, mon rythme cardiaque s'affole. Misère, je dois vraiment m'échapper d'ici.

Soudain, un flash me traverse l'esprit. L'enregistreur.

Il est toujours dans mon décolleté. Je ne l'ai pas éteint quand j'ai ouvert la porte à Madison, trop affolée. Avec un peu de chance, il fonctionne encore, ce qui veut dire que toute notre conversation est enregistrée.

D'après la directrice, il manquait des preuves concrètes pour relier les habitants du patelin à des activités dangereuses pour la vie d'autrui. Malgré ma position délicate, c'est le moment idéal pour en apprendre plus et obtenir des éléments qui confirment leur culpabilité. Je vais donc réaliser ce que je fais de mieux : interroger des criminels.

Mon objectif change. Mon but n'est plus d'arriver à la convaincre de me détacher, mais de la faire parler jusqu'à ce qu'elle avoue tout.

Je commence par le début :

— Qui est réellement la Divine Nature, pour vous ?

— Notre Mère à tous, notre sauveuse. C'est grâce à elle que nous pouvons rompre les chaînes qui nous lient à ce monde moderne corrompu et que nous pouvons nous retrouver nous-mêmes, atteindre cette image originelle, notre Intériorité.

Je me rappelle que les disparitions ont commencé avec l'arrivée d'Annie dans les années 1980.

— Oh ! je vois... Et toi, quand as-tu réussi à trouver ton Intériorité ?

— Il y a un peu moins d'une cinquantaine d'années. J'étais très jeune. Personne ne voulait m'écouter, ils avaient tous le Cœur perverti.

— Alors, la Divine Nature t'a guidée jusqu'ici ?

— Oui, j'ai rencontré des gens formidables. Ils ont accepté que je leur enseigne mon savoir, que je leur apporte la Lumière.

Mes neurones s'échauffent. À mon avis, ça a commencé avec des activités de bien-être telles que la méditation, puis ça a dû dégénérer. Elle a pris du pouvoir et a endoctriné les habitants qui emménageaient au fur et à mesure du temps.

Cependant, une question me taraude :

— Et cette chapelle, son énergie t'a appelée à elle ?

— Oui, mais elle était laissée à l'abandon, alors avec les autres, on l'a entretenue comme nous le pouvions. Les autorités publiques ont refusé notre projet de rénovation.

Sans blague, elles n'ont pas dû apprécier l'idée de dénaturer une église pour en faire le lieu de culte d'une autre croyance.

Elle reprend :

— Nous avons donc fait ce que nous pouvions avec nos propres moyens. Puis nous avons découvert ce sous-sol. Quand j'ai aperçu cette statue, j'ai su que la Divine Nature m'avait conduite jusqu'à elle.

D'accord, donc la femme en pierre était déjà là et la doyenne a pris ça pour un signe. C'est un genre de biais de confirmation.

— C'est fascinant, elle a fait de toi son prophète.

— Exactement ! me sourit-elle.

Elle semble heureuse de mon constat.

— Et qu'a-t-elle prévu pour moi ?

— Un voyage vers le bonheur, un pont vers elle, me répond-elle.

Les derniers mots écrits dans le journal de Jessica me reviennent en tête.

« Je suis impatiente d'effectuer ce voyage qui me reliera à notre Divine Nature »

Son voyage… c'était donc ça. Rien à voir avec une escapade à l'étranger.

— Pourquoi dois-je faire ce voyage ?

— Tu as assez souffert de ton impureté dans cette vie. Tu as expié tes fautes des précédentes. Tu as le droit au bonheur dans la prochaine.

Elle me parle de réincarnation, là ?

Elle pense vraiment que mon vitiligo est une punition pour avoir fauté dans mes vies antérieures ? Et par prochaine, elle veut dire…

La panique revient tordre mes entrailles. Elle va me tuer.

Ça n'a rien de surprenant, le sacrifice humain n'est pas une pratique extraordinaire dans les sectes. Néanmoins, l'idée même d'être assassinée sur cette pierre me donne envie de crier. Je ne veux pas mourir.

Une évidence me frappe soudainement. Je plante mon regard affolé dans le sien et tire sur mes liens.

— C'est toi... toi et les autres, vous avez tué Jessica Mills !

— Tué ? Pas du tout ! Nous l'avons libérée de ses tourments et ramenée auprès de notre Chère Mère pour qu'elle lui offre une nouvelle vie.

L'horreur fait tomber le masque que je portais. L'angoisse se transforme en colère.

— Vous n'êtes que des meurtriers et tu es la cheffe d'orchestre de tout ça ! Tu profites de la faiblesse des gens pour les embourber dans tes croyances sordides !

Toutes ces disparitions n'en sont pas. Ce sont simplement ces hérétiques dirigés par Annie qui effectuent des sacrifices humains.

Toutefois, une interrogation me ronge. Pourquoi Jessica ? Et pourquoi moi ? Qu'est-ce que nous avons en commun ? J'ai bien compris que mon problème, selon eux, c'est mon vitiligo qui me rend impure. Mais Jessica ? Elle n'était pas atteinte de cette maladie... du moins, elle ne l'a jamais mentionnée.

Puis la réponse s'impose à moi : elle se mutilait. Elle devait donc avoir de profondes cicatrices sur le corps. Sa chair a aussi été marquée par l'impureté.

La différence entre elle et moi, c'est que je ne suis pas tombée dans le piège de ces tarés, bien qu'ils aient réussi à me faire douter et à réveiller mes angoisses. Sans Aedan, peut-être auraient-ils fini par y parvenir. Je me sens si faible, si honteuse.

Annie fait le tour de l'autel et se place sous la statue. C'est seulement maintenant que je remarque qu'elle porte une lourde cape.

— Et son mari, vous l'avez sacrifié aussi ?

— Il était gênant. À la demande de notre Divine Nature, nous l'avons éliminé, m'apprend-elle.

Son ton méprisant et dégoûté me sidère. Elle ne l'appréciait pas.

— Et malheureusement, nous avons dû faire la même chose avec le tien. Décidément, les âmes en peine choisissent toujours des partenaires malveillants.

Je manque de m'étouffer avec ma propre salive. Un sentiment d'inquiétude me compresse la poitrine. Qu'est-ce qu'ils comptent faire à Aedan ? L'ont-ils déjà éliminé ?

— La voiture… C'est vous qui l'avez déplacée sur une aire d'autoroute pour détourner l'attention ?

Tout devient clair dans ma tête. Si les enquêteurs n'ont jamais retrouvé la moindre trace du couple, c'est parce qu'ils ne sont jamais partis d'ici. Ils ont été tous les deux tués et les habitants ont dissimulé les preuves. Les forces de l'ordre ne pouvaient pas deviner que ce patelin aux citoyens exemplaires cachait de véritables monstres.

Annie ne me répond pas et soulève mon chemisier juste en dessous de ma poitrine. Heureusement, elle ne me l'ôte pas, sinon elle aurait découvert l'enregistreur.

D'autres silhouettes entrent ensuite dans la pièce, vêtues du même accoutrement que la septuagénaire. Malgré leur capuchon, leur identité ne fait aucun doute. Ce sont mes « voisins ».

Ils viennent tous se placer en demi-cercle autour de moi. L'un d'eux tend une dague d'une autre époque à la doyenne.

— Mes chères Sœurs, mes chers Frères, commence Annie. Nous sommes ici réunis pour répondre à l'appel de notre vénérée Divine Nature. Avec magnanimité, elle va libérer aujourd'hui un Cœur perdu et va l'accompagner vers un nouvel épanouissement.

Cette fois, je craque. Je me débats comme un animal pour me libérer. Je suis tellement terrifiée à l'idée de mourir que mes yeux restent secs, je ne parviens même pas à pleurer. Jamais encore je n'avais ressenti une telle détresse. Je m'acharne si fort que je me blesse davantage aux poignets et aux chevilles, mais la douleur est le dernier de mes soucis.

Autour de moi, Annie et les autres récitent en chœur des paroles que je ne prends même plus la peine d'écouter. Une silhouette encapuchonnée pose un bol sur l'autel et la doyenne y trempe ses doigts. Elle trace ensuite sur mon ventre des symboles que je ne peux pas voir.

Une fois sa tâche terminée, elle lève la dague au-dessus de mon abdomen. J'ai envie de hurler, mais aucun son ne sort de ma bouche. La terreur m'a privée de ma voix. À la place, ce sont des bruits sourds au fond de la pièce qui me parviennent aux oreilles. Quelqu'un essaye d'enfoncer la porte.

— Que fait-on ? demande Madison.

— Ignorons cela. Le battant est assez solide. Terminons le rituel.

Soudain, un vacarme indescriptible résonne dans le sous-sol. Aedan vient de traverser la cloison. Il a les poings en sang tandis qu'il dévisage mes bourreaux tour à tour.

— Aedan...

Un murmure parvient à franchir mes lèvres. J'oublie même de l'appeler par son faux nom.

Quand ses yeux se posent sur la lame au-dessus de moi, son regard change. Je lis dans ses yeux qu'il vient de perdre tout bon sens.

Il se rue vers la septuagénaire. Les autres n'ont pas le temps de l'en empêcher. En une poignée de secondes, il l'a rejointe et l'a plaquée au sol sans ménagement. Ses adeptes se jettent sur lui, mais il les tabasse un à un.

Je l'interpelle :

— Aedan !

Il ne m'entend pas. Il est animé par une rage destructrice. Après avoir assommé tous les disciples, il revient se charger de celle qui a voulu m'ôter la vie.

Annie est toujours au sol, le premier coup de l'ancien mafieux l'a étourdie. Il s'assied à califourchon sur elle sans se préoccuper du fait qu'il l'écrase de son poids et commence à la frapper.

Il va la tuer. Je le sais.

— Aedan !

Je répète son nom, encore et encore. Lorsque je finis par hurler, il tourne enfin ses iris vers moi.

— Arrête, s'il te plaît.

Il brise notre contact visuel pour reporter son attention sur sa victime, le poing levé.

— Ne la tue pas, je t'en prie !

Il laisse son geste en suspens. Je continue :

— Je sais que tu estimes qu'elle mérite de mourir, mais laisse la justice s'occuper d'elle, s'il te plaît. Je ne veux pas que tu ailles en prison. Je ne veux pas que tu te haïsses encore plus.

Il tremble, il hésite.

— Reste auprès de moi...

Il revient croiser mes prunelles. Ce que j'y lis détruit mes dernières résistances et je fonds en larmes. Il se lève d'un coup et vient me libérer de mes liens. Je me redresse et il me serre contre lui. La douleur dans mes membres irradie dans mon corps, mais je l'ignore. Je me concentre sur le sentiment de bien-être que son contact éveille en moi. Un de ses bras glisse dans mon dos et ses doigts viennent se plonger dans mes cheveux. J'enfouis mon visage dans le creux de son cou pour dissimuler mes pleurs et me laisse envelopper par son aura rassurante.

Pendant un bref instant, je parviens à oublier le monde autour de nous. Puis, la réalité me rattrape d'un coup. Je m'écarte d'Aedan et saisis le magnétophone logé entre mes seins. Il me regarde en arquant un sourcil. Je constate qu'il fonctionnait bel et bien. Je le coupe.

L'ancien criminel me fixe toujours et comprend ce que ça signifie.

— Tu as tout enregistré...

— Oui. Nous avons enfin une preuve. C'est fini. Tout est fini.

Il lâche un soupir et s'éloigne de l'autel sur lequel je suis assise. Il sort son téléphone de sa poche et pianote dessus. Normalement, nous devons communiquer avec l'agence uniquement via l'appareil satellite, l'envoi des photos du plan de la chapelle était déjà une exception.

Mais je suppose qu'Aedan s'en fiche et que l'urgence prime sur cette règle.

Je descends de mon perchoir, les jambes engourdies par le froid. Je rabats mon chemisier sur mon ventre, sur lequel ces drôles de symboles sont toujours dessinés. Il revient vers moi et j'attrape ses mains.

— Tu es blessé.

— Moins que toi, me répond-il.

Ses iris glissent sur mes poignets puis sur mes chevilles. Je pose ma main sur sa joue pour qu'il relève la tête. Je sais que voir mes blessures va réveiller ses envies de meurtre.

J'ouvre la bouche pour lui demander comment les événements vont maintenant se dérouler, mais il ne m'en laisse pas le temps.

Il fond sur mes lèvres pour m'embrasser. Son baiser est désespéré, inquiet et rempli d'amour. Je n'ai jamais été aussi certaine de mes sentiments à son égard qu'à cet instant.

Je l'aime.

Chapitre 26

Harmony

Je suis assise sur la marche devant le seuil de notre porte. Je fixe un point dans le vide sans vraiment voir ce qu'il se passe autour de moi. Après qu'Aedan fut venu me délivrer, tout s'est passé très vite. Il s'est agité dans tous les sens pour attacher nos voisins présents dans le sous-sol, bien que certains soient trop blessés pour aller où que ce soit. J'ai d'ailleurs dû le tempérer, car il voulait dans un premier temps leur sectionner un tendon d'Achille pour être sûr qu'aucun d'eux ne s'échappe.

Finalement, leur ligoter les mains avec tout ce qui pouvait faire office de corde s'est avéré suffisant. La police est intervenue dans la demi-heure et les autorités d'Undershade ont suivi les unes après les autres. Ce sont d'abord les hélicoptères qui sont arrivés, puis les fourgons.

Ma hiérarchie a pris les choses en main et une ambulancière a proposé de m'examiner à l'extérieur. Mis à part des écorchures aux poignets et aux chevilles, je n'ai rien de grave.

Depuis, je regarde tout ce beau monde se mouvoir autour de moi sans réagir, les fesses posées à même la pierre froide. Nos voisins ont été arrêtés, du moins, les policiers les ont tous embarqués, et j'ai remis l'enregistreur à une personne de l'agence.

Aedan revient vers moi, il s'est chargé de tout gérer et tout leur expliquer. J'en suis pour l'instant incapable.

— Rentrons, me propose-t-il. Il commence à se faire tard.

En effet, la nuit domine déjà partiellement le ciel.

Je me lève tel un automate et pénètre dans la maison qui ne sera bientôt plus la nôtre. Je suis contente que cette mission prenne fin, mais une part de moi regrette d'abandonner ce « chez soi ».

J'ai toujours eu conscience qu'il s'agissait d'un jeu de rôle, que ce n'était pas réel. Néanmoins, je ne peux nier l'importance de certains moments que j'ai vécus entre ces murs.

Lorsque le mufle ferme la porte et que nous nous retrouvons isolés du vacarme extérieur, je lâche un soupir éreinté. J'ai traversé suffisamment d'épreuves en une seule journée et j'ai dû affronter un grand nombre d'émotions sur un laps de temps beaucoup trop court. Hier encore, j'étais au septième ciel avec Aedan avant d'être la confidente de son terrible passé.

— J'ai eu un contact avec la directrice. Ses subordonnés vont avoir du boulot, ils vont passer plusieurs jours ici avec les enquêteurs. Ils ont déjà trouvé des corps enterrés dans une autre partie du sous-sol, m'explique-t-il.

— Il doit y avoir celui de Jessica et de son mari.

— Sûrement, la police scientifique est déjà sur le coup.

Il marque une pause et laisse le silence régner dans la pièce quelques secondes. Il finit par reprendre :

— L'ensemble des adultes ont été arrêtés. Les enfants ont été envoyés chez d'autres membres de leur famille. Grâce au journal de Jessica, aux cadavres et à ton enregistrement, ils sont cuits. La justice va donc prendre le relais.

— C'est fini ? On rentre ?

— Oui, demain matin à la première heure. Un fourgon de l'agence nous suivra.

J'acquiesce d'un signe de tête. Il jette coup d'œil à mes poignets bandés. Lui, il n'a rien aux poings. Ses phalanges sont éraflées et rougies, mais rien de plus. Il a eu de la chance, il aurait pu se casser les doigts.

— Je vais faire nos bagages. Repose-toi.

Il disparaît ensuite à l'étage. Il est vraiment incapable de s'arrêter de bouger.

Je me prélasse sur le canapé. Je zappe sur les chaînes à la télévision. Je ne parviens pas à me concentrer plus de cinq minutes sur un feuilleton, quel qu'il soit. Au bout d'une heure, je décide de me lever et d'aller prendre une douche. Je passe devant la fenêtre, et des silhouettes d'hommes et de femmes attirent mon attention. Ils vont vraiment travailler toute la nuit ?

Une ombre passe et me rappelle instantanément toutes les fois où nous avons été épiés. Je suppose que c'est grâce à cette surveillance que ces hérétiques ont trouvé le bon moment pour m'enlever.

Ils ont tenté de me sacrifier.

J'ai encore du mal à le réaliser. Ça me paraît tellement... inhumain et barbare. Ce qui m'interpelle le plus dans cette histoire, c'est la conviction d'Annie et de ses disciples de faire le bien. Ils pensaient réellement que me tuer était la meilleure chose pour moi, que ça me permettrait d'accéder au bonheur. Cette déconnexion de la réalité est terrifiante. Pourtant, j'en ai rencontré des malades au cours de ma carrière, mais la majorité d'entre eux avaient conscience de la gravité de leurs méfaits. Aedan lui sait que ce qu'il fait est moralement condamnable. Son problème, comme celui de nombreux criminels de sa trempe, c'est la banalisation de la violence et l'absence de culpabilité. Pour les habitants de cette banlieue, c'est différent. Ils sont profondément convaincus d'agir pour le bien d'autrui et n'ont pas conscience de l'horreur de leurs actes.

Je ferme les yeux et réprime un frisson. Je monte l'escalier et me dirige vers la chambre. L'ancien mafieux a presque fini nos valises.

— Je vais prendre une douche.

Je zieute la pièce du regard à la recherche de vêtements. Il le comprend et me tend mon pantalon de pyjama Dumbo, un T-shirt à lui et des sous-vêtements. En temps normal, je lui aurais fait une remarque sur ce dernier point, mais ce soir je n'en ai pas la force.

Je me dirige ensuite vers la salle de bains. Je me déshabille et me glisse sous le jet. Le liquide transparent se répand sur ma peau. Sa chaleur apaise la tension dans mes muscles, si bien que je ne sens que faiblement sa morsure sur mes blessures dont j'ai ôté les pansements.

Parce que le bruit du ruissellement crépite dans mes oreilles, je n'entends pas la porte s'ouvrir et le rideau de douche s'écarter. Lorsqu'un bras puissant vient m'enrouler la taille par-derrière, je sursaute et pousse un cri. Le mufle vient plaquer mon corps contre le sien.

— Ce n'est que moi, trésor, me murmure-t-il à l'oreille.

— Tu m'as fait peur !

— Je n'ai pourtant pas été discret.

Ça n'a pas suffi à me tirer de mes pensées.

Je ne réponds pas et me contente de me laisser aller contre lui. Je laisse sa chaleur m'envelopper et m'abandonne à ce sentiment de sécurité qu'il m'apporte.

Qui aurait cru que je ressentirais une telle émotion dans les bras d'un meurtrier ? Ma propre éthique me hurle sa contrariété. Mais surtout, qui aurait cru que cette brute désagréable au passé douteux pouvait cacher une telle tendresse ? Je me souviens encore de notre première rencontre. Il était fermé comme une huître et je ne lisais rien d'autre que de l'agacement dans son langage corporel.

J'analyse mentalement son évolution tandis qu'il me berce lentement. Il a coupé le jet d'eau de sa main libre pour laisser place au silence. Ensuite vient ma propre introspection et, contrairement à Aedan, j'ai le sentiment d'avoir régressé.

Toujours droite, professionnelle et parfaitement maîtresse de moi-même, j'ai sombré progressivement dans la peur et l'incertitude. J'ai l'impression d'avoir perdu cette faculté de savoir prendre du recul qui me caractérisait tant avant. Ma maturité émotionnelle, quant à elle, n'en est pas plus glorieuse.

— Je peux sentir tes neurones s'échauffer jusqu'ici. À quoi penses-tu ? me demande Aedan, le menton posé sur mon épaule.

Quelques millimètres en dessous se trouve une cicatrice blanchâtre, vestige de la balle que je me suis prise il y a deux mois.

— Rien d'important.

— Ne pense plus à ces dégénérés, lâche-t-il.

Il croit que mes tourments sont uniquement dus aux événements d'aujourd'hui. En effet, ils alimentent le processus de mon propre dénigrement, mais il n'y a pas que cela. C'est l'entièreté de la mission que je ressasse.

Je lâche un petit rire.

— Tu ferais un mauvais psy.

Il se redresse et me tourne vers lui.

— Quoi ? s'offusque-t-il.

Mes yeux s'aimantent à ses prunelles d'un vert sombre. J'en oublie notre nudité.

Je ris. Son expression outrée est amusante. Il reprend :

— Je n'ai pas raison ?

Mon amusement s'envole et je détourne le regard.

— En partie.

Il saisit mon menton et tourne mon visage pour m'obliger à rétablir notre contact visuel.

— J'aurais dû les tuer.

Mes épaules s'affaissent.

— Aedan... Les éliminer n'aurait rien changé à mon anxiété. J'ai bien décelé tes bonnes intentions, mais il faut que tu comprennes que le meurtre n'est pas une solution.

Il se renfrogne.

— Ils le méritaient.

— Peut-être, tu es libre de le penser, mais pas de le mettre en pratique. Personne ne devrait avoir le droit de vie ou de mort sur quelqu'un sous prétexte qu'il mérite de périr. C'est pour cela que la peine de mort a été abolie dans de nombreuses régions du monde. Tout comme toi tu pensais bien faire en tuant certaines personnes, ils étaient convaincus que je méritais de mourir.

Il me dévisage longuement. Je viens prendre son visage entre mes mains. Mes iris glissent un instant sur son corps nu. Il pose ses doigts sur les miens.

— Je sais et je m'en fous. Je n'arrive pas à raisonner autrement, m'avoue-t-il.

— Tu y parviendras, si tu veux vraiment changer.

Il reste muet. Son absence de réponse m'inquiète. Est-ce que ça veut dire qu'il ne souhaite pas changer ou bien est-ce qu'il médite sur mes paroles ? Difficile de le deviner.

Soudain, les mots que j'ai prononcés à son intention tout à l'heure me reviennent : *Reste auprès de moi.* Au fond de mon être, j'espère que ce sont mes propos qui l'ont convaincu de ne pas tuer Annie. Égoïstement, je désire qu'il change pour moi.

Ce n'est pas aussi simple et c'est surtout trop beau, me souffle une voix.

Je l'admets, c'est idéaliste et puéril.

Il dégage mes mains de ses joues et me contemple des pieds à la tête. Un sourire dont l'interprétation est évidente étire ses lèvres. Néanmoins, il n'émet aucun commentaire et n'entreprend rien.

— Qu'est-ce que tu veux manger ? me questionne-t-il soudainement.

Je bats des paupières.

— Hein ?

— Je sais que tu aimes manger sucré quand tu es stressé.

Je hausse un sourcil avant de soupirer. Du sucre pour le dîner ?

— Tu ne trouves pas que je suis assez grosse ?

Ma remarque est ridicule. Ça fait bien longtemps que je me suis réconciliée avec ma corpulence et que je ne culpabilise plus de grignoter. Mais mon état d'esprit actuel me pousse à me rabaisser moi-même. C'est sorti tout seul.

— Tu te fous de ma gueule ?

Il me détaille à nouveau avant de rompre la distance entre nous.

— Je te trouve superbe telle que tu es, me glisse-t-il à l'oreille.

Il vient ensuite empoigner le gras de mes fesses.

— Et puis, c'est pratique pour les levrettes.

Je relève les yeux vers lui. Si je ne le connaissais pas si bien, j'aurais été offensée par sa grossièreté. Un léger sourire se forme au coin de mes lèvres malgré moi. Je lâche :

— Ça doit être fatigant.

— De quoi ?

— D'être toi.

J'accompagne mes paroles d'une petite tape sur l'épaule. Il rit de bon cœur avant de quitter la douche sans pudeur, fier comme un coq. Je secoue la tête, une esquisse de sourire toujours plaquée sur le visage.

Une fois seule, je rallume le jet d'eau et m'attelle à me laver. La peinture qui ornait mon ventre s'est écaillée et je n'ai eu qu'à la frotter avec un mouchoir tout à l'heure pour qu'elle disparaisse. Ce n'est d'ailleurs pas mon corps que je cherche à nettoyer, mais cette sensation de saleté qui me brûle la peau. Je me rends soudainement compte des dégâts que ces gens ont provoqués sur ma propre image.

Au bout d'une vingtaine de minutes, je finis par sortir de la large cabine qui fait face à la baignoire et m'habille avec la lenteur d'un escargot. Vêtue de mon pantalon aux motifs éléphants et d'un T-shirt trop large d'Aedan, je rejoins la cuisine. Déjà depuis le haut des marches, je pouvais sentir une odeur de cannelle. Arrivée à destination, je découvre le mufle qui enfourne un plat dans le four.

— Des pommes à la cannelle ?

Il hausse les épaules, tout souriant. Je décide de le taquiner :

— Quand nous rentrerons à l'agence, tu vas changer de fonction pour devenir cuistot ?

— Certainement pas, je ne cuisine que pour ma femme.

Ma femme.

Mes yeux viennent se poser sur ma fausse alliance. Demain, cela aussi prendra fin.

J'ouvre la bouche avant que le bruit d'un poing frappant contre la porte m'interrompe. Aedan me devance et part ouvrir.

J'ignore qui il rencontre sur le seuil, mais ça le contrarie. Ses muscles se crispent et sa mâchoire se contracte. Un homme que je reconnais immédiatement entre sous le regard menaçant de l'ancien criminel.

Antonio, mon instructeur d'autodéfense.

Lorsqu'il m'aperçoit, son visage s'illumine.

— Harmony.

Il s'approche et m'inspecte des pieds à la tête.

— Tu vas bien ?

— Ça va. Je ne savais pas que tu étais ici.

— Je viens d'arriver. La directrice m'a mis au jus sur le chemin. Je suis vraiment désolé pour toi.

— Ne t'en fais pas, je ne suis pas morte.

J'ignore pourquoi, mais je suis nerveuse, ce qui me pousse à devenir sarcastique. Le regard meurtrier du mufle doit y être pour quelque chose.

— Je savais que tu étais forte.

Il pose la main sur mon épaule.

— Qu'est-ce que tu fous ici, Antonio ? crache Aedan avec impatience.

Le militaire se retourne et lui rétorque :

— Pour toi, c'est caporal.

Son ton acerbe me surprend. Je sais qu'il déteste les espions de l'agence, car pour lui ils restent des ordures. Cependant, son mépris qu'il ne prend même pas la peine de dissimuler m'énerve.

Aedan crispe les poings. Il va lui sauter dessus.

Mon instructeur l'ignore et reporte son attention sur moi.

— Je suis désolé de te demander ça, mais j'ai besoin d'avoir ta version des faits. C'est la procédure.

— Putain, laisse-la respirer ! s'exclame l'Irlandais.

Il nous rejoint et s'interpose presque entre nous.

— Dégage, reprend-il.

— Tu n'as pas à me donner des ordres. Je suis ton supérieur sur cette affaire, scélérat.

Misère, ça va partir en vrille. Il faut que j'intervienne.

Je saisis tendrement la main d'Aedan et lui assure :

— Ne t'inquiète pas. Ça va aller.

Antonio nous observe, les yeux plissés. Mon geste à l'égard de l'ancien mafieux ne lui échappe pas, tout comme sa signification. Le port de son T-shirt n'a d'ailleurs pas dû passer inaperçu non plus.

— Vous deux..., commence-t-il. Tu couches avec ce monstre ?

— Tu es jaloux, hein ? répond le mufle. Désolé, caporal, ce n'est pas ton nom qu'elle crie quand elle jouit.

Je prends une grande inspiration et m'interpose entre eux.

— Avec tout mon respect, Antonio, ma vie privée ne te regarde pas.

Je tourne ensuite la tête vers Aedan.

— Et toi, je te prierai de parler de moi autrement que si j'étais un trophée qu'on met dans son lit.

Les hommes se taisent et se fusillent du regard. Je soupire et me pince l'arête du nez.

— Bon, qu'on en finisse. Allons sur le canapé.

Antonio me suit et je lui narre ma version de l'histoire. Attentif, il prend des notes tandis que le mufle nous observe de loin.

Lorsque nous avons fini et qu'il s'en va enfin, je bascule la tête en arrière soulagée. Je pars ensuite rejoindre Aedan dans la cuisine. Rien qu'à voir comment il fixe le four, je sais qu'il est d'humeur massacrante.

— Vous avez fini ? grogne-t-il.

— Ne sois pas jaloux, mon cœur.

Face à cette appellation, il redresse la tête. Je l'ai surnommé une seule fois de la sorte, c'était au début de notre séjour ici pour crédibiliser notre faux mariage.

Il sourit et vient me saisir à la taille.

— Je t'ai déjà dit que je ne partageais pas. Tu es à moi.

— Et moi je pensais t'avoir dit que je n'étais pas un objet.

Ma réponse n'efface pas son rictus. Au contraire, il s'agrandit. Il se penche pour m'embrasser et, au même moment, la sonnerie du four retentit.

Je le repousse et me dirige vers l'appareil.

Désolé, *mon cœur*, le sucre avant tout.

Chapitre 27

Aedan

Je détourne le regard un instant de la route pour le poser sur Harmony. Le coude appuyé sur le rebord de la fenêtre, elle lorgne le paysage qui défile sous ses yeux.

Nous avons quitté York tôt ce matin. Les quatre heures de voiture que nous venons de passer ensemble ont été silencieuses, moi concentré sur la circulation, elle perdue dans ses pensées. Elle ressasse probablement les derniers événements.

J'ai hâte d'arriver, l'impatience me ronge. Savoir que c'est le *caporal* Antonio qui nous suit en fourgon me rend nerveux. Sérieux, pourquoi lui ?

Nous venons de passer la périphérie de Glasgow et circulons à présent sur des chemins de campagne. Pour des raisons de sécurité et de discrétion, nous évitons au maximum les grands axes, ce qui rallonge notre itinéraire. D'après le GPS configuré par l'autre con, nous devrions arriver dans un peu plus de deux heures.

— Est-ce qu'on peut s'arrêter quelque part ? demande soudainement la psy.

— Pourquoi ?

— Ma vessie va lâcher.

Les arrêts sont déconseillés. Si ma passagère avait été une autre personne, j'aurais sans nul doute manifesté mon agacement. Néanmoins, je hoche la tête et me gare dans un parking délabré une centaine de mètres plus loin.

Le caporal m'imite. Il sort de la bagnole et claque violemment la portière. Il est énervé par cette pause imprévue.

— Je peux savoir pourquoi tu t'arrêtes ? m'assène-t-il avec mépris.

Je déteste la façon dont il me regarde. Il me dévisage toujours comme si je n'étais qu'une merde, tout ça parce que je suis un criminel et lui un gentil petit soldat. Son dédain me donne la nausée. Certes, je ne prétends pas être quelqu'un de recommandable, mais il n'a rien à m'envier. Lui aussi a déjà tué. La différence ? Il porte l'uniforme qui représente un État. Et pour cette raison ses actes sont considérés comme héroïques, tandis que les miens sont condamnés. Belle hypocrisie.

— Calme-toi, intervient Harmony. C'est moi qui le lui ai demandé. Je dois aller aux toilettes.

Les traits du militaire se détendent. Sa réaction me fait grogner.

— Dépêche-toi, maugrée Antonio.

Elle acquiesce d'un mouvement de tête et pénètre dans la petite boutique à l'allure louche. Je la suis et en profite pour acheter de quoi grignoter. Une vieille dame indique les cabines à la belle métisse depuis le comptoir. Quant à moi, je m'approche pour payer.

Nous sortons ensuite tous les deux. Le caporal nous attend, appuyé contre le fourgon, en tapant nerveusement du pied.

— Ce n'est pas trop tôt ! lance-t-il.

Je lève les yeux au ciel et lui jette une barre chocolatée qu'il ne parvient même pas à attraper.

— Mange ça, ça te rendra peut-être moins aigri.

Harmony glousse tandis que nous remontons dans notre véhicule.

— Tu ne devrais pas le provoquer.

Son petit sourire décrédibilise la sévérité de ses propos. Je me contente de hausser les épaules et lui tends mes achats.

— Il ne se gêne pas de le faire, lui.

Elle soupire sans perdre son expression amusée et je démarre.

— Tu es un gamin.

Nous continuons notre route dans la cambrousse. Même les habitations deviennent rares. J'ai proposé à Harmony de me raconter des anecdotes de ses voyages pour combler le silence. Je ne suis pas doué pour faire la conversation, ni même pour comprendre les autres. J'espère donc qu'en lui donnant ainsi la parole je l'empêcherai de broyer du noir à propos de ce qu'il s'est passé dans cette foutue chapelle. Je sais qu'elle y pense encore et qu'elle doute d'elle.

D'ailleurs, j'aurai une conversation avec la directrice à mon retour. Je compte lui faire avouer ses réelles motivations et lui interdirai d'envoyer encore Harmony sur le terrain.

— C'est donc comme ça que j'ai appris l'espagnol, conclut mon interlocutrice.

Je tique.

— Attends, tu parles combien de langues ?

— En plus de l'anglais et de l'espagnol, tu veux dire ? Le français et l'arabe. Un peu l'allemand, mais j'admets que ça fait longtemps que je n'ai plus pratiqué.

J'arque un sourcil et lui lance une œillade furtive.

— Pas mal.

Elle étire un sourire fier et reprend ensuite son récit. J'adore entendre le son de sa voix. Ce constat me surprend, car en règle générale je déteste les bavardages inutiles. À vrai dire, je déteste les gens tout court.

Sauf elle.

Je ne l'écoute plus que d'une oreille et regarde la route d'un œil distrait. Je suis trop concentré à essayer de déterminer à partir de quel moment cette fille m'a fait changer. L'esprit ailleurs, je ne prête pas attention à la voiture que nous croisons. Bien qu'il s'agisse d'un itinéraire peu fréquenté, il arrive qu'on y croise l'un ou l'autre habitant du coin.

Ce sont des coups de feu qui me ramènent à la réalité. Un témoin s'allume sur le tableau de bord et je perds le contrôle de la voiture. Cette dernière sort de la chaussée. La différence de niveau entre la route et le bas-côté la fait se retourner sur le flanc. Le choc déclenche les airbags et ma ceinture se bloque violemment, ce qui meurtrit mon épaule.

— Merde, fait chier !

Des tirs résonnent encore à l'extérieur. Je tourne la tête vers ma passagère. Elle est consciente.

— Ça va ?

— Oui, me répond-elle. J'aurai sûrement quelques ecchymoses, mais je crois que je ne m'en sors pas trop mal.

Notre embardée semble heureusement n'avoir engendré que des dégâts matériels, bien que notre position soit inconfortable. Notre vitesse et la solidité de l'habitacle ont contribué à nous éviter un accident grave. Ce qui m'inquiète, en revanche, ce sont les raisons qui l'ont provoqué.

Je m'extrais de la carcasse métallique et aide Harmony. Une fois à l'extérieur, je constate que le fourgon du caporal est en travers de la route. Les pneus ont été crevés. Après un bref coup d'œil vers notre véhicule, je remarque que c'est la même technique qui a été utilisée pour provoquer notre crash. Ces enfoirés ont crevé nos pneus avec leurs flingues.

Antonio est planqué derrière le fourgon qui lui sert de bouclier. Il échange des tirs avec les responsables de ce bordel. Je saisis le poignet de la psy et l'entraîne derrière notre voiture.

— Putain ! Si seulement il m'avait donné une arme !

— Aedan, qu'est-ce qui se passe ? me demande Harmony.

Avant de lui répondre, je jette un regard par-dessus notre abri. Nos assaillants sont au nombre de trois.

Je peste une nouvelle fois.

— On a été pris en embuscade.

— Par qui ? s'inquiète-t-elle.

— Qu'est-ce que j'en sais !

Ma réponse est agressive, car je suis à cran. Je cherche un moyen de nous tirer de ce merdier. Si Antonio se fait buter, on deviendra des cibles faciles. Je sais me battre, mais face à des types qui sont armés je n'ai aucune chance.

J'observe ce qui m'entoure, à savoir de l'herbe. Je me mets à tâter le sol et débusque deux gros cailloux. Je me décale pour m'exposer à nos ennemis et leur balance mes projectiles.

— Hé ! Les trous de balle !

Debout derrière la carrosserie, la psy écarquille les yeux, paniquée.

— Bordel, tu veux te faire tuer ou quoi ?

Ne t'en fais pas, trésor, je gère.

Les tireurs sont distraits par mon intervention. L'un d'eux doit même se protéger le visage pour ne pas recevoir la pierre en pleine poire. Cette manœuvre permet à Antonio d'abattre nos agresseurs. Au moins, ce sale con sait viser.

Nous sortons de notre cachette. Harmony détaille la voiture retournée sur le côté. Elle reporte ensuite son attention sur le fourgon et sur les cadavres des trois hommes.

— Bon, prenez quelques affaires et on dégage d'ici, ordonne Antonio.

— Quoi ? Et pour les corps ? questionne la belle métisse.

— On laisse tout là. Quand les flics découvriront la scène, ils vérifieront la plaque de nos véhicules. Ils tomberont sur les collaborateurs de l'agence et la directrice comprendra qu'on a eu un problème. Ses doutes se confirmeront quand elle ne nous verra pas arriver à destination. On ne s'occupe donc pas des cadavres. Notre priorité est de foutre le camp avant que d'autres de leurs camarades n'arrivent.

Pendant qu'il fait son discours d'autorité, j'inspecte la bagnole de nos assaillants.

— Putain, tu as tiré aussi dans leurs pneus !

— C'est la première chose que j'ai faite. Même s'ils se sont arrêtés pour nous attaquer, ils auraient pu s'enfuir, se justifie-t-il.

— Super ! Et nous, on n'a plus aucune voiture pour se tirer !

— Tu as des jambes, McCarthy, grogne le militaire.

Je m'approche pour lui en coller une, mais la psy m'arrête.

— Ce n'est pas le moment. Il a raison. On doit vite partir.

La mâchoire crispée, je m'éloigne de cette enflure pour rejoindre notre caisse. J'extirpe du coffre un sac et fourre quelques vêtements à l'intérieur. J'attrape également la mallette contenant le téléphone satellite. Elle est trouée de toutes parts. J'espère que l'appareil a mieux résisté, car nos portables, eux, n'ont pas survécu.

Antonio fait de même et nous nous éloignons des lieux de l'incident. Je rumine intérieurement tandis que nous marchons. Qui était-ce ? Que voulaient-ils ? Savaient-ils qui nous étions ?

Je ferme la marche et me retourne régulièrement. Je n'aime pas du tout avancer à découvert alors que nous avons potentiellement des ennemis à nos trousses. Après plusieurs heures, nous tombons enfin sur un lodge décrépi. Le vieil homme nous donne les clés avec un grand sourire, content d'avoir enfin des « touristes ». Pas étonnant que personne ne lui loue son habitation, c'est un taudis.

Nous pénétrons dans le logement. Il comporte deux chambres séparées par une cloison aussi fine que du papier. Harmony en choisit une et se laisse tomber sur le lit. Je viens m'asseoir sur le rebord.

— Il n'y a que deux lits, tu vas devoir me faire une petite place.

— Vraiment ? Tu ne préfères pas dormir avec le caporal ? me nargue-t-elle.

À ce commentaire, le concerné me fusille du regard depuis la minuscule pièce de vie. Je ferme la porte pour nous isoler. Pourquoi est-ce moi qu'il dévisage ?

— Tu cherches les problèmes.

— On en a tellement que votre petite guerre est le cadet de nos soucis, soupire-t-elle.

Elle paraît détachée, mais j'ai suffisamment appris à la connaître pour savoir qu'elle n'est pas sereine.

— Hé, ça va aller, OK ?

Elle roule pour venir se placer en position assise à côté de moi.

— J'espère... Je suis fatiguée.

Je la comprends. Hier elle s'est fait enlever par ces fous et, aujourd'hui, on se fait attaquer alors que nous sommes censés rentrer.

Je la comprends. Ça aussi, c'est nouveau.

— La vie d'agent secret n'est pas reposante.

— Je vois ça, marmonne-t-elle.

Après avoir terminé sa phrase, elle vient s'asseoir sur mes genoux. Cette proximité réveille mes bas instincts et je sens naître un sourire en coin. J'entoure sa taille pour la plaquer contre mon torse. J'approche mon visage du sien et ses lèvres viennent frôler les miennes. Je n'en ai soudainement plus rien à faire de notre situation critique. Ma seule préoccupation, c'est mon désir pour elle.

Ses yeux pétillants reflètent les miens. J'aime quand elle me regarde comme ça. Elle aussi, elle me veut.

Je viens chercher le contact de sa bouche et elle répond à mon baiser avec une passion teintée de détresse. Elle m'utilise sans doute comme pansement pour oublier ses tourments, mais je m'en fiche. Tant que j'ai son attention, cela m'importe peu. Je serai ce que bon lui semblera.

Bordel, suis-je tombé si bas ?

Il faut croire. Je suis devenu fou d'elle sans pouvoir rien n'y faire.

Sans cesse de nous embrasser, je l'installe correctement sur moi. Mes mains voyagent sur ses hanches, puis sur son dos. Mes doigts remontent et viennent se glisser dans ses cheveux. Je les agrippe avec douceur pour lui faire basculer la tête en arrière et caresser son cou de mes lèvres. Elle soupire d'aise et laisse glisser ses phalanges le long de mon buste.

Je m'apprête à lui demander d'enlever mon haut quand la porte s'ouvre. Harmony sursaute sur mes genoux. Lorsque mes iris croisent ceux du caporal, je débande tout de suite, l'excitation laissant place à la colère.

Il faut toujours qu'il m'emmerde.

— Je suis désolé de vous importuner, crache-t-il. Je viens chercher le téléphone satellite.

Je bascule la psy sur le côté et me lève. Hors de question qu'il y touche sans moi. J'ignore pourquoi, mais je ne lui fais pas confiance.

C'est plutôt ton ego, me souffle une voix.

Rien à foutre.

Je saisis la mallette que j'avais abandonnée au pied du lit avant lui et le bouscule d'un coup d'épaule en passant la porte. C'était délibéré, évidemment.

— Bon, je vais prendre une douche en attendant, soupire Harmony, fatiguée par notre cirque.

Elle prend ses vêtements dans le sac et s'enferme dans la pièce. Le militaire et moi nous lorgnons quelques secondes avant que je ne décide d'ouvrir la mallette. Il se précipite pour choper l'appareil. Il tente de joindre l'agence, mais il n'obtient qu'un grésillement horrible.

— Putain, il est foutu ! s'énerve-t-il.

Il serre les poings. Je suis sûr que s'il le pouvait il déchargerait sa frustration sur moi.

— Bon, je sors pour trouver un moyen de contacter Undershade. Restez ici.

— Oui, mon caporal.

Je fais un salut militaire théâtral pour me foutre de sa gueule. Il me lance un regard noir et sort du lodge. Dès qu'il referme le battant, je lui fais un doigt d'honneur qu'il ne peut pas voir.

Je reporte ensuite mon attention sur le téléphone. Je reste un moment immobile tandis que le bruit de la douche me parvient aux oreilles. Je tripote l'antenne sans grande conviction et lui donne un coup. Je réitère mon geste en enfonçant le bouton d'appel.

— Allô ?

Je n'ai pas rêvé ? Entre deux grésillements, j'ai bien entendu quelqu'un ?

— Ici Shadow.

— Où êtes-vous ? Cela fait un moment que j'essaye de vous contacter le caporal et toi !

Entendre la voix sèche et autoritaire de la directrice me fait vriller. Je devrais lui donner notre position et lui expliquer brièvement notre situation, mais la première chose qui me vient en tête, ce sont ses décisions irresponsables à propos d'Harmony.

— Crachez le morceau !

— Je te demande pardon ? s'offusque-t-elle.

— Pourquoi vous avez envoyé la psy sur le terrain ? Que ce soit pour Meijer ou pour cette mission d'infiltration !

Je ne crie pas. Mon ton est d'ailleurs plutôt calme. Trop calme. Il est sec et tranchant, comme une épée parfaitement aiguisée.

— Ce n'est pas le moment de parler de ça ! Dis-moi où vous êtes ! Mes agents ont retrouvé vos véhicules accidentés !

— Répondez-moi ! C'est quoi votre putain de problème ? Hein ! Allez-y ! Parlez !

Je continue ma tirade, quand soudain elle m'interrompt, agacée.

— Harmony a un contrat sur la tête.

Quand ses mots percutent mes oreilles, le sol semble se dérober sous mes pieds.

Chapitre 28

Aedan

Les mots résonnent dans mon esprit, mais mon cerveau refuse de les traiter.

— Pardon ?

— Sa tête a été mise à prix, m'explique la directrice. C'est pour cette raison que vous avez été attaqués. C'est elle qu'ils voulaient.

J'ai encore les yeux écarquillés par le choc. Je sais que ce n'est qu'une question de temps avant que l'énervement vienne le remplacer.

— Qui est le commanditaire ?

Ma patronne soupire, ce qui provoque un grésillement déplaisant à travers le combiné.

— La mafia new-yorkaise. Il y a quelques mois, Harmony a interrogé un des bonnets de l'organisation à la demande du FBI. Les informations qu'elle a pu tirer de cet interrogatoire ont été catastrophiques pour le business du réseaux mafieux. Son chef veut la tête de celle qui est responsable de cet affaiblissement. Tu sais mieux que personne que le monde du crime est sans pitié.

Je serre les dents. Oh que oui, je le sais. J'étais celui chargé de torturer et de tuer celles et ceux qui nuisaient à mon cartel. Harmony est très douée dans son domaine, ce n'est finalement pas étonnant que mes semblables veuillent sa mort.

— Vous le saviez quand vous l'avez engagée ?

Je n'élève pas la voix, mais la tonalité de celle-ci est teintée de colère.

— Non. Je l'ai appris récemment quand des agents ont intercepté l'une de leurs cargaisons de drogue dans la mer du Nord. Si je l'avais su, je ne l'aurais jamais envoyée en mission.

Je me maîtrise pour ne pas hurler. Elle n'aurait tout simplement jamais dû l'envoyer sur le terrain. Je décide de lui faire part de mes pensées.

— Cela n'aurait jamais dû arriver. Vous avez sans doute eu vent de ce qu'elle a subi dans ce quartier de tarés. Je vous avais prévenu qu'elle n'était pas faite pour ça.

Elle soupire une nouvelle fois.

— Je n'ai pas à me justifier sur mes décisions, mais sache que c'est elle qui en a fait la demande, m'apprend-elle.

— Quoi ?

— Dans son contrat de travail, je lui ai laissé le choix d'accepter ou non la clause concernant les interventions sur le terrain. Le jour où elle est venue dans mon bureau pour signer le document, elle a coché cette disposition. Quand j'en ai pris connaissance, elle avait déjà quitté la pièce.

Je fronce les sourcils. Si Harmony avait le choix à ce sujet, pourquoi a-t-elle décidé de devenir de la chair à canon comme nous ?

La directrice marque une pause avant de reprendre :

— Je l'ai forcée à travailler pour Undershade parce qu'elle a été mêlée à nos affaires malgré elle, mais je ne l'ai jamais obligée à risquer sa vie en mission.

Je ricane.

— Vous n'auriez même pas dû lui proposer cette clause. Vous vouliez exploiter ses compétences et vous lui avez tendu une perche.

— En effet. Ses capacités sont précieuses et ça a été prouvé. Sans elle, tu n'aurais pas aussi facilement résolu cette affaire de secte.

C’est vrai. Harmony a très vite cerné la situation. C’est également elle qui a trouvé le journal de Jessica et qui a su interpréter les différents indices que nous avions. Et enfin, même attachée à un autel sacrificiel, elle a mené un interrogatoire à l’insu de tous grâce à un enregistreur planqué dans son décolleté. Elle a été incroyable.

Mais à quel prix ?

— C’est pour ça que je l’ai envoyée au préalable avec toi sur les traces de Meijer à Amsterdam, même si c’était trop tôt. J’avais besoin de l’évaluer avant de vous confier cette mission d’infiltration, m’explique-t-elle.

Mes déductions sur les intentions de ma cheffe étaient donc bonnes. Elle s’est bien servie d’Harmony. En revanche, je n’aurais jamais deviné que celle-ci avait littéralement signé pour cela de son plein gré.

Il me reste un point à éclaircir.

— Sait-elle que sa vie est menacée ?

— Je n’en sais rien. Elle ne m’en a jamais parlé. Toutefois, elle a accepté facilement de travailler pour nous. J’avais mis ça sur le compte de la curiosité professionnelle, mais il semblerait qu’elle avait d’autres raisons.

J’inspire profondément. Elle ne s’est jamais confiée là-dessus. Elle n’a même jamais évoqué le moindre élément allant dans ce sens. Elle m’a seulement expliqué vouloir se poser et changer de mode de vie.

— Quel est le montant que la mafia new-yorkaise offre ?

— Un million de dollars. L’organisation la veut morte, Shadow. Tous les chasseurs de primes du continent vont la pourchasser. Vous devez rentrer, le caporal est au courant de la situation. Tu dois me dire où…

Je n’entends pas la fin de sa phrase, seuls des crépitements aigus sortent de l’appareil. Je peste et tape une nouvelle fois dessus, comme je l’ai déjà fait.

Rien. Ça ne marche pas.

Il est foutu et j'ai utilisé les quelques minutes dont je disposais pour parler d'Harmony plutôt que de donner notre position. Mes sentiments pour elle ont biaisé mon sens des priorités.

Je ne doute pas que mes collègues finiront par nous retrouver. Après tout, nous ne sommes qu'à quelques heures de marche de nos véhicules accidentés. Néanmoins, le temps joue contre nous. Si la tête de la psy a bel et bien été mise à prix, nous pouvons nous faire agresser à tout moment.

Je jette le téléphone satellite à terre, frustré. Ça me donne la gerbe de penser ça, mais j'espère qu'Antonio trouvera un moyen de contacter l'agence.

— Tout va bien ? me lance une voix.

Je tourne la tête et mes yeux se posent sur la belle métisse uniquement vêtue d'une serviette de bain. Elle regarde le sol en direction de l'objet.

— Je t'ai entendu parler. Tu as réussi à le faire fonctionner ?

J'élude sa question par une autre :

— Tu le sais, n'est-ce pas ?

Elle fronce les sourcils.

— De quoi ?

Je reste silencieux sans cesser de la fixer. L'incompréhension grandit dans ses prunelles. Puisque je ne lui réponds pas, elle tente de trouver la réponse par elle-même et entreprend ce qu'elle fait de mieux : analyser.

— Les muscles crispés, le regard contrarié... Tu es fâché contre moi ?

— Je suis effectivement contrarié. Envers qui ? Cela dépend de toi.

— Aedan, je ne comprends pas.

— Ta tête a été mise à prix par la mafia new-yorkaise.

La surprise déforme un instant ses traits, mais sa stupéfaction est bien trop brève pour prouver son ignorance. Elle était au courant. Elle est simplement étonnée que je le sache.

Je lâche un rire sans joie.

— Donc tu le savais.

— Je..., commence-t-elle.

Je la coupe pour lui ôter toute possibilité de nier :

— J'ai eu la patronne quelques instants au téléphone avant qu'il ne me lâche. Elle m'a expliqué pour toi. C'est pour ça que nous avons été attaqués.

Elle soupire, résignée.

— Je n'en étais pas sûre. J'ai mené un interrogatoire pour le FBI, il y a quelques mois et j'ai été menacée.

— Pourquoi tu ne l'as pas dit à la directrice ?

J'ai élevé la voix, c'est plus fort que moi. Je suis submergé par mes émotions.

— Parce que ce n'étaient que des mots ! Ça m'est arrivé à de nombreuses reprises, ce qui n'est pas étonnant quand on fait un travail comme le mien ! me rétorque-t-elle.

Elle marque un point, mais je suis trop fier pour l'avouer.

— Alors pourquoi tu t'es empressée d'accepter le contrat qu'Undershade te proposait, hein ? C'est pour ça que tu as signé, n'est-ce pas ? Tu te sentais en danger ?

Elle déglutit et détourne les yeux. Cette attitude m'étonne, car elle n'avait encore jamais fui mon regard de la sorte.

— Je ne sais pourquoi j'ai pris la menace de ce criminel plus au sérieux que les autres. C'est difficile à expliquer, mais... j'avais un mauvais pressentiment. C'était irrationnel, alors j'ai simplement rejeté cette intuition, je refusais même d'y penser. Toutefois, quand Theresa Coleman m'a proposé ce poste, je n'ai pas pu décliner. Il allait m'apporter cette sécurité que je recherchais tant...

Au fur et à mesure de son discours, sa voix tremble de plus en plus. Elle n'a pas fait que cacher ça à l'agence et à moi, elle se l'est également caché à elle-même. Elle s'est tout bonnement voilé la face.

— Qui est le criminel que tu as interrogé ?

— Le bras droit du chef de la mafia de New York. Il n'a pratiquement pas parlé. Il avait un tic nerveux. Je m'en suis servie contre lui. À chacune de mes suppositions, il confirmait ou infirmait mes dires sans le vouloir. Ça l'a énervé et il a juré de me tuer. D'une manière ou d'une autre, il a su en informer son patron malgré sa détention, me raconte-t-elle.

Je ferme les yeux. Le dirigeant du cartel de la côte est des États-Unis est connu pour ne rien laisser passer. Je conçois sa peur. J'ai eu l'occasion de le rencontrer lorsque j'étais encore dans la mafia irlandaise. C'est le genre d'homme que personne ne veut comme ennemi.

Je commence à comprendre ses motivations en ce qui concerne Undershade. Néanmoins, une chose m'échappe toujours.

— D'accord, j'ai bien saisi les raisons pour lesquelles tu as signé un contrat dans une agence dont tu ignorais tout. C'était une solution à ta situation... Mais pourquoi avoir accepté la clause pour aller sur le terrain ? Tu aurais été plus en sécurité en ne travaillant qu'à la fourmilière.

Cette décision contredit son intention première qui était de se cacher.

— Je...

Elle est interrompue par un sanglot. Les larmes dévalent ses joues.

— Je ne sais pas, d'accord ? Je... Je ne voulais pas vivre enfermé, je... je pensais qu'en me formant sur le terrain, j'apprendrais à me défendre. Je voulais croire que ce choix m'aiderait à m'outiller pour ne plus vivre dans la peur.

Elle couvre son visage de ses mains pour dissimuler ses pleurs. Elle tente également de rendre sa peine silencieuse.

Au cours de cette mission d'infiltration avec Harmony, j'ai eu l'occasion d'apprendre à la connaître, de découvrir la femme derrière la psychologue. En revanche, l'état dans lequel elle est en ce moment dépasse tout ce que j'ai pu entrevoir d'elle jusqu'à présent. Il n'y a plus aucune barrière, elle ne possède plus aucun contrôle sur elle-même. C'est l'expression brute de ses sentiments qui se manifeste.

Je n'ai jamais été sensible. D'ailleurs, mieux vaut ne pas l'être quand on possède mon vécu. Mais la détresse émanant de la femme à laquelle je me suis attaché me touche profondément. Si pleurer ne m'était pas étranger, j'aurais sûrement versé une larme.

Je m'approche d'elle et saisis ses poignets. Délicatement, j'ôte ses mains de sa figure. L'humidité de ses yeux fait briller ses iris gris. Je l'entraîne doucement dans la chambre et ferme le battant. Je l'entoure ensuite de mes bras et elle s'y blottit volontiers.

— Nous allons rentrer à l'agence. Tu n'en sortiras plus, d'accord ? Tu seras en sécurité, là-bas.

— Je ne veux pas me cacher toute ma vie..., murmure-t-elle.

— Ce ne sera pas le cas. Je te promets qu'à la fin de ton contrat dans cinq ans, nous aurons trouvé une solution.

Et il n'y en a qu'une qui me vient à l'esprit : abattre celui qui veut sa mort. S'il n'est plus de ce monde, il ne pourra plus offrir la récompense. S'il n'y a plus de fric à la clé, les chasseurs de primes se désintéresseront d'elle au profit d'une autre proie.

J'ai donc cinq ans pour faire en sorte que ce connard soit hors jeu.

— Si ça peut te rassurer, je t'entraînerai et je t'apprendrai à tirer.

Elle relève la tête. Ses prunelles croisent les miennes.

— C'est vrai ? Tu ferais ça ?

Pourquoi je ne le ferais pas ? Je règle mes problèmes par le meurtre et je n'ai pas abattu Annie parce qu'elle me l'a demandé.

Je suis un tueur, mais pour elle j'arrêterais de tuer s'il le fallait vraiment.

Ce constat me fait rire intérieurement.

— Bien sûr.

— Pourquoi cette soudaine envie de me protéger ? Ne m'as-tu pas dit que j'étais ton jouet ?

Je pose ma main sur sa joue.

— Ça fait bien longtemps que tu ne l'es plus, trésor.

Elle me fixe d'une manière indescriptible, le coin des yeux encore humides. Une sensation explose dans mon cœur et ma bouche articule sans mon autorisation des mots que je n'avais jamais prononcés :

— Je le ferai parce que je t'aime.

Chapitre 29

Harmony

Je continue de fixer Aedan, incertaine d'avoir compris. Ses paroles sont claires et ne laissent pas place à l'interprétation, pourtant, je n'arrive pas à assimiler leur sens.

Mon cœur cogne si fort contre mes côtes qu'il pourrait les briser. Une sensation paradoxale se diffuse dans mes veines : le bonheur d'entendre ces mots et la crainte que ce ne soit pas réel.

Je plisse les yeux et mes jambes tremblent légèrement. C'est comme si mon corps ne supportait pas cette situation.

Aedan bat des paupières, les sourcils froncés. Il a l'air aussi surpris que moi. Ses émotions ont parlé sans son accord, j'en suis sûre.

L'étonnement quitte progressivement ses traits et le regard qu'il porte sur moi s'intensifie. L'angoisse logée dans ma poitrine s'amplifie et rend mon souffle irrégulier. Mon esprit se barricade pour encaisser une deuxième déclaration qui viendrait contredire ou justifier la première.

Mais rien ne vient. Le mufle se contente de me dévorer du regard.

— Tu ne vas pas essayer de te rattraper ?

— Rattraper quoi ?

Une lueur assurée et sincère fait briller ses prunelles aimantées aux miennes. Même si je le voulais, je serais incapable de détourner les yeux.

— Ça te paraît si dingue que je puisse t'aimer ? reprend-il.

Non.

À vrai dire, ça n'a même rien de surprenant. En prenant de la hauteur, il est évident que cette mission d'infiltration nous a rapprochés. *Elle nous a liés.* Grâce à elle, nous avons appris à nous connaître et nous avons osé nous confier. Elle a été le soleil qui a balayé l'ombre des apparences. Nous nous sommes révélés tels que nous sommes.

— Ce qui me paraît dingue, c'est que tu me le dises.

— Et ça te fait peur ?

Je souris et me blottis un peu plus contre lui. Les craintes qui se disputaient le territoire de mon cœur se dissipent et l'euphorie vient les remplacer.

— Bien sûr que non. Justement, je craignais que tu ne me l'avoues jamais, parce que moi aussi, je t'aime.

Il entrouvre la bouche et la referme aussitôt. Un sourire en coin vient retrousser ses lèvres. Je connais cette expression et je lève les yeux au ciel à l'avance.

— Je savais que tu ne pourrais pas me résister, me lâche-t-il.

— Prétentieux !

Je feins l'indignation et m'extrais de son étreinte. Il rit, amusé par ma réaction. Il est lourd, mais il a aussi le don de me faire oublier la gravité de la situation... comme le fait qu'il y a un jour encore j'étais ligotée à une table sacrificielle, et qu'aujourd'hui j'ai la confirmation qu'un chef de la mafia veut ma mort.

Je veux prolonger ce moment de complicité insouciante, je ne veux pas que la réalité revienne faucher le bonheur engendré par l'aveu de nos sentiments. Je décide donc de jouer à mon tour.

— Ne fais pas trop le malin.

— Sinon quoi ? me nargue-t-il.

J'ôte la serviette qui enroule mon corps. Tout à l'heure, j'ai entendu Aedan parler, ça m'a intriguée. Je suis donc sortie sans m'habiller de la salle de bains.

— Sinon, ça.

Le tissu choit à mes pieds. Le sourire taquin du mufle s'envole et laisse place à une tout autre expression. La brûlure de son regard sur ma silhouette me fait frissonner de désir. Soudain, il s'agenouille. J'arque un sourcil. Je m'attendais plutôt à ce qu'il me saute dessus.

— Qu'est-ce que tu fais ?

— Si Arthur m'a bien appris une chose, c'est de me prosterner devant ma divinité.

Cette blague sur les Roland pourrait être considérée comme malvenue étant donné ce que j'ai traversé. Mais je suis obligée d'admettre que la flatterie qui y est associée compense largement son humour de mauvais goût.

— Allez, relève-toi.

— Ouais, de toute façon je n'allais pas pouvoir résister bien longtemps, lance-t-il en se redressant.

— Résister à quoi ?

— À ça.

Il se jette presque sur moi pour venir chercher le contact de mes lèvres. Voilà, là je le reconnais maintenant.

Je réponds à son baiser - si on peut appeler ça un baiser - avec la même impatience. Depuis que nous sommes arrivés ici, j'ai envie de me changer les idées dans ses bras. Toutefois, la présence du caporal me rendait nerveuse. Il est parti il y a un moment et j'espère qu'il ne compte pas revenir tout de suite.

Les lèvres d'Aedan quittent ma bouche et viennent se plonger dans mon cou, au niveau de la tache claire. Son absence totale de dégoût pour ma maladie renforce un peu plus mes sentiments pour lui. *Il a tué des gens, mais moi, il me traite bien.* C'est la pensée discutable qui me vient en tête et je ne veux pas la chasser.

Ses mains caressent mon flanc, mon dos et mon ventre tandis que mes bras sont accrochés à sa nuque. Il me pousse et mes cuisses finissent par buter contre le rebord du lit, si bien que je tombe les fesses sur le matelas. Le mufle m'a lâchée, il n'a pas essayé de me rattraper. Je le soupçonne même d'avoir atteint son objectif.

Debout en face de moi, il ôte lentement son T-shirt et je profite sans gêne du spectacle qu'il m'offre. Je me mords la lèvre inférieure et le tire à moi par sa ceinture, que je déboucle en même temps. Il rit avant de s'agenouiller à nouveau devant moi, ce qui m'interrompt dans ma tâche de déshabillage.

— Tu te prosternes encore ?

— Je ne t'ai pas montré à quel point je te vénérais, me sourit-il.

Une lueur prédatrice passe dans son regard et ses mains viennent saisir mes chevilles avec possessivité.

Ses lèvres viennent embrasser l'intérieur de ma cuisse et un frisson remonte le long de mon échine. Ma vénération s'annonce intéressante.

Après avoir enflammé ma peau, il relâche sa prise et pose ses doigts sur mes rotules. Il pousse légèrement dessus pour m'écarter les jambes. Il relève un instant le regard vers moi.

— Je peux ? me demande-t-il.

J'étire un large sourire.

— Une divinité ne refuse rien à son plus fidèle disciple.

Son rictus s'agrandit et il me tire un peu plus vers lui. Mes fesses se trouvent à présent sur la limite du bord du sommier. Je me laisse tomber en arrière pour m'allonger, et quand sa bouche vient rencontrer mon intimité, un soupir de bien-être m'échappe.

Chacun de ses coups de langue provoque une décharge qui électrise mon corps. La tension qui se crée dans le bas de mon ventre accapare mon esprit et j'oublie tous mes tourments. J'accueille sans résistance les sensations qu'il suscite en moi. J'ai tellement besoin de décrocher de ce qui nous est arrivé.

Mes gémissements de plaisir deviennent plus longs et plus fréquents. La boule de désir qui grossit entre mes cuisses commence à devenir délicieusement douloureuse et ne demande qu'à exploser. À contrecœur, je me redresse et agrippe la chevelure d'Aedan pour l'éloigner. Mon geste lui fait relever la tête et, lorsque son regard croise le mien, il passe la langue sur sa lèvre supérieure avec une expression que je ne lui connais que trop bien.

Il est fier.

— On va terminer ça à ma façon.

— Oh ! Tu deviens autoritaire, s'amuse-t-il.

Je pose mes pieds au sol et me relève. Je termine ce que j'avais commencé tout à l'heure et lui ôte le reste de ses vêtements.

— Assieds-toi.

Je lui pointe le fond du lit du doigt.

L'amusement ne le quitte pas et il s'exécute. Il s'assied, le dos appuyé contre la tête de lit, séparée du mur par quelques millimètres.

Je m'approche ensuite depuis le fond du matelas, comme un chat s'avançant doucement vers sa proie. La satisfaction de l'ancien mafieux se devine sur son visage.

Je m'installe à califourchon sur lui en prenant bien soin de pousser mon entrejambe contre la sienne. Il attrape le sac qui a été abandonné sur le lit à côté de lui et qui contient nos quelques affaires. Il fouille dedans à l'aveuglette tandis que je viens promener mes doigts sur son torse et fais onduler le bas de mon corps contre le sien. Il finit par trouver ce qu'il cherche et lève entre nous un préservatif.

— Tu les as pris ?

— Évidemment, sourit-il.

Je le saisis et le lui enfile. À peine ai-je terminé qu'il pose ses mains sur ma taille pour me presser contre lui. Nos bouches se retrouvent et, quand il se glisse en moi, je gémis contre ses lèvres.

Après avoir patienté plusieurs secondes pour m'accoutumer à sa présence, je reprends mes mouvements de bassin.

Soudain, le bruit d'une porte nous parvient aux oreilles. Je m'immobilise et romps notre baiser. Antonio est revenu.

Il tente d'ouvrir le battant de notre chambre, mais Aedan a pris la peine de verrouiller lorsqu'il m'a emmenée ici tout à l'heure.

— Casse-toi ! lui envoie le mufle.

— Quand vous aurez fini vos cochonneries, reposez-vous. Je suis parvenu à contacter l'agence. On vient nous chercher à l'aube, le temps de sécuriser les lieux, grogne notre interlocuteur.

Nous l'entendons ensuite entrer dans l'autre pièce.

— En tout cas, je ne compte pas le laisser se reposer, ricane l'ancien criminel.

— Tu veux continuer même avec lui à côté ?

— Ça ne me dérange pas qu'il m'écoute baiser ma femme, me murmure-t-il.

Les mains toujours sur mes hanches, il reprend le rythme de notre danse. Malgré l'interruption du caporal, le désir me brûle toujours autant les entrailles.

— Je ne suis pas ta femme, et vu notre position, je dirais que c'est plutôt moi qui te baise.

Il rit.

— J'aime quand tu parles comme ça.

Il plante son regard dans mes prunelles et pose son front contre le mien. Son bras puissant s'enroule autour de ma taille et il me soulève légèrement pour ensuite me laisser retomber. À chacun de ses mouvements il s'enfonce un peu plus en moi. Je finis par enfouir ma tête dans son cou pour dissimuler mes soupirs. Même si j'ai envie de lui, la présence d'Antonio me perturbe.

— Ne te retiens pas pour ce connard, trésor. C'est notre moment à *nous*. Tant pis pour lui.

J'inspire un grand coup et me refocalise sur nous, sur ce que je ressens. Je parviens rapidement à retrouver cette bulle qui est la nôtre et accélère la cadence de nos gestes.

Mes soupirs sont redevenus des gémissements. L'idée qu'Antonio m'entende me retraverse l'esprit, mais le plaisir pulse si fort dans mes veines que je ne m'en préoccupe plus.

Aedan se met à grogner, les traits tirés par la jouissance. Il augmente d'ailleurs le volume pour, j'en suis sûre, emmerder le caporal.

À la recherche de la satisfaction ultime, j'accélère encore mes ondulations. Je pose mes mains sur le bord de la tête de lit pour avoir un meilleur appui et celle-ci tape contre le mur.

Le mufle enfouit sa tête entre mes seins, ce qui me permet de sentir son souffle chaud et irrégulier contre ma peau.

— Harmony, gronde-t-il.

Sa dernière poussée m'arrache un cri et l'extase déferle dans mon corps. Il recommence et se libère à son tour de cette tension passionnée.

Mes muscles se détendent et mes épaules s'affaissent. Front contre front, nos respirations saccadées se mélangent.

Il prend ensuite ma main gauche et embrasse mon annulaire encore orné de ma fausse alliance.

Je lui souris tendrement et replace une de ses mèches cuivrées derrière l'oreille.

— Je t'ai un peu décoiffé.

— Décoiffe-moi autant que tu veux, me nargue-t-il.

Je lui fais une pichenette sur le nez.

— Décidément, tu ne t'arrêtes jamais.

Je me lève et me délivre de sa présence entre mes jambes. Une délivrance qui n'en est pas vraiment une, car seule une sensation de vide habite à présent le creux de mes reins.

J'ouvre doucement la porte et vérifie que la voie est libre. Trop concentrée, je n'entends pas l'Irlandais approcher. Il m'attrape à la taille et m'entraîne dans la salle de bains.

Sale mufle.

Ensuite, nous nous couchons. Je me blottis contre lui pour retrouver ce sentiment de sécurité qui me rassure tant. Les effets euphorisants de nos ébats me quittent progressivement.

La réalité me rattrape sans que je ne puisse la stopper. Un millier de questions quant au contrat sur ma tête déferlent dans mon esprit. Et c'est donc avec une pointe d'inquiétude que je m'endors.

Chapitre 30

Aedan

Nous sortons tous les trois du lodge miteux pour rejoindre le fourgon qui nous attend. Notre sac sur l'épaule, je lance un regard à Harmony qui bâille. En même temps, notre nuit a été courte. Le soleil n'est même pas encore levé. Toutefois, nous devions nous tirer loin d'ici le plus vite possible et rentrer à l'agence.

Un collègue sort du véhicule et nous invite à y entrer. La psy grimpe la première et ferme la portière.

Avant de la rejoindre, je me tourne vers le caporal.

— Tu ne m'as toujours pas dit comment tu avais réussi à joindre l'agence.

Mon ton froid est lourd de suspicion. On ne contacte pas Undershade depuis une cabine téléphonique.

— Tu n'as pas à le savoir. Heureusement pour nous, nous avons instauré des moyens de communication subsidiaires en cas de problème. Seuls les hauts gradés en ont connaissance. Donc ce n'est pas ton problème, *Shadow*.

Il insiste sur mon matricule pour me rappeler ma place : un simple espion en bas de l'échelle.

Je me retiens de lui cracher à la figure. Je tente de faire un pas pour le contourner et monter dans le fourgon. Il me retient par le bras.

— Je ne te laisserai pas faire, me prévient-il.

Je le fusille du regard.

— De quoi ?

Il lève le regard vers la portière par laquelle Harmony est entrée dans la voiture.

— La manipuler. Tu as profité de la faiblesse que cette secte a créée en elle pour la piéger dans tes filets. Mais je m'assurerai qu'elle ouvre les yeux une fois que tout cela sera derrière nous.

Ses accusations me rendent fou. Néanmoins, je ne peux pas lui en vouloir.

Ça aurait pu être vrai. *Mais pas avec elle.*

— Je ne l'ai pas manipulée !

Il ricane.

— Bien sûr. Une femme intelligente avec la tête sur les épaules ne serait pas tombée du jour au lendemain dans les bras d'un criminel.

J'inspire un grand coup pour ne pas lui en coller une. Je lui tourne ensuite le dos.

— Tu es jaloux parce qu'elle t'a rejeté.

Je me souviens de cette fois, juste avant qu'on nous annonce notre mission d'infiltration, où il l'avait invitée à boire un verre. Ça crève les yeux que la psy lui plaît depuis qu'il a commencé à l'entraîner. Son ego n'a pas dû supporter qu'elle parte jouer au faux couple avec moi pendant plusieurs semaines.

— Jaloux d'une sous-merde comme toi ?

Mon sang-froid se perd dans les méandres de ma rage et mon poing vient rencontrer sa sale gueule avant même que ma raison ait eu le temps d'intervenir.

— Je suis peut-être une sous-merde, mais c'est moi qui partage ses nuits, comme tu as pu l'entendre hier !

Notre agitation a attiré l'attention de la jeune femme et de notre chauffeur.

— Aedan, qu'est-ce qui se passe ? demande-t-elle.

Antonio rit en essuyant sa lèvre fendue d'un revers de main. Il plante ses iris dans les miens.

— Quel avenir tu vas lui offrir, hein ?

— Bon, arrêtez vos gamineries. On doit rentrer, s'impatiente notre conducteur.

Les cernes sous ses yeux montrent qu'il n'a pas dormi et qu'il ne souhaite rien d'autre que rentrer. Il part se réinstaller derrière le volant et le caporal prend place à l'avant. Quant à nous, nous nous asseyons sur les sièges se trouvant le plus au fond du fourgon. Je veux qu'il y ait un maximum de distance entre le militaire et moi.

Nous nous mettons ensuite en route. J'espère que cette fois nous ne nous ferons pas attaquer. J'ai eu mon quota d'agressions et Harmony aussi.

— Vous parliez de moi, n'est-ce pas ? me chuchote-t-elle.

Je lui jette un coup d'œil et soupire.

— Ouais. Il me disait que je ne te mérite pas. Il pense que je profite de toi.

Elle sourit. On dirait qu'elle est presque... amusée ?

— Ça te fait rire ?

— Un peu. Enfin, je ne sais pas si *rire* est le bon mot.

— Développe.

Ses prunelles qui étaient aimantées aux miennes se perdent dans le vide.

— Je peux comprendre son étonnement. J'admets que si on m'avait dit que je tomberais amoureuse d'un mafieux, j'aurais ri. C'est une règle que je m'étais toujours imposée, ne jamais développer une quelconque fascination ou le moindre sentiment amoureux pour les criminels.

J'émets un grognement. C'est donc comme cela qu'elle perçoit son amour pour moi... un échec, une infraction à une règle ?

Elle doit deviner mes pensées, car elle pose sa main sur la mienne.

— Ma relation avec toi pourrait être jugée, mais c'est *ma* vie. C'est à moi de décider ce que j'en fais.

— Et donc ?

— Et donc Antonio n'a rien à dire, ni personne d'autre. Je sais ce que je fais, qu'importe si le monde juge que c'est mal, conclut-elle.

Sans ôter sa main de la mienne, elle pose sa tête sur mon épaule. Elle ferme ensuite les yeux, ce qui met un terme à notre conversation. J'en profite pour la contempler. Son abondante chevelure bouclée, ses longs cils épais et sa peau bicolore. Comment ces tarés ont-ils pu la trouver impure ? Elle est parfaite.

Quel avenir tu vas lui offrir, hein ?

Les paroles de ce sale con refusent de quitter mon esprit.

La réponse est : aucun. Rien ne sert de se voiler la face.

Je ne m'étais encore jamais posé cette question avant qu'il ne l'évoque. Les histoires sérieuses, l'attachement, ça n'a jamais été mon truc. Et de toute façon, je ne pourrai jamais offrir un avenir à qui que ce soit, même pas à moi-même. Ma vie se résume à deux options, soit la risquer pour l'agence, soit la passer en prison.

Pourquoi as-tu trahi la mafia, alors ?

C'est l'interrogation qu'Harmony m'a posée après ma confession sur mon passé. C'est une très bonne question. Si je n'avais pas trahi celle qui avait pris la place de ma mère, je ne serais pas ici. Je serais encore son ombre, celui sur qui nos rivaux ne pouvaient pas mettre un visage, mais qui était redouté. J'étais l'arme d'une des femmes les plus puissantes du monde du crime européen. J'étais sa menace, son moyen de pression.

Et je l'ai trahie, elle et tous les membres du cartel, tous ceux qui m'avaient accueilli, tous ceux que je considérais comme ma famille. Je les ai tous vendus.

Après ça, je suis devenu l'outil d'une autre femme tout aussi redoutable. Je suis resté une ombre, un simple moyen pour arriver à ses fins. La différence est que cette fois j'étais passé du bon côté. J'étais devenu un *ancien* criminel, mes actes restent les mêmes mais pas le statut sous lequel je les commets.

Peut-être que cette trahison que je ne m'explique pas vraiment renfermait mon souhait inconscient de changer. Je ris intérieurement. La psy déteint sur moi.

Je reviens poser mon regard sur elle, endormie contre mon épaule. J'ignore ce qu'elle attend de moi… de *nous*, mais il n'y aura aucune histoire de longue durée possible. Elle et moi, ce n'est que passager.

Elle m'a confié son envie de se poser après avoir passé son existence à voyager. Elle veut un chez-soi, un lieu où s'établir. Et ça, elle ne le trouvera jamais auprès de moi. Quand on aura réglé cette histoire de prime sur sa tête et que son contrat avec l'agence se terminera, elle sera libre. Ce ne sera pas mon cas.

Ce constat crée une douleur que je n'avais encore jamais ressentie auparavant. Ma poitrine se comprime. Je suis envahi par une émotion où se mélangent la tristesse et la frustration. Alors c'est ça avoir le cœur brisé ?

À peine arrivons-nous à l'agence que nous nous retrouvons déjà dans le bureau de la directrice. Bordel, elle ne peut pas nous laisser souffler ? Et puis son expression sévère n'annonce rien de bon…

Toutefois, elle reste calme quand elle nous explique que la justice a bien pris l'affaire en main concernant nos anciens voisins et qu'ils seront jugés.

— Déjà ? s'étonne Harmony. Ça ne fait que deux jours que nous les avons coincés.

Deux jours.

J'ai pourtant l'impression que ça fait une éternité. Ces dernières quarante-huit heures ont été bien mouvementées.

— En effet, mais la situation est urgente. Néanmoins, l'audience n'aura lieu que dans plusieurs mois. Ils seront détenus provisoirement jusqu'à cette date, nous informe notre patronne.

Je grogne :

— Au moins ils ne feront plus de mal à personne.

Les yeux de la cheffe glissent sur ma coéquipière.

— Reposez-vous quelques jours, vous l'avez bien mérité. On évoquera la suite de nos problèmes plus tard.

Par « la suite de nos problèmes », elle veut dire cette histoire de chasseurs de têtes.

La concernée hoche la tête et se lève. Je ne l'imite pas et reste les fesses bien ancrées sur ma chaise. La psy me dévisage un instant, mais ne dit rien. Elle a compris que je voulais parler seul avec la boss. Cette dernière m'assène déjà un regard sévère.

— Qu'y a-t-il ? lance-t-elle une fois que ma belle est partie.

— Pourquoi le caporal ne nous a-t-il rien dit à propos d'Harmony avant notre attaque ? C'était pourtant une information *capitale*.

J'insiste fortement sur le dernier mot.

— Vous n'aviez pas besoin de le savoir, ose-t-elle me répliquer.

Je me lève et mes paumes rencontrent violemment le plat de son bureau.

— Pas besoin de le savoir ? Vous vous foutez de ma gueule ?

— Nous avions pris des mesures pour vous rapatrier. Je comptais lui en parler une fois ici. Elle n'avait pas besoin d'en être informée si vite après ce qu'elle a vécu dans ce quartier.

— Des mesures, hein ? On a vu ça !

Elle me fixe avec une froideur qui glacerait le soleil.

— Je te prierai de ne pas me parler comme ça. Je me suis abstenue de te réprimander, alors ne joue pas avec ma patience.

Je ris avec amertume.

— Me réprimander ? Je ne suis pas un gosse !

Elle se lève à son tour. Malgré notre différence de taille, son aura est écrasante. Je ne l'intimide pas.

— L'enregistrement nous a apporté plus que de simples aveux de la dirigeante de la secte.

Elle n'a pas élevé la voix, pourtant, ses mots viennent me percuter comme une puissante vague. Effectivement, l'audio a enregistré un moment intime de notre conversation.

— Tu étais à deux doigts de me désobéir. Sans la déclaration d'Harmony de te vouloir auprès d'elle, tu aurais encore tué, reprend-elle.

— Parce qu'elle allait se faire tuer ! Vous n'allez quand même pas me le reprocher !

— Tu as perdu ton sang-froid, c'est ça qui me dérange.

Elle se rassied. Elle lance ensuite un coup d'œil à l'alliance que je porte toujours à mon doigt. Elle se fond très bien parmi mes autres bagues.

— Jamais je n'aurais parié que Shadow tomberait amoureux, ajoute-t-elle.

Cette phrase m'achève et je retombe sur mon siège. Je ne cherche pas à nier. À quoi cela servirait-il ? Elle a entendu l'enregistrement et Antonio ne tardera pas à lui faire son rapport.

— Et alors ?

— Je m'en fiche de ton histoire de cœur, aussi étonnante soit-elle. En revanche, ça a eu un impact sur tes compétences. Tu as d'abord failli tuer quelqu'un et, alors que j'avais absolument besoin de votre position, tu as gâché les quelques minutes qui nous restaient au téléphone à parler uniquement d'elle. Vous auriez pu vous faire tuer si Antonio n'avait pas réussi à me contacter par la suite ! s'énerve-t-elle.

— Ouais, ouais, j'ai merdé. J'ai compris.

Elle se pince l'arête du nez pour se calmer. Elle aussi doit être exténuée par les derniers événements. D'autant plus qu'elle n'a pas que notre affaire à gérer.

— Bien, maintenant accorde-toi quelques jours pour te remettre les idées en place.

Je prends ça pour un « sors d'ici et fous-moi la paix ». Je me lève donc et me dirige vers la sortie.

Tandis que j'ai la main sur la poignée, je me retourne.

— Ah oui, au fait, j'ai promis à Harmony de l'entraîner et de lui apprendre à tirer.

Elle me fait un signe agacé de la main pour approuver ma décision. Je ferme la porte en quittant son bureau et me retrouve nez à nez avec Antonio dans le couloir.

Je le bouscule volontairement et il me lance le même regard méprisant que d'habitude. Provocateur comme je suis, je lui souris avec dédain, bien content d'avoir énervé la directrice pour lui.

Chapitre 31

Harmony

Je lève le poing et suspends mon geste plusieurs secondes. Je fixe la porte du bureau de la directrice avec appréhension. Je ferme les yeux et inspire un grand coup.

Allez, Harmony, tu peux le faire.

Je prends mon courage à deux mains et frappe contre la cloison. Une voix étouffée me répond :

— Entrez !

Je baisse la poignée et entre dans la pièce. La patronne de l'agence pose le téléphone qu'elle avait contre l'oreille. Ses yeux quittent son écran pour venir se diriger vers moi. Elle croise les mains, les coudes posés sur son pupitre.

— Harmony, que puis-je faire pour toi ?

Son ton est froid et dépourvu de chaleur, mais il n'est pas sévère non plus. Je déduis donc qu'elle n'est pas agacée de me voir et la tension dans mes épaules s'évapore.

Voilà quatre jours que nous sommes rentrés de mission. J'ai passé ces journées à lire et à regarder des films, à me projeter dans d'autres mondes pour repousser l'inévitable. Aujourd'hui, il est temps que j'y mette un terme. Mon corps s'est assez reposé et mon esprit, quant à lui, ne sera pas libre tant que je n'aurai pas réglé cette affaire.

— Je voudrais le dossier de celui qui veut ma tête.

La directrice me lorgne un long moment.

— Tu penses que j'ai des informations sur lui ?

— J'en suis certaine.

Dès l'instant où elle a su que ce criminel en avait contre moi, elle a dû se renseigner sur lui. Après tout, ça fait partie des tâches d'Undershade.

Elle soupire.

— Ce sont des données confidentielles, mais puisque tu es concernée, j'accepte de te les communiquer.

Elle reporte son attention sur son écran et un silence s'installe. Seuls de brefs bruits de souris viennent l'interrompre.

— Je t'ai envoyé le dossier sur le réseau interne.

— Merci.

Afin de ne pas la déranger plus longtemps, je me dirige vers la sortie.

— Une dernière chose. Je pense que tu l'as compris, mais tu ne quitteras plus l'agence. Les missions sur le terrain sont terminées pour toi. Tu es prête à reprendre tes suivis à la fourmilière ?

Je me tourne vers elle.

— Oui. Je recommence dès lundi.

— Bien.

Je quitte son bureau et rejoins ma chambre. J'ouvre l'ordinateur et ferme l'onglet du film que j'étais en train de regarder. Je sélectionne ensuite le dossier qu'elle m'a envoyé. Je m'apprête à l'ouvrir, mais m'immobilise, le cœur battant.

Je stresse.

Je ne connais rien de cet homme. Lorsque j'ai interrogé son subordonné, le FBI ne m'a informée que du strict nécessaire pour mener à bien mon interrogatoire, un peu comme Aedan et la directrice pour Holmadoff. C'est en partie pour cela que le cadre rigide de notre première rencontre ne m'a pas surprise, j'avais l'habitude. La seule information que j'ai obtenue des agents du FBI à propos du chef de l'interrogé est un nom de famille : Rivera.

Je cesse de tergiverser et ouvre le document informatique. Mes yeux se posent sur la photo de mon ennemi. Il a des cheveux noirs coiffés en arrière, une barbe courte parfaitement taillée et un regard qui ne donne pas envie de le contrarier. Avant de commencer à me poser des questions inutiles telles que « où et comment a été prise cette photo ? », je passe à la suite.

Il s'appelle Blake Rivera. Sans originalité, il est issu d'un milieu familial pauvre. Avec un père qui est parti sans laisser de trace, une mère alcoolique et une enfance misérable, il remplit presque les cases du passé cliché du hors-la-loi.

Presque.

Apparemment, il est parvenu à s'en sortir. Il réussissait bien à l'école et a même décroché une bourse pour faire des études. Pendant des années, il s'est fait passer pour le garçon courageux qui a bravé les épreuves que la vie lui avait imposées. Mais d'après ce que je vois, ce n'était qu'une façade puisqu'à trente-cinq ans il est devenu chef de l'organisation criminelle la plus puissante de la côte Est. C'est très malin, il s'est construit une apparence parfaite pour ne pas être soupçonné de la moindre part d'ombre. Un peu comme Annie et ses disciples.

Il ne s'est jamais fait prendre. Les informations sur lui ont été récoltées à travers des témoignages. Il est très méticuleux. Voilà des années qu'il fait tourner en bourrique le FBI et la brigade des stupéfiants.

Enfin, jusqu'à ce que je rencontre la route de son bras droit. Mon intervention n'a pas permis de l'attraper, mais elle a donné un coup considérable à son trafic. Je lui ai fait perdre *beaucoup* d'argent et j'ai envoyé son plus fidèle adjoint en prison.

Je fixe mon écran et me perds dans mes souvenirs.

Je marche dans un couloir aux murs blancs. Deux hommes armés jusqu'aux dents me suivent de près. J'entre dans l'antichambre de la salle d'interrogatoire. Un homme en costume m'y attend.

— Bonjour, mademoiselle Davison, je suis content de vous rencontrer. Je suis l'agent Donovan.

Mon interlocuteur me tend la main et me lance un sourire bienveillant. Je le lui rends et saisis la paume qu'il me propose. J'ai conscience de la particularité du contexte, mais je suis heureuse de voir que l'agent qui va m'accompagner pour ce travail est plus accueillant que les lieux.

— De même. J'ai été surprise que le FBI me contacte.

— Vos talents sont reconnus à l'international. Votre présence ici n'est donc pas une surprise.

— J'espère être à la hauteur de ma réputation, alors.

— Je n'en doute pas.

Il tourne la tête vers le miroir donnant sur la salle d'interrogatoire. Il soupire et reprend :

— Je vous avoue que vous êtes notre dernier espoir.

Il me briefe. L'homme que nous allons interroger se nomme Alexander Ramirez. Il est le bras droit du chef de la mafia new-yorkaise. Un certain Rivera. Ma tâche est de le faire parler afin de permettre au FBI d'arrêter ce réseau criminel. Ça fait des années que les forces de l'ordre essayent de le démanteler.

J'entre dans la pièce avec mon collègue temporaire et nous nous installons. Ramirez nous assène un regard meurtrier qui ne m'intimide pas. J'y suis habituée.

Les épaules droites et le menton levé, je soutiens son regard. Je ne laisse rien paraître et maîtrise chacune des expressions de mon visage. Sur le sien, je peux lire de l'énervement et un certain mépris. Il hait la justice, ça se devine aisément.

— Vous m'amenez une jolie minette, monsieur l'agent ? se moque l'accusé.

Très professionnel, Donovan ne répond pas à sa provocation. Il me laisse les rênes de l'entretien.

Je commence :

— Alexander.

À l'énonciation de son prénom, il étire un rictus partagé entre l'amusement et le dégoût. Sans le savoir, il vient déjà de me donner plusieurs informations. Malheureusement pour lui, ses expressions se lisent facilement sur sa figure.

— Vous êtes le second de Rivera, n'est-ce pas ?

Il lâche un rire amer.

— Pourquoi poses-tu une question à laquelle tu as la réponse, ma jolie ?

C'est simple, cela me permet d'analyser sa posture quand il est confronté à une information avérée.

— Nous l'avons aussi arrêté.

Il cligne des yeux. Oh ! intéressant. Un tic nerveux.

— Foutaise ! déclare-t-il.

En effet, c'est de la foutaise. Néanmoins, il vient de me donner le bâton pour le battre.

Je commence à lui poser toute une série de questions sur les habitudes de son chef et sur les lieux de leurs planques. Je m'arrange toujours pour que mes interrogations exigent une réponse par oui ou par non. Il ne répond jamais, je le fais donc à sa place en émettant des suppositions dans un sens ou dans l'autre. Grâce à son tic nerveux et à ses expressions corporelles lisibles, je parviens à lui faire cracher malgré lui plusieurs informations. Il nie, il ment, mais à chaque fois son corps le trahit. Finalement, je réussis à soutirer suffisamment d'éléments pour aider le FBI à localiser les entrepôts de drogue.

Il m'insulte, il tente de m'intimider. Rien ne marche. Je reste aussi expressive que du marbre. Il essaye même de me déstabiliser en évoquant mon vitiligo – la tache sur mon cou est visible – mais je n'en suis même pas bouleversée. Ma carapace est bien trop solide.

L'agent Donovan et moi nous levons. Nous avons tout ce dont nous avons besoin, même s'il s'agit de données moins précises que des aveux directs.

Tandis que j'arrive près de la porte, il crache :

— Tu ne t'en sortiras pas comme ça, ma belle. Tu as gagné contre moi, mais tu perdras contre lui. Il se vengera pour ce que tu viens de faire.

Je commets l'erreur de croiser son regard. J'y lis une sincérité terrifiante. Ce n'est pas une menace, c'est une promesse. Il sait que son chef ne pardonnera pas mon intervention et qu'il m'en fera payer les dégâts.

— Ouais, ouais. Ils disent tous ça, ricane Donovan.

Son détachement me fait relativiser. Ce ne sont que des paroles en l'air, rien de plus. J'ai déjà reçu des dizaines de menaces et il ne s'est jamais rien produit.

L'agent me remercie pour mon aide précieuse et me raccompagne vers la sortie. Puisque nous sommes en fin d'après-midi, il me propose même d'aller boire un café, ce que j'accepte. Je retourne ensuite à mon hôtel pour me reposer. Demain, je reprends déjà l'avion. L'oiseau voyageur que je suis repart pour de nouvelles aventures.

Certains jours, à mes heures perdues, je m'imagine m'installer quelque part. Du moins, j'essaye, car en réalité je n'ai aucune idée de ce que c'est. Ma vision d'un chez-soi pourrait très bien se révéler erronée.

Je ris intérieurement et les menaces de Ramirez me reviennent en tête. Elles créent en moi un sentiment d'incertitude et d'angoisse que je n'explique pas. Mon instinct me hurle de me méfier. Cependant, je ne peux pas vivre tous les jours dans la peur. Je décide donc de forcer mon esprit à les oublier et je me promets de ne jamais y repenser. De toute manière, demain je change de continent.

— Trésor ?

La voix d'Aedan me ramène dans l'instant présent. C'est étrange, ce souvenir date d'il y a quelques mois, pourtant, j'ai l'impression que c'était il y a des années. La Harmony de cette époque était différente.

Je lève les yeux vers lui et il s'approche. Je devine à son froncement de sourcils qu'il s'interroge sur ce qui m'absorbe autant. Il s'assied à côté de moi sur mon lit et observe mon écran d'ordinateur.

Un bref rire amer sort de sa gorge.

— Tu as décidé de te renseigner sur lui ?

— Oui. Je préfère savoir à qui j'ai affaire.

Le mufle s'attarde sur le visage virtuel de Blake Rivera. Une étrange lueur passe dans ses prunelles.

— Tu le connais, c'est ça ?

Il crispe la mâchoire. Il hésite à me répondre.

— Ouais. Mon cartel et le sien étaient associés. Je l'ai rencontré quelques fois lors de déplacements avec ma cheffe.

— Et ?

Il plante ses iris dans les miens.

— Et quoi ? lâche-t-il.

— Comment était votre relation ?

— Superficielle. Je ne le côtoyais pas beaucoup. Je n'étais qu'une arme, pas un haut gradé de l'organisation. Mais je crois qu'il m'appréciait.

— Ah bon ?

— Mouais. Il a assisté à l'une de mes séances de torture. Il était impressionné. Il m'a dit que si je me lassais de l'Irlande, je pouvais toujours venir à New York.

J'entrouvre la bouche, ahurie. Aedan raconte ça avec un détachement qui me rappelle nos premières rencontres. Je sais que c'est un moyen pour lui de se protéger et qu'il n'est pas réellement insensible, mais voir l'indifférence s'afficher à nouveau sur ses traits me fait un choc.

Nous nous sommes tellement rapprochés que j'avais oublié cette partie de lui. Partie que j'accepte entièrement, mais qui, je l'espère, appartient au passé.

Il doit remarquer que j'ai pâli, car il ferme mon ordinateur, prend ma main et la porte à ses lèvres.

— Ne tire pas cette tête, trésor. Je lui exploserai la cervelle sans trembler s'il ose te toucher.

Encore une déclaration d'amour propre à Aedan, aussi touchante que terrifiante.

Chapitre 32

Harmony

J'ouvre lentement les yeux et un bâillement m'échappe avant de tourner la tête. À mes côtés, Aedan est toujours assoupi, ce qui me fait sourire. C'est rare que je me réveille avant lui. Une fois tiré de son sommeil, il se lève immédiatement, incapable de rester sans rien faire. Voilà une caractéristique qui nous différencie, car en ce qui me concerne, certains jours je pourrais passer des heures à me prélasser dans mon lit.

Je profite de sa présence pour me blottir contre son corps. Il remue et pousse un grognement avant d'ouvrir un œil qu'il referme aussitôt. La seconde d'après, je me retrouve plaquée contre lui, la face contre sa peau. Il me serre dans ses bras comme un enfant de trois ans serre une peluche.

— J'étouffe.

Il me relâche légèrement sans me libérer de son étreinte. Néanmoins, j'ai maintenant la possibilité de lever la tête vers lui. Il affiche un sourire que je ne lui connais que trop bien.

— Il ne fallait pas te jeter sur moi, trésor.

— Je ne me jette pas sur toi, je profite de ta présence.

Depuis que nous sommes rentrés de mission et que nous avons enfin repris nos activités après plusieurs jours de repos, je m'endors à ses côtés, mais me réveille sans lui.

Je me réinstalle dans une position plus confortable et pose la tête sur son épaule. Mes doigts courent sur son torse et retracent les courbes de ses tatouages. Je finis par me redresser sur le coude pour les observer plus attentivement.

— Est-ce qu'ils représentent quelque chose ?

— De quoi ? me répond-il.

— Tes tatouages.

Il baisse le menton pour inspecter son buste avant d'ériger son bras libre vers le plafond.

— Ça dépend lesquels. Tu vois celui avec le dragon ?

Je pose mes iris sur le dessin de son avant-bras et acquiesce.

— C'est mon tout premier, j'avais dix-huit ans. Tu sais ce qu'il symbolise dans la mythologie grecque ? me questionne-t-il.

— Il est le gardien d'un trésor ou bien d'un lieu sacré. Pour y avoir accès, il faut le vaincre, c'est considéré comme une forme de sagesse.

Il rit.

— Quoi ?

— Rien, j'avais oublié que tu étais super intelligente, s'amuse-t-il.

— Ce n'est pas de l'intelligence, mais de la culture générale.

Nous reportons notre attention sur l'encre noire de son membre et il reprend son explication :

— Par ce symbole, je voulais montrer que j'étais moi-même le gardien de quelque chose. Je voulais revaloriser la tâche ingrate qui était et qui est encore la mienne. Aujourd'hui, j'attends celui qui viendra me terrasser pour me libérer de ma besogne.

Je reste silencieuse un instant. Sa métaphore est lourde de sens et me prouve encore qu'Aedan a parfaitement conscience de l'horreur de ses actes.

— Tu peux arrêter, tu sais.

— Arrêter quoi ? lance-t-il.

— D'être une ombre. Tu peux arrêter de tuer ou de torturer pour le compte d'Undershade. Je suis certaine que la directrice comprendrait.

— Oui, elle comprendrait. Mais moi, je suis incapable d'arrêter.

— C'est faux, tu l'as fait avec Annie.

— C'est seulement parce que tu m'en as empêché, se crispe-t-il.

Le silence retombe dans la chambre. Une atmosphère tendue s'est installée et m'informe qu'il faut changer de sujet.

— Et tes autres tatouages ?

Il poursuit ses explications. L'ambiance redevient bon enfant. La plupart d'entre eux ont été encrés dans sa chair sur un coup de tête. Cependant, certains sont un hommage à sa famille, notamment le corbeau et la rose.

Un moment, il me prend la main gauche pour l'embrasser. Il remarque que mon annulaire n'est plus orné de son alliance. Une lueur de regret passe dans ses prunelles, mais il n'émet aucun commentaire. Il se relève ensuite du lit sous mes protestations.

— Désolé, trésor, mais je dois encore régler quelques trucs avant mon départ.

Demain, il part en mission en Irlande. Il doit rencontrer des enquêteurs d'un service spécial du département de police. Il paraît qu'ils ont des informations sur l'activité de Blake Rivera en Europe. Depuis qu'il a appris que ce type avait mis un contrat sur ma tête, il n'a plus qu'une idée à l'esprit : le retrouver et l'arrêter. Toutefois, la culpabilité me ronge. Je ne veux pas qu'il se rende dans un pays porteur de souvenirs qui le hantent juste pour moi. Il ne me doit rien.

Je me lève à mon tour.

— Tu sais, tu n'es pas obligé d'y aller. Un autre peut...

Il se retourne brusquement vers moi.

— Je ne veux pas que ce soit un autre.

Il vient poser sa main sur ma joue avant de glisser ses doigts ornés de bagues dans mes cheveux. Il reprend :

— Je te l'ai promis.

Je lui souris et hoche la tête.

— Merci.

Il part ensuite prendre une douche et se dirige vers la sortie.

— On se revoit pour l'entraînement tout à l'heure, trésor.

Il quitte ensuite la pièce. Je zieute les lieux et laisse mes épaules s'affaisser. Je traîne encore un peu dans sa chambre avant de me préparer à mon tour et de rejoindre mon bureau à la fourmilière.

J'ai repris les consultations concernant le suivi psychologique des agents il y a quelques jours. Je suis contente d'avoir retrouvé une certaine prévisibilité dans mon travail, mais une autre part de moi s'ennuie. C'est comme si mon corps s'était habitué à l'adrénaline du terrain.

Ma journée est sur le point de toucher à sa fin quand Antonio passe les portes de la pièce qui me sert de cabinet. Je ne l'ai plus croisé depuis notre retour de mission. J'ai honte d'admettre que je l'avais totalement oublié.

— Oh ! salut...

— Salut, me répond-il. Je voulais passer voir comment tu allais.

— Bien, merci.

Je commence à ranger mes affaires. Ainsi, j'espère lui faire comprendre que je m'apprêtais à partir.

— Nous avons retrouvé une piste sur Rivera, il...

Je m'empresse de le couper :

— Je sais. Aedan part pour l'Irlande demain.

Il lâche un ricanement amer.

— Qu'est-ce qui te fait rire ?

— Rien. Tu sembles si intime avec lui lorsque tu parles de lui.

Je serre les dents. Je n'aime pas du tout son ton méprisant.

— Pourquoi je ne le serais pas ? Tu connais pourtant la nature de notre relation.

J'attrape mon sac et passe devant lui pour rejoindre la porte. Il ne me laisse pas atteindre mon objectif, il me saisit par le poignet pour m'arrêter.

— Je sais que, pendant la mission, tu étais constamment avec lui et que l'environnement dans lequel tu te trouvais t'obligeait à tomber dans ses bras. Mais maintenant que tu es de retour ici, je ne comprends toujours pas ce que tu fais avec lui.

Je plisse les yeux et le dévisage.

— Tu pensais qu'Aedan était juste un moyen de me changer les idées, de vaincre mes démons ?

— En quelque sorte, me répond-il.

Je me dégage violemment de sa prise et le fusille du regard. Je lui crache :

— Tu as vraiment un problème.

Je continue ma route d'un pas énervé.

— Je sais bien que je ne te plais pas, et il n'y a aucun problème avec ça. Mais Aedan McCarthy est l'une des pires ordures de cette agence. Il va te faire du mal, les mecs comme lui n'ont aucune notion de ce qu'est la compassion.

Je serre les poings si fort que mes ongles entrent dans mes paumes. Je fais volteface.

— Tout d'abord, je suis majeure et vaccinée, tu n'as pas à donner ton avis sur ma vie, d'autant plus qu'on se connaît à peine ! Ensuite, sache que tu te plantes complètement sur lui.

— Tes sentiments t'aveuglent.

— Ta jalousie m'écœure.

— Ce n'est pas de la jalousie, me réplique-t-il. Je m'inquiète pour toi, je le connais depuis longtemps et il te jettera à la première occasion.

— Soit. C'est mon problème, pas le tien.

Je n'attends pas qu'il réponde. Je crois malgré tout avoir entendu un « *je t'aurai prévenue* » avant de claquer le battant avec force.

C'est donc énervée que j'arrive à la salle d'entraînement, une vingtaine de minutes plus tard. Aedan m'y attend. Lorsqu'il me voit approcher, il arque un sourcil.

— Oula, lâche-t-il.

Je donne un coup dans l'un des sacs de frappe.

— Je n'en reviens pas. Qui a réussi l'exploit de te mettre dans cet état-là ? Même moi je n'y suis jamais parvenu.

Je siffle :

— Antonio.

Il se rembrunit.

— Ah, je comprends, marmonne-t-il. On va donc partir sur un entraînement d'autodéfense au corps-à-corps.

Il vient me saisir par-derrière sans même m'en avertir et me soulève dans les airs.

— Hey !

Offusquée, je me tortille dans tous les sens comme un poisson hors de l'eau.

— Arrête de gesticuler, réfléchis à la manière de te sortir de cette situation.

Je ravale mon indignation et me remémore l'enseignement du caporal avant que je ne parte pour York.

Mes pieds ne touchent pas le sol, je me retrouve donc privée d'appui. Néanmoins, je tente de me dégager à l'aide de mes bras qui me servent de levier.

— Trop prévisible. Cette technique ne marchera pas avec une personne physiquement plus forte que toi.

Je m'immobilise totalement et étudie la situation. Ça m'agace de penser à Antonio, mais quand nous nous entraînions, il m'a appris que le plus important c'était de créer une ouverture. Celle-ci nous permet ensuite soit de riposter, soit de fuir. Dans mon cas, je suis obligée de riposter pour me libérer. Malgré tout, la première étape reste de le distraire, de dévier son attention pour qu'il relâche sa prise.

— Eh bien alors, tu sèches déjà ? me murmure-t-il d'une voix provocatrice.

Je donne un coup de pied en arrière et atteins son entrejambe. Ce n'est pas loyal, mais c'est la seule possibilité qui m'est venue à l'esprit.

— Putain, grogne-t-il.

Je sens ses bras autour de mon corps se desserrer, j'en profite donc pour effectuer les mouvements de ma précédente technique qui, cette fois, s'avère efficace. Je retombe sur mes pieds et me tourne immédiatement vers lui. J'attrape son bras pour lui faire une clé, mais aussi vite qu'une ombre il me contre. En une fraction de seconde, je me retrouve à plat ventre au sol, un coude relevé douloureusement dans le dos.

— C'est déjà la deuxième fois que tu parviens à viser mes burnes.

Je me remémore la *première* fois et un sourire vient étirer mes lèvres.

— Et alors ? Tous les coups sont permis, non ?

— En effet, mais sur moi, évite celui-là. Ça risquerait de nuire à nos affaires, me susurre-t-il à l'oreille.

Il me retourne sur le dos et s'assied sur mon bassin. Son poids seul réussit à me maintenir à terre.

— Pousse-toi !

Je tente de le faire basculer, mais il me saisit les mains en riant. Mes yeux se posent sur l'anneau familier de son annulaire gauche. Je repense alors à son regard sur mes propres phalanges ce matin.

Il te jettera à la première occasion. Les mots du caporal résonnent dans mon crâne.

Comment pourrait-il se débarrasser de moi à la première occasion, alors qu'il ne semble même pas faire le deuil de notre faux mariage ?

— Tu la portes encore.

Son expression amusée s'envole. Il a compris de quoi je parle.

— Oui. Je n'ai aucune raison de l'enlever, se justifie-t-il.

— Tu n'es pas vraiment marié, tu sais ça ?

— Et alors ? J'ai le droit de porter une bague à ce doigt-là même si je ne le suis pas.

Je fais la moue, il marque un point. Néanmoins, je commence à le connaître et son langage corporel le trahit. Le sujet le touche plus que ce qu'il ne veut bien montrer.

Pour le décrisper, je décide de le taquiner :

— Tu regrettes déjà que je ne sois plus ta femme ?

Ça n'a pas du tout l'effet escompté. Il se relève et me tourne le dos, la mine renfrognée. Je me redresse à mon tour et retrouve mon sérieux.

— Hé, je ne voulais pas te vexer.

Je le force à pivoter et l'oblige à planter ses iris dans les miens. Il ne répond rien et vient caresser mes lèvres de son pouce. L'atmosphère change en même temps que son regard posé sur moi. Une sensation étrange m'enveloppe et fait battre mon cœur plus vite.

— Je garde ce bijou parce qu'il me fait penser à nous, m'avoue-t-il. Allez viens, je vais t'apprendre à tirer si tu es calmée.

Et il regagne la sortie en direction de la salle de tir. Je reste immobile un instant avant de le suivre, encore touchée par sa confession.

Chapitre 33

Aedan

Des lunettes de soleil sur le nez, je descends du jet qui vient d'atterrir sur le sol irlandais. L'astre brille dans un ciel dégagé, pourtant si gris dans mes souvenirs.

Je pose un pied sur le tarmac et avance vers un homme vêtu d'un costume. C'est une manie chez les agents spéciaux de s'habiller ainsi.

Lorsque j'arrive à son niveau, il me tend la main.

— Agent Brennan, se présente-t-il.

J'observe un instant sa paume avant de la lui serrer à contrecœur.

— Je sais qui vous êtes et vous savez qui je suis. Ne perdons pas de temps avec ces conneries.

Je me passe d'être courtois, ce n'est pas mon genre. De plus, depuis mon retour de cette mission d'infiltration, je n'arrive plus à jouer aucun rôle. J'ai épuisé mon quota pour ces tarés et leur secte.

— Je vois, Theresa Colman m'avait prévenu de votre caractère... particulier, sourit-il.

Au moins, il ne semble pas offensé par mon attitude. Tant mieux, je n'ai guère envie de me coltiner un flic coincé.

— Bien, alors montrez-moi ce que vous avez sur Rivera. C'est pour ça que vous m'avez fait venir, après tout.

L'agent spécial fait partie d'un service policier partenaire d'Undershade qui nous délivre régulièrement des renseignements. Dès que la directrice a émis la demande d'obtenir toutes les informations que ses collaborateurs possédaient sur Rivera, Brennan l'a immédiatement contactée sans passer par sa hiérarchie. Il traque le mafieux depuis des années, car l'Irlande est souvent sa première étape lorsqu'il fout les pieds en Europe. Le flic a demandé que je vienne à sa rencontre. Il a des éléments à me montrer qui, apparemment, nécessitent un déplacement. Il est resté assez flou sur ce point.

En réponse à ma remarque sèche, il lâche un rire partagé entre la nervosité et l'amusement.

— Vous êtes du genre droit au but.

— Ouais.

Il soupire et tend le bras en direction du van garé plus loin pour m'inviter à m'avancer. Nous rejoignons le véhicule et nous mettons en route.

— Nous allons d'abord faire un arrêt au poste. Avant de vous montrer la planque que j'ai mentionnée à votre supérieure, j'aimerais vous exposer tout ce que nous avons sur lui, m'annonce-t-il, le regard rivé sur la route.

— Pour quoi faire ? J'ai lu le dossier que vous avez envoyé à l'agence.

— Vous allez comprendre.

Je m'enfonce dans mon siège et le laisse nous conduire à destination. L'inaction m'insupporte déjà.

Nous arrivons dans les bureaux une trentaine de minutes plus tard. La circulation nous a ralentis et j'ai dû prendre sur moi pour ne pas bouffer la paroi de la boîte à gants.

Je suis l'agent dans le dédale de couloirs du bâtiment. Une fois que nous arrivons à son étage, il jette un œil à l'open space et fronce les sourcils.

— L'agent O'Neill n'est toujours pas arrivé ? lance-t-il à l'un de ses collègues.

— Non, toujours pas. Il ne répond pas non plus au téléphone.

— Bizarre, commente-t-il avec inquiétude.

Mon guide se retourne ensuite vers moi. Sans même que je lui aie demandé quoi que ce soit, il me précise :

— L'agent O'Neill devait nous accompagner.

J'arque un sourcil.

— Il n'était pas inscrit dans les documents que j'ai reçus.

— C'est normal, il s'agit d'une nouvelle recrue.

— C'est son poulain, ajoute son collègue avec un grand sourire.

J'inspire un grand coup.

— Ouais, bref, je m'en tape. On pourrait en revenir à nos affaires ?

Brennan hoche la tête et me propose de poursuivre notre chemin. Nous entrons finalement dans une pièce dont l'un des murs supporte un énorme écran de dernière génération. Je vois que ce service concurrence Undershade en termes de modernité.

Il ferme la porte, baisse la luminosité et allume l'ordinateur. Une projection d'une carte satellite du pays et des environs apparaît sur le panneau numérique. De nombreuses images et données surviennent progressivement.

Intrigué, je m'avance et commence à analyser les diverses informations. Cette carte virtuelle retrace tous les déplacements de Rivera ces dernières années. C'est un travail aussi colossal que minutieux.

— Vous comprenez pourquoi je vous ai fait venir ici ? Ce n'est pas le genre de plan qu'on peut envoyer dans un mail. Ça mérite quelques explications orales.

Je lui concède :

— En effet.

À l'aide d'un laser, il me pointe un endroit le long de la côte ouest de l'Irlande, sur l'océan Atlantique.

— Ici vous avez le dernier port clandestin recensé par notre service, m'explique-t-il.

J'observe attentivement la projection. À l'époque où j'étais encore dans la mafia irlandaise, nous réquisitionnions une partie de la marchandise exportée, mais ce n'était pas dans ce port-là. Ce qui est normal puisque j'ai dénoncé tous les points stratégiques du cartel quand j'ai trahi les miens.

Le flic continue de me faire un historique de notre cible. Bien que j'aie déjà pris connaissance de la majorité de ces informations, avoir une vision d'ensemble avec une cartographie et une chronologie facilite grandement la compréhension.

Lorsqu'il finit son récit, je quitte l'écran du regard et me tourne un instant vers lui.

— De quand datent vos dernières traces sur lui en Europe ?

— Un de nos indics nous dit avoir entendu des rumeurs comme quoi il serait sur les côtes françaises, au nord.

Il exécute une manipulation et un zoom se fait sur une zone précise du pays avec un descriptif.

— La source n'est pas sûre. Néanmoins, nous avons contacté nos collègues de là-bas pour qu'ils déploient des effectifs, poursuit-il.

— Donc cette ordure serait bel et bien en Europe.

Je serre les poings et reprends :

— Sait-on pourquoi il est sur le continent ?

— Non. Nous n'avons pas plus d'informations pour le moment.

Blake Rivera a promis une récompense pour l'élimination d'Harmony. S'il a mis un contrat sur sa tête, ce n'est pas pour venir effectuer le travail lui-même, alors qu'est-ce qui peut bien le motiver pour traverser l'océan ? Les affaires de son organisation, sans doute. Tant mieux, moins il est loin, plus vite je pourrai en finir avec lui.

— Et quelle est cette planque que vous vouliez me montrer ?

Il n'a rien mentionné à ce propos dans son petit exposé.

Il déglutit, soudainement nerveux. Il s'approche et murmure presque :

— Ah, oui. C'est encore informel, je voulais avoir votre avis d'expert avant.

Mon avis d'expert ?

Je plisse les yeux, interloqué. Il est bien étrange, tout à coup. J'aurais aimé avoir la faculté de la belle métisse pour déchiffrer son attitude. Une première hypothèse me vient en tête lorsque je me souviens qu'il a contacté ma patronne sans passer par les siens.

— Vous faites ça dans le dos de votre hiérarchie, n'est-ce pas ?

Cela expliquerait son agitation.

Il se racle la gorge, mal à l'aise.

— Moui, c'est ça. J'ai comme une intuition, mais encore aucune preuve. J'ai déjà dû encaisser plusieurs reproches de mes chefs. Selon eux, je fais trop de zèle sur cette affaire. Ils veulent donc du concret avant que je n'entame quoi que ce soit.

— Et vous voulez mon avis d'ancien criminel pour confirmer ou infirmer vos doutes ?

— Exactement. Votre point de vue pourrait me servir d'appui.

— Alors, allons-y.

Je sors de la pièce à grandes enjambées. Mon guide me suit et jette encore un regard dans l'open space, espérant apercevoir celui qu'il cherche.

— Steve, essaye de localiser l'agent O'Neill. Son absence devient inquiétante, demande Brennan.

Son collègue de tout à l'heure acquiesce et lève un pouce en l'air. Nous quittons les bureaux et rejoignons ensuite le van.

Je prie intérieurement pour que la circulation ne soit plus aussi engorgée. Cependant, ma prière s'avère inutile puisque mon accompagnant bifurque rapidement vers de plus petites routes et nous éloigne de plus en plus de la ville. Au fil des kilomètres, nous nous enfonçons dans des lieux moins fréquentés jusqu'à atteindre une vieille zone industrielle délaissée.

C'est effectivement une bonne planque pour des criminels.

Il se gare derrière une bâtisse, en retrait. Tandis que nous nous apprêtons à sortir du véhicule, son téléphone sonne.

— Ouais, Steve, je t'écoute ? lâche-t-il.

— J'ai essayé de localiser le portable d'O'Neill. L'appareil est chez lui, mais aucune trace de ton poulain, l'informe son interlocuteur.

Bien qu'il n'ait pas activé le haut-parleur, le volume est assez fort pour que je puisse entendre leur échange.

— Ok, merci quand même.

Et il raccroche.

Il pousse une longue expiration et se masse les tempes, les yeux fermés, visiblement préoccupé par la disparition de son collègue.

Soudain, son téléphone vibre. Il rouvre les paupières et s'empresse de lire le message, le regard empli d'espoir. Toutefois, au lieu du soulagement, c'est de la terreur que je vois étirer ses traits.

Sans même m'expliquer la situation, il descend de la voiture et se précipite à l'extérieur. Je reste un instant immobile, ahuri par cette réaction incompréhensible. Je fouille dans la bagnole et trouve une arme planquée sous le siège. Ce n'est pas très professionnel de la part de son propriétaire de la laisser traîner ici en ma présence, mais je ne m'en plains pas. Je la saisis et me dépêche donc de le suivre.

J'inspecte les alentours, mais il a déjà disparu. Je m'avance donc prudemment en direction d'une sorte d'entrepôt vers lequel il semblait se diriger.

Je pénètre dans les lieux. Au loin, j'entends des bruits de pas, ce qui m'indique que le flic n'est pas loin.

Son comportement soudainement affolé me laisse encore perplexe et j'hésite quant à l'attitude à adopter. Il doit avoir été informé d'une urgence pour avoir fait preuve d'une telle réactivité.

Il y a quelques mois encore, j'aurais foncé tête baissée pour le rejoindre. Pas parce que je suis borné, mais parce que je m'en fichais pas mal de crever. Je pensais le mériter.

Aujourd'hui, je le crois toujours, néanmoins, je ne veux plus risquer aussi facilement ma vie. Je glisse mes iris sur la bague, symbole de mon faux mariage. Les prunelles grises de la psy s'impriment dans mon esprit. Si je meurs, je ne la verrai plus.

Est-ce que je lui manquerais ? Me pleurerait-elle ?

Sûrement, mais pas longtemps.

Je cesse de me perdre en divagations et reviens à la réalité. Je poursuis ma route et aperçois mon guide. Il n'attend même pas que je le rejoigne et bifurque vers la droite.

Je ris intérieurement. Il agit sans réfléchir. La situation a l'air grave, il aurait au moins pu me prévenir. Pour un agent spécial, je trouve qu'il perd vite son professionnalisme. Son sang-froid a disparu aussi vite que de la neige en plein soleil.

Le souvenir de mon poing cognant la face d'Arthur après qu'il eut insulté Harmony me revient en tête. Ma conscience semble vouloir me faire passer un message.

La seule chose que je tire de cet incident, c'est que l'attachement m'a fait faire des conneries. C'est parce qu'on tient à un proche qu'on est prêt à tout pour le secourir, quitte à réagir avec stupidité. C'est une sensation que je pensais ne plus jamais connaître. Jusqu'à ce que je la rencontre, elle.

Je secoue la tête pour chasser sa présence de mes pensées. Je dois rester concentré. J'arrive à l'angle où le flic a bifurqué et m'avance. Je me retrouve ensuite face à un carrefour. Bordel, par où est-il allé ?

Je décide de me fier à mon instinct et avance tout droit. Mon choix est le bon, car des pas résonnent bientôt dans le bâtiment. Je suis les bruits jusqu'à leur source et débouche dans une grande salle de stockage désaffectée.

J'aperçois l'agent Brennan. Il se tient immobile à quelques mètres de moi. Je le rejoins et comprends vite la raison de sa paralysie. Devant nous, un jeune homme est assis sur une chaise, les avant-bras attachés aux accoudoirs et l'intérieur des poignets tournés vers le haut, exposés à quiconque voudrait les lacérer. Cela me rappelle quelque chose, mais je n'ai pas le temps de m'y attarder. Mon attention est détournée par un cri.

— O'Neill ! lance le flic.

Il se remet en action et se précipite vers son collègue. Je jette un regard aux environs. Rien, pas le moindre mouvement en vue.

Alors c'est pour cette raison qu'il a agi de la sorte ? Parce que son protégé avait été pris en otage ?

Le message qu'il a reçu dans la voiture devait provenir des ravisseurs.

Mais comment savaient-ils que nous viendrions ici ? Et qu'est-ce qu'ils veulent ? Pourquoi capturer un novice ? Cela ne peut quand même pas être Rivera ?

Brennan me devra une explication.

Il s'agenouille et tente de défaire l'un des liens qui gardent la jeune recrue attachée à la chaise. Le prisonnier lève ses yeux vers moi. Leur couleur verte me frappe. Je détaille plus attentivement son visage. Il a les cheveux cuivrés et bouclés, une mâchoire carrée et un nez grec. Une image s'imprime spontanément dans mon esprit, celle de mon père. Une aiguille invisible vient perforer mon cœur.

— Conan ?

Le nom de mon petit frère franchit mes lèvres malgré moi, ce qui est insensé puisque, la dernière que je l'ai vu, il était tout petit. Pourtant, il y a une sensation indescriptible au fond de moi, une certitude qui me pousse à penser à lui, une évidence qui martèle ma poitrine.

Les pupilles du jeune homme s'agrandissent à l'énonciation de ce prénom, et la conviction que c'est mon frère qui se trouve là s'ancre encore plus dans mon esprit. Aucun doute, c'est lui.

Et je sais que lui aussi m'a reconnu.

— Vous vous connaissez ? questionne l'agent Brennan, surpris.

Il vient d'ôter l'une de ses sangles et s'apprête à s'attaquer à la deuxième. Je réponds :

— Oui et non.

Le frère que je pensais ne jamais revoir commence à ouvrir la bouche. Que va-t-il me dire ? M'engueuler ? M'insulter ? M'accuser de l'avoir abandonné ? Il aurait raison.

— Bonjour, ma petite ombre, déclare une voix féminine.

Je me retourne et mon regard se pose sur une femme dressée sur des talons aiguilles, parfaitement apprêtée. Je retrousse les lèvres.

Décidément, les fantômes de mon passé ont décidé de se réunir dans la même pièce.

Chapitre 34

Aedan

La nouvelle arrivante s'approche de moi. Je lève mon arme et la pointe dans sa direction.

— Qu'est-ce que tu fous là ? Tu n'es pas censée être en prison ?

Elle rit et claque des doigts. Des dizaines d'hommes et de femmes sortent de l'ombre. Ils nous encerclent et braquent leurs armes sur nous. L'un d'eux ordonne à Brennan de s'éloigner de son protégé. L'agent qui était en train de le libérer laisse son geste en suspens et se relève, les mains en l'air. Mon frère, quant à lui, reste assis sur sa chaise, un poignet encore lié à l'accoudoir.

— Allons, pensais-tu vraiment qu'une personne comme moi resterait croupir dans un centre pénitentiaire ? ricane-t-elle.

Comme dans mes souvenirs, elle dégage un charisme écrasant. Elle me lorgne avec son regard espiègle, les bras croisés sur la poitrine.

Je grommelle :

— Ouais, je l'avais espéré.

— Vous êtes Katherine McGrath ? interroge l'agent Brennan.

La concernée sourit. En effet, c'est bien elle.

Katherine McGrath, dite l'Impératrice. C'est de cette façon si emphatique que le monde du crime la nomme. Elle était la cheffe de la mafia du pays avant que je ne la vende aux autorités. C'est elle qui m'a recueilli et élevé. Elle a fait de moi son ombre, son parfait petit soldat, pour qu'elle n'ait jamais à se salir les mains. Elle ordonnait, j'exécutais. Après tout, elle était comme ma deuxième mère.

Elle n'a rien à faire ici, elle est censée pourrir dans la cellule d'un établissement de haute sécurité.

— Nous n'avons pas été informés de votre évasion, reprend le policier, déboussolé.

— C'est normal, mon chou. C'était le but.

Le goût amer de la colère envahit ma bouche. Je siffle entre mes dents :

— Comment as-tu fait ?

— J'ai des ressources. Évidemment, il y avait des risques, mon mari en a d'ailleurs payé le prix de sa vie.

Au fond, ça ne m'étonne pas qu'une femme aussi puissante qu'elle ait pu s'évader de prison sans que personne ne le sache. Elle a le bras long et possède beaucoup d'argent. N'importe quelle personne est susceptible de succomber à ses pots-de-vin et à ses belles promesses.

Elle continue de me fixer avec un regard partagé entre l'amusement et le mépris. Ses prunelles glissent ensuite sur mon frère.

— Ces retrouvailles familiales te plaisent ? lâche-t-elle.

— Des retrouvailles familiales ? répète l'agent, complètement paumé.

Je la dévisage, les lèvres pincées et les sourcils plissés par la contrariété.

— Alors, tout se passe bien ici ? lance un nouvel arrivant.

Je tourne la tête et le reconnais immédiatement. C'est Blake Rivera.

Je lâche un rire sans joie. La femme que j'ai envoyée en prison s'est associée au mec qui veut la tête d'Harmony. Cette situation est d'une ironie absurde.

Non, l'ironie du sort n'a rien à voir là-dedans. Ça ne peut pas être un hasard. Rien de tout cela n'est une coïncidence, que ce soient les raisons de ma présence en Irlande, cet enlèvement soudain ou l'association de ces deux-là. Néanmoins je n'arrive pas à tout comprendre. Il me manque encore une pièce du puzzle.

— Putain, je ne comprends rien, marmonne le flic. On avait un accord, Rivera, et ma recrue ne faisait pas partie du plan. Vous avez Shadow, donc relâchez-le ainsi que ma famille.

Je fronce les sourcils ?

Un accord ?

Un nouveau rire sans joie s'échappe de ma gorge. Tout s'explique.

Je comprends maintenant pourquoi cet agent spécial tenait tellement à me faire venir sur place. Il devait m'attirer ici, c'était un coup monté. C'est pour ça qu'il paraissait nerveux tout à l'heure et qu'il n'a pas parlé de cette planque à sa hiérarchie. Il ne voulait pas mon avis, il voulait me livrer à cette ordure.

Toutefois, il avait l'air d'ignorer que sa recrue, qui est en réalité mon frère, allait être enlevée. Je suppose que c'est une idée de Rivera et de sa nouvelle complice pour m'atteindre.

— C'est vrai, on avait passé un marché. Ta famille sera relâchée, de toute façon tu ne m'es plus d'aucune utilité, l'informe Blake.

Il pointe son arme vers l'agent spécial. Ce dernier a à peine le temps d'ouvrir la bouche qu'il se prend une balle en pleine tête.

À quoi s'attendait-il ? Certes, j'ai cru comprendre que le mafieux avait menacé ses proches pour forcer sa collaboration, mais Brennan aurait dû savoir que Blake Rivera ne voudrait jamais le laisser en vie.

Je pose mon regard sur le corps du flic, puis sur mon frère. Il a l'air paniqué. Savait-il que son collègue complotait avec l'ennemi ? On dirait que non. Personne ne le savait.

Bienvenue dans le monde du crime, frangin.

— Comme convenu, je te le laisse, reprend mon ennemi en s'adressant à mon ancienne cheffe. Je dois préparer la venue de notre dernière invitée.

Il va partir comme ça ? Et quelle invitée ?

Je m'avance vers lui pour le rattraper. Hors de question que je le laisse filer.

Katherine fait un mouvement de tête. Deux hommes m'arrêtent et me désarment. Ma colère m'a fait oublier que j'étais encerclé. Ils installent une autre chaise à côté de celle de mon frère et m'y attachent de la même manière. Ils renouent ensuite les sangles de Conan que le flic avait défaites.

— C'est bon, sortez, lance l'Impératrice une fois certaine que je ne suis plus une menace.

Tous ses sbires disparaissent aussi vite qu'ils sont apparus tout à l'heure.

— Bien, poursuit-elle. J'hésite, je commence par te torturer toi ou bien ton petit frère ?

Ce dernier n'a toujours rien dit. Il a l'air terrorisé, mais il n'y a pas que de la peur dans ses iris semblables aux miens, j'y lis également de la rancœur. Comment lui en vouloir ? À peine vient-il de rentrer dans la police qu'il est déjà confronté aux pires aspects du métier. Ce n'est pas ce que je voulais pour lui. Je suis sorti de sa vie il y a bien longtemps, et voilà que je suis contraint d'y revenir dans d'horribles conditions.

— Laisse-le en dehors de tout ça.

Je suis bouleversé de l'avoir retrouvé malgré les circonstances et mes efforts pour garder mon calme. J'ai instinctivement envie de le protéger.

Mon petit frère. Mon sang. Ma famille.

— Bien sûr que non, ce n'est pas drôle sinon, déclare-t-elle. Tu sais, j'ai longtemps cherché un moyen de me venger de toi quand j'étais en prison. Lorsque je suis sortie, Rivera m'a proposé une association très intéressante. Il m'a appris que celui que je considérais comme mon fils avait rejoint une agence secrète.

Je tente de rester impassible, mais à l'intérieur je bous. Rivera est parvenu à savoir que j'étais un espion d'Undershade. *Mais comment ?*

Cette pourriture a ensuite utilisé un flic qui collabore avec l'agence depuis des années pour m'attirer ici sans éveiller les soupçons.

Ma geôlière poursuit son monologue :

— Il m'a proposé son aide pour te piéger. Quand j'ai découvert que ton petit frère était flic, nous nous sommes arrangés pour qu'il intègre l'unité de l'agent Brennan. Blake n'avait plus qu'à menacer la famille de ce dernier pour qu'il accepte de collaborer et qu'on puisse ensuite capturer sa recrue au bon moment.

Et apparemment, il avait omis de préciser à Brennan qu'il avait une complice, puisque celui-ci semblait surpris de la retrouver ici.

L'Impératrice tire un couteau de sa ceinture et le fait tournoyer entre ses doigts

— Je savais bien que ce poste m'était tombé du ciel un peu trop facilement, marmonne Conan. Et je n'aurais jamais imaginé être utilisé comme pion dans ce coup monté. Surtout pour un frère qui m'est étranger.

Sa voix est pleine de désillusions. Il jette un œil à la dépouille de son mentor, puis à moi.

— La vie est pleine de surprises, lance mon ancienne cheffe.

Elle vient ensuite poser sa lame sur ma joue.

Soudain, la sonnerie d'un téléphone retentit. Elle affiche une moue agacée et sort l'appareil de sa poche.

— Bon, j'ai des petites choses à régler. Je vous laisse en tête à tête un moment.

Elle quitte la vaste pièce de stockage sans même se retourner. J'inspecte les alentours depuis mon siège. Je ne vois personne, mais je sais pertinemment que nous ne sommes pas seuls. Des subordonnées nous surveillent depuis les recoins les plus sombres de la pièce.

Résigné, je laisse mes épaules s'affaisser. Je tourne ensuite la tête vers Conan. Il m'observe en silence. L'atmosphère autour de nous devient de plus en plus oppressante.

— Alors le voilà, le fameux grand frère disparu. On m'a dit que tu étais mort, tu as pourtant l'air bien vivant, commence-t-il avec amertume. Je me retrouve même mêlé à tes magouilles.

— L'agent Brennan ne t'a rien dit à mon sujet ?

— Il m'a parlé de Shadow, un espion d'une agence de services secrets, pas d'Aedan McCarthy, l'ancien bourreau de la mafia irlandaise, mystérieusement mort après avoir trahi sa propre organisation.

Je souris avec ironie.

— Tu as quand même entendu parler de moi à ce que je vois, mais tu connais seulement l'ancienne version.

Il reste muet de longues secondes avant de poursuivre :

— Pourquoi ?

— Pourquoi quoi ?

— Pourquoi tu es devenu un criminel ? Pourquoi tu t'es enfui ce jour-là ?

— Tu ne peux pas comprendre. Tu n'étais qu'un bébé, à l'époque.

— Et toi, un gosse. On m'a raconté ce qui s'est passé. Nos parents sont morts par *accident*. Si tu n'étais pas parti, on aurait été pris en charge tous les deux par les services sociaux. On aurait été placés ensemble, lâche-t-il.

Cette fois, je m'esclaffe sans retenue.

— C'est ça qui te chagrine, mon absence ?

— Oui, et ce qui m'attriste encore plus, c'est que tu sois devenu un monstre. J'ai dû changer de nom de famille à cause de la mauvaise réputation causée par tes agissements. Heureusement que le couple qui m'a recueilli a accepté de me donner le sien.

Je hausse les épaules avec nonchalance.

— Désolé d'avoir gâché ta petite vie.

— Tu es exactement comme je me l'imaginais, persiffle-t-il. Un gros connard.

— On est d'accord.

Il entrouvre la bouche, surpris par ma réponse. S'attendait-il à ce que je me justifie, à ce que je me trouve des excuses ? Je vais le décevoir, car ce n'est pas mon genre.

— Mis à part notre lien de sang qui semble t'affliger, as-tu eu une enfance heureuse ?

Ma question le déconcerte encore plus.

— Euh, je... Oui, je crois. Ma nouvelle famille m'a accueilli à bras ouvert, sans jamais me donner l'impression d'être un étranger, avoue-t-il.

Je le savais, je m'étais déjà renseigné sur lui. Toutefois, je suis content de constater que mes informations étaient justes.

— Tu as également fait des études pour devenir flic. Je suppose que ma carrière de criminel a déterminé la tienne ?

— En partie.

Je suis au moins rassuré de savoir que son existence a été meilleure que la mienne.

Le silence retombe. Nous sommes tous les deux tellement bouleversés par ces retrouvailles aussi inattendues qu'inespérées que nous oublions presque que nous sommes ligotés à des chaises. C'est comme si le monde s'était arrêté de tourner, qu'il n'y avait que lui, moi et le poids de notre passé. Sa morsure meurtrit mon organe vital. C'est si difficile à encaisser.

Et je suis sûr que cela l'est aussi pour mon frère, mais pour d'autres raisons. Je dois sans doute lui rappeler que je suis celui qui a chamboulé nos vies.

Il reprend :

— Pourquoi n'as-tu jamais essayé de me retrouver ?

— Pour te dire quoi ? Tu l'as dit, je suis un connard. Je suis même pire que ça, je suis un meurtrier.

— Au moins, tu reconnais les faits, marmonne-t-il, frustré par ma réponse.

— Écoute, je ne sais pas ce que tu espères entendre de ma bouche, mais si ce sont des excuses, oublie. Ça fait longtemps que j'ai cessé de regretter mes choix. J'ai accepté celui que je suis devenu.

Le plus important, c'est que l'un de nous deux ait réussi à s'en sortir.

Il s'apprête à répondre quand une voix l'interrompt.

— Me revoilà, désolé de vous avoir fait attendre, mes chéris.

Katherine nous rejoint avec sa démarche féline. Quand on la voit, on ne lui donnerait pas ses cinquante-sept ans. Avec ses cheveux noirs, ses yeux parfaitement maquillés et son visage retouché par le meilleur chirurgien, elle en fait dix de moins.

— Bon alors, où en étais-je ?

Elle ressort sa dague à la lame aiguisée et s'approche de mon frère. Elle pose l'arme sur ses poignets. Voilà pourquoi cette position de torture me rappelait quelque chose et aurait dû me renseigner sur l'identité du bourreau.

— On va maintenant passer aux choses sérieuses, sourit-elle.

Elle entaille profondément l'un des poignets de Conan. Il hurle de douleur. Je me débats pour essayer de me libérer, sans succès. L'Impératrice recule ensuite d'un pas. Du sang s'échappe de la blessure de mon frère. Le débit n'est ni trop lent, ni trop rapide.

Mon cœur explose dans ma poitrine. L'image de l'enfant de trois ans que j'ai autrefois connu s'imprime derrière mes paupières. Je me rappelle encore, à mon grand étonnement, du rôle protecteur que je m'étais assigné lorsqu'il est né. J'étais son aîné et je m'étais juré de le protéger. Pourtant, ce jour-là, je l'ai abandonné. Je suis parti, horrifié par ce que j'avais fait.

Quel échec.

— Je vais commencer par ton frère, m'annonce-t-elle. Je vais t'obliger à regarder le dernier membre de ta famille se vider lentement de son sang. Ensuite, ce sera ton tour de souffrir.

Mes organes se liquéfient et laissent derrière eux un trou béant. Comment une personne que je ne connais pas peut-elle me faire ressentir une pareille émotion ? Comment puis-je encore ressentir ce sentiment de devoir le protéger ? Car, même si nous avons les mêmes parents, nous restons des étrangers l'un pour l'autre. Nous avons eu le temps de nous oublier.

Néanmoins, il reste le vestige de mon passé. Il est le rappel de ce que j'ai perdu, le reflet de mes mauvaises décisions. Harmony est parvenue à percer la carapace que je m'étais forgée pour me protéger. La faille qu'elle a créée permet aujourd'hui à tous ces sentiments que j'avais refoulés de resurgir à la surface.

Cette fille commençait à me convaincre que je n'étais peut-être finalement pas si mauvais. Mais quand je vois ce que mon frère, un innocent, est en train de subir par ma faute, je ne peux que me rappeler à quel point je me déteste.

Tandis que mes pensées se dirigent vers la belle métisse, les dernières paroles de Rivera me reviennent en tête.

Je dois préparer la venue de notre dernière invitée.

J'espère qu'il ne s'agit pas d'Harmony. Non, impossible, elle est en sécurité à l'agence.

Chapitre 35

Harmony

Je cours à toute allure dans les couloirs des catacombes. Chaque goulée d'air me brûle les poumons et les muscles de mes jambes deviennent de plus en plus douloureux. Néanmoins, je continue de courir sans me retourner. Ma respiration saccadée résonne contre les parois en pierre et couvre les battements acharnés de mon cœur contre ma cage thoracique.

Le rythme de mes enjambées diminue, mon corps clame sa fatigue et l'adrénaline n'est plus suffisante pour compenser mon manque d'endurance. Mes pieds deviennent étrangement lourds, ce qui rend ma course pénible. Je tente d'accélérer, mais je n'y arrive pas. Ce manque de contrôle sur mon propre être augmente mon sentiment d'angoisse.

Au loin, des rires éclatent. Ils se rapprochent plus vite que je n'avance. Des gémissements de peur s'échappent de ma gorge tandis que je fais de mon mieux pour fuir cet enfer.

Soudain, je me retrouve face à une haute cloison rocailleuse. Une impasse.

Terrifiée, je me retourne. Trois silhouettes informes aux yeux rouge sang me bloquent le passage.

— *Grosse vache*, dit la première avec un rire d'enfant.

— *Tu me le paieras*, renchérit la deuxième d'une voix rageuse.

— *Impure*, termine la troisième avec solennité.

Telles les Moires de la mythologie grecque, elles me citent des bribes de ma vie.

Elles s'avancent, je recule. Mon dos heurte la pierre et, lorsqu'elles fondent sur moi, je tente de hurler sans qu'aucun son ne franchisse mes lèvres.

— Harmony ?

Je me réveille en sursaut. Je relève ma tête logée entre mes bras, le dos courbé vers mon bureau. Sur le pas de la porte de mon cabinet, Antonio me détaille avec inquiétude.

— Est-ce que ça va ? me questionne-t-il.

— Oui, oui. Je me suis assoupie.

Il ferme la porte et s'avance dans ma direction. Je me redresse et l'arrête d'un geste de main.

— Ça va, ça va, je t'assure.

Voyant que je ne veux pas qu'il approche, il s'immobilise.

— Tu es sûre ? Car tu pleures.

Face à sa remarque, je fronce les sourcils. Je porte la main à mon visage et mon index rencontre une goutte humide sur ma pommette. Je pleurais ?

Les images de mon cauchemar me reviennent à l'esprit avant de s'effacer aussitôt. Elles deviennent déjà floues, et dans quelques instants elles auront disparu.

— Oui, ce n'est rien. Un rêve agité, sûrement.

— Mouais, répond-il, pas convaincu.

Je déduis aisément à son langage non verbal qu'il s'abstient de me faire part de ses pensées. Il a dû comprendre le message lors de notre petite conversation d'hier. Je me demande pourquoi il est venu me voir. À sa place, je n'aurais pas eu ce culot.

Je décide de l'interroger directement sur le sujet :

— Que me voulais-tu ?

— La directrice veut te voir.

Je bats des paupières. Elle veut me voir ? Mais pourquoi ? Est-ce qu'Aedan lui a déjà transmis des informations intéressantes ? Il n'est pourtant parti que depuis plusieurs heures.

Mais il est vrai qu'en jet l'Irlande n'est pas si loin. Nous sommes en Écosse, après tout.

L'espoir d'une bonne nouvelle naît dans mes entrailles et chasse cette angoisse diffuse qu'avait créée mon cauchemar.

Je fourre ma carte électronique me permettant d'accéder à la fourmilière dans ma poche et abandonne le reste de mes affaires ici. Je reviendrai les chercher plus tard.

— Bien, alors allons-y.

Il m'ouvre la porte et je sors de la pièce. Il me rattrape et passe devant. Je le suis machinalement, l'esprit plongé dans un océan de suppositions. Au bout de plusieurs minutes de marche dans les couloirs du manoir, j'abandonne mes réflexions pour me concentrer sur mon environnement. Je constate que nous n'empruntons pas le chemin habituel, ce qui éveille ma perplexité.

— Ce n'est pas la bonne direction.

— Elle ne veut pas te voir dans son bureau, mais ailleurs, me lance-t-il par-dessus son épaule.

Ma curiosité est piquée au vif.

— Sais-tu ce qu'elle veut me dire ?

— Non. Elle veut te montrer quelque chose, je crois.

Le caporal poursuit sa marche avec calme. Je retrouve dans son attitude détendue les traits de caractère de l'instructeur qui m'a entraînée. Tant mieux. Je préfère cette version-là de lui. Quand il est en présence d'Aedan, sa jalousie intériorisée le rend insupportable.

— Voilà, nous y sommes, annonce-t-il.

Nous nous trouvons dans une partie de la bâtisse qui m'est inconnue. Il m'ouvre le battant et me laisse encore une fois passer devant lui. Je m'engouffre dans les lieux.

La pièce est vide, il n'y a personne. Perplexe, je veux me retourner vers mon guide. Je n'ai pas le temps de pivoter, une aiguille vient s'enfoncer dans ma nuque et l'obscurité m'enveloppe.

Le mouvement de balancier que subit mon corps me tire de ce songe forcé. J'ouvre les paupières et mes yeux se posent sur une forme floue. Je bats des cils jusqu'à ce que ma vue s'éclaircisse et l'image d'un plafond m'apparaît. Je tourne la tête, ma joue bute contre un torse. Je suis dans les bras d'Antonio.

Il me lance un regard blasé, comme si mon réveil l'indifférait.

— Qu'est-ce qui se passe ?

Articuler ces simples mots est une torture, c'est comme si ma bouche était encore endormie. Les souvenirs se bousculent dans ma mémoire et la sensation de l'aiguille revient chatouiller ma nuque. Il m'a sédatée ?

Si mes muscles et mes cordes vocales n'étaient pas si amorphes, je rirais de nervosité. Être droguée contre mon gré commence à survenir de façon récurrente dans mon quotidien. Néanmoins, contrairement à ce qui s'est passé lors de ma précédente mission avec Annie et ses disciples, j'ignore tout des intentions d'Antonio. Pourquoi vouloir m'endormir ? Où m'emmène-t-il ?

La motricité me revient au fil des secondes. Je choisis toutefois de ne pas me débattre. Mon instinct de survie qui s'est enclenché me hurle que ce serait une mauvaise idée. Et puis, où irais-je ? Je ne sais même pas où je suis.

J'essaye cependant de bouger les mains. Je découvre avec terreur que des cordes lient mes poignets l'un à l'autre. L'angoisse commence à répandre son poison dans mes veines. La sensation si familière de la peur qui m'accompagne dans mes rêves me broie le cœur. La petite fille en moi veut pleurer, mais encore une fois mon instinct intervient et m'oblige à ravaler mes sanglots.

Ça va aller, Harmony. Garde ton calme.

Nous arrivons dans une vaste pièce qui me fait penser à un entrepôt désaffecté. Je n'ai pas le temps d'observer correctement l'endroit, car le caporal ouvre les bras et me lâche tel un vulgaire sac. Mon flanc rencontre le sol dur avec rudesse. En l'absence d'appui pour me rattraper, c'est mon épaule qui encaisse le coup, celle où la balle s'est logée quand je me suis fait tirer dessus presque trois mois plus tôt. J'étire une grimace de douleur. J'ai très vite guéri de cette blessure qui, par chance, était relativement bien placée. Cependant, un contact brutal avec cette partie précise de mon anatomie réveille parfois une sensation désagréable.

J'essaye de me relever, ce qui n'est pas facile avec les mains liées.

— La voilà, lâche Antonio.

Je lève les yeux pour chercher son interlocuteur. Lorsque mes prunelles croisent deux silhouettes ligotées à des chaises, mon cœur loupe un battement et j'oublie mon mal d'épaule.

Là, à quelques mètres de moi, se trouve Aedan. Il est pâle et j'en comprends vite la raison : ses poignets sont entaillés. Il se vide lentement de son sang.

Mon regard se pose ensuite sur la deuxième silhouette. L'homme aux cheveux cuivrés a le teint aussi blafard que l'espion. Le voile qui couvre le vert de ses iris annonce qu'il est au bord de l'inconscience. Rien d'étonnant, il a également les veines tailladées et, d'après la tache sur le sol, il endure cette torture depuis plus longtemps.

Quand je le regarde, j'ai l'impression de voir Aedan. Ils ont la même couleur de cheveux et d'yeux. Et la ressemblance ne s'arrête pas là... Les traits de leurs visages sont presque identiques, une mâchoire bien dessinée, un nez droit. La seule différence que je vois est que la masse musculaire du second est moins développée que celle du mufle. On pourrait presque croire qu'ils sont frères.

Une minute... Non, c'est impossible.

— Tiens, voilà enfin notre dernière invitée, clame une voix masculine qui me tire de mes réflexions.

Je termine de me redresser et détaille l'homme qui vient de prendre la parole. Cette fois, mon cœur ne loupe pas un battement mais plusieurs. J'ai même la sensation qu'il cesse de battre.

Le type qui me fait face est Blake Rivera. Il est exactement comme sur la photo de son dossier.

Le premier réflexe de toute proie face à son chasseur est de fuir, même s'il ne s'agit pas toujours d'une réaction pertinente. Pour ma part, je suis incapable de bouger. Je suis tétanisée, les pieds fusionnés avec le béton. Ça doit être un cauchemar, ce n'est pas possible.

— Alors c'est elle la psy qui a fait parler ton second ? Elle n'a pas l'air menaçante, pourtant.

Je dois fournir un effort colossal pour parvenir à tourner la tête vers la femme qui vient d'intervenir. Je ne l'avais même pas vue.

Elle est grande et bien habillée. Elle dégage une aura autoritaire qui donne d'emblée envie de la respecter. Le sourire cruel qu'elle affiche et le couteau qu'elle fait tournoyer entre ses doigts me glacent le sang.

— Méfie-toi, il paraît qu'elle est douée, la prévient Rivera.

— Harmony ? lance Aedan.

Malgré sa pâleur, il semble assez lucide. Du moins, plus que son compagnon de torture.

L'inquiétude et la colère l'animent. Il s'acharne sur ses liens et maltraite un peu plus sa chair lacérée.

— Ça vous convient ? J'aurai mon fric ? reprend le caporal.

Je l'avais presque oublié, lui. Je me retourne vivement dans sa direction et lui lance un regard meurtrier. Il m'a vendu à ce malade ? Comment un militaire de son rang a-t-il pu s'abaisser à ça ?

Je m'égosille, déçue et furieuse :

— Tu n'es qu'un sale traître !

— Ça en fait un deuxième dans cette pièce, commente la femme.

Elle jette un coup d'œil à l'ancien mafieux, et il ne m'en faut pas plus pour comprendre qui elle est. Qu'est-ce que l'ancienne cheffe d'Aedan fait ici, et avec Rivera, en plus ?

Je reporte mon attention sur mon instructeur.

— Pourquoi ?

— Pour le fric, ma belle.

— Quoi, pour un million de dollars, tu nous as tous trahis ? L'agence, la directrice, tes collègues ?

— Pas pour un million, ricane-t-il. Pour cinq millions.

Je reste muette. Cinq millions ? Mais je pensais que ma tête n'en valait qu'un. Et surtout, je croyais que Rivera me voulait morte.

Ce dernier lit l'incompréhension sur mon visage, car il m'explique :

— Il y a moins de trois mois, le caporal m'a contacté pour m'avertir que celle que je recherchais venait d'être engagée dans son agence. Il m'a proposé de te livrer à moi vivante. J'avoue que d'habitude je ne m'encombre pas de cette demande. Les proies encore en vie sont une charge dont je me passe bien. Mais puisqu'il t'avait si facilement sous la main, j'ai accepté.

Donc le caporal m'a dénoncée, avant même de commencer à m'instruire. Dès nos premières séances d'entraînement d'autodéfense, il a manifesté de l'intérêt pour moi. Néanmoins, jamais je n'aurais cru que c'était pour une telle raison. Je ne lui ai jamais vraiment plu et il n'a jamais été jaloux d'Aedan. Ce dernier était juste un obstacle entre lui et son argent. Son intérêt pour moi et sa gentillesse n'étaient pas de la drague mais un moyen de m'appâter.

Rivera s'approche de moi et dégaine son arme à feu. Je recule, mais Antonio me barre le passage. Il vient ensuite saisir mon menton avec ses doigts pour inspecter mon visage.

— Il m'a également appris que mon ancien collègue du crime était devenu agent là-bas, enchaîne-t-il.

Il dévisage le mufle. Je me souviens qu'Aedan m'avait dit qu'ils s'étaient déjà croisés quand il était encore dans la mafia.

— Et il n'a pas pu s'empêcher de m'en faire part, s'amuse la femme. Je trouve ça ironique que nos deux proies soient tombées dans les bras l'une de l'autre.

— Ne nous en plaignons pas, ça a grandement arrangé nos affaires, complète Rivera.

Je me dégage de sa prise d'un mouvement sec. Je le fixe avec sévérité. C'est la seule chose que je puisse faire.

— Pourquoi avoir attendu si longtemps, dans ce cas ?

Le mafieux new-yorkais me lorgne avec un sourire aux lèvres.

— Les bons plans ont toujours besoin de temps pour se mettre en place. Et puis, nous devions veiller à ce que notre taupe ne se fasse pas débusquer.

Mes neurones s'échauffent face à toutes ces révélations. Je n'aurais jamais pensé qu'une machination de cette ampleur puisse être montée dans l'ombre contre nous.

— Les chasseurs de têtes après notre mission, c'était vous ?

— Pas les chasseurs de têtes, non, mais le caporal était bien censé t'enlever à ce moment-là, me répond-il.

À vrai dire, ça semble logique. Si j'avais été à sa place, j'aurais aussi choisi cette occasion pour ordonner à Antonio de me capturer.

— Mais un truc a foiré, sinon vous n'auriez pas eu besoin d'élaborer un coup monté pour nous attirer ici, intervient Aedan avec un rire méprisant.

— Ces salopards qui ont voulu voler mon gibier ont gâché mon plan, déclare Antonio.

Donc, il a buté nos assaillants de l'autre jour parce qu'ils voulaient lui voler son prix. Son comportement n'a jamais eu pour but de me protéger. Il a juste dû faire face à un imprévu dans ses plans.

Mais il reste encore une interrogation qui doit être levée… Qui est l'homme à côté du mufle ? Et en quoi est-il lié à cette affaire ? Mon intuition me suggère que c'est une histoire entre Aedan et son ancienne patronne.

Ma supposition est confirmée quand mon geôlier reprend :

— Katherine, je te laisse en finir avec ces deux-là. Moi, je m'occupe d'elle.

— Et mon argent ? rappelle le caporal.

— Quand je l'aurai flinguée.

Il charge son arme et la pose sur mon front. Il plante ensuite son regard dans le mien pour se délecter de ma peur. Ce délai qu'il m'offre est une terrible erreur, car grâce aux enseignements d'Antonio je parviens à le désarmer malgré mes mains liées. Quelle ironie.

Et le pire, c'est que mon instructeur n'a jamais cessé de me rappeler qu'Aedan était un criminel, une ordure. Quel culot.

— Salope ! crache Rivera tandis que je braque son flingue sur lui.

Je ne sais pas m'en servir. À vrai dire, je ne sais même pas le tenir correctement. Le mufle a commencé mon apprentissage hier, un seul cours est insuffisant.

Toutefois, le mafieux new-yorkais ne le sait pas.

Ma tentative est vaine, car le caporal pointe aussitôt son fusil sur moi. J'aurais dû m'en douter.

Je décide de ne pas jouer avec le feu et lâche l'arme que le mafieux s'empresse de ramasser et de braquer sur moi.

C'est terminé.

Je ferme les yeux tandis qu'Aedan hurle. Alors que je pensais mourir, la haute porte de l'entrepôt explose.

Chapitre 36

Aedan

Des perles de sueur roulent sur mon front. À chaque goutte de sang qui quitte mon corps, mes forces s'amenuisent. Néanmoins, mon état de faiblesse ne m'empêche pas de me débattre comme un enragé. Je hurle et je tire sur mes liens à m'en écorcher la peau, tandis que Rivera s'apprête à appuyer sur la détente de son arme pointée sur Harmony.

Non !

Mon frère est déjà aux portes de la mort, hors de question que je la perde, elle aussi.

Un sentiment de culpabilité me brûle de l'intérieur. La tristesse et le remords grignotent mon cœur. Jamais je n'avais encore eu si mal, c'est encore pire que le jour du décès de mes parents.

Peut-être est-ce tout ce que je mérite ? Peut-être est-ce le prix que l'ombre que je suis devenu doit payer ?

Non, je refuse de m'en acquitter de cette façon.

La psy ferme les yeux, résignée. Elle n'a plus aucune échappatoire et elle le sait.

Soudain, la porte du hall, assez large pour faire passer deux camions, explose. Une silhouette traverse le nuage de poussière créé par la détonation. La directrice apparaît, suivie de plusieurs militaires armés. Ces derniers dirigent leurs armes vers nos ennemis.

— Personne ne bouge, lâche ma patronne avec autorité.

Je ris, soulagé. Je n'avais jamais été aussi content de la voir.

Katherine siffle entre ses dents et claque des doigts, mais personne ne sort de l'obscurité. Évidemment, la dirigeante d'Undershade a sécurisé les lieux. Trop distraits par l'apparition d'Harmony, les deux mafieux n'ont pas senti l'embuscade arriver. Je suis sûr que des espions se sont glissés dans l'ombre pour buter discrètement leurs sous-fifres. Même si le matricule « Shadow » me revient, je ne suis pas le seul à posséder des aptitudes en la matière.

D'autres membres de l'agence surgissent et, bientôt, nous encerclent totalement. Toutefois, Rivera refuse de capituler. Il continue de braquer son flingue sur Harmony.

— Ouvrez le feu et je la tue, crache-t-il.

Quant à mon ancienne cheffe, elle lâche son couteau. Elle est intelligente et tient trop à sa vie. Elle a conscience qu'elle ne fait pas le poids avec ce genre d'arme.

— Oh non, tu ne vas rien faire, rétorque la directrice d'un calme olympien.

À peine a-t-elle terminé sa phrase que Rivera se prend une balle dans la jambe. Je tourne la tête et découvre un sniper installé en hauteur sur la balustrade métallique, à l'autre bout de la pièce.

Le mafieux peste et lâche son pistolet avant de s'écrouler au sol. Un des gars de l'agence vient le menotter et un autre lui fait un garrot. Mais une question m'interpelle. Où est Antonio ? Il y a quelques secondes encore, il se trouvait non loin de la psy et de son agresseur. Il a suffi que je tourne la tête pour qu'il disparaisse.

Il n'a tout de même pas réussi à fuir ?

J'obtiens vite une réponse. Un de ses collègues – ou plutôt *ancien* collègue – le traîne à sa suite et l'amène aux pieds de la directrice.

Correction : il a *tenté* de fuir.

— Comment vous nous avez retrouvés ? grommelle-t-il tandis que des hommes viennent nous détacher, mon frère et moi.

— Pensais-tu vraiment que tu pouvais me tromper aussi longtemps, caporal ? s'indigne la patronne avec froideur. J'ai commencé à avoir des doutes lorsque tu étais chargé de ramener Dawn et Shadow à Undershade après leur mission. J'ai été informée que tu avais changé d'itinéraire et que c'est pour cette raison que vous avez été attaqués. Car si tu avais respecté mes ordres, ça ne serait jamais arrivé. En fouillant un peu dans ton historique GPS et en regroupant les incohérences dans tes rapports, j'ai découvert que tu m'avais caché des informations capitales. Lors d'une mission quelques jours après l'arrivée d'Harmony parmi nous, tu as eu vent du contrat qu'elle avait sur sa tête. Et au lieu de m'en informer, tu as décidé de marchander avec Blake Rivera. Je ne suis pas idiote, j'ai rapidement fait le lien.

— Vous m'avez fait surveiller depuis ?

— En effet. Je dois admettre que tu as été très minutieux. Cependant, voler un jet pour amener la psy ici n'était pas très malin... Et elle a gardé sa carte d'accès sur elle, complète-t-elle.

Elle lui lance un regard presque amusé, ce qui est exceptionnel venant d'elle. La concernée, qui est en train de se faire prendre en charge par un des membres de notre équipe, lui répond par coup d'œil étonné. Elle fouille dans sa poche arrière et sort en effet sa carte, composée d'une puce qui permet de la tracer n'importe où. Sans le savoir, elle a gardé sur elle un indice permettant de nous localiser.

Elle est incroyable.

Une fois libéré de cette maudite chaise, je tente de me précipiter vers elle. Le militaire urgentiste m'ordonne de rester là pour soigner mes plaies, mais je ne l'écoute pas. Je pointe mon frère du doigt :

— Occupez-vous de lui.

Je rejoins ma belle en quelques enjambées et la serre contre moi. Je lui murmure :

— Je suis désolé.

— Ne t'excuse pas. Ce n'est pas ta faute. On a été piégé.

Elle glisse ensuite son regard sur Conan. L'urgentiste lui a mis un masque sur la bouche et son collègue panse ses plaies pour stopper le saignement. Il va avoir besoin d'une perfusion.

— Est-ce que c'est..., commence-t-elle.

— Mon petit frère. Il s'appelle Conan O'Neill.

— O'Neill ?

— Il a changé de nom de famille à cause de ma réputation. En revanche ça n'a pas empêché mon ancienne cheffe de cartel de le retrouver et de l'utiliser dans son coup monté...

— Je vois.

Elle reporte son attention sur moi, plus précisément sur mes poignets. Elle les saisit, inquiète.

— Tu dois te faire soigner. Tu saignes encore.

Elle lève ensuite ses prunelles vers mon visage et pose sa main sur ma joue.

— Tu es tout pâle, ajoute-t-elle.

D'un signe de la main, elle sollicite les urgentistes. L'un d'eux s'approche avec sa trousse. Je marmonne des mots incompréhensibles dans ma barbe, mais la psy m'assène un regard qui m'interdit toute contestation.

Je laisse donc le soignant bander mes poignets. Mes blessures sont moins profondes que celles de mon frère. Katherine avait à peine commencé à s'en prendre à moi quand Rivera a débarqué pour annoncer l'arrivée imminente de sa « dernière invitée ». Mon bourreau s'est donc interrompu dans sa tâche, m'évitant ainsi de me retrouver dans un état aussi grave que celui de mon frangin.

Un corps allongé sur une civière passe à côté de nous. Un voile blanc dissimule la dépouille. Je devine qu'il s'agit de l'agent Brennan dont le cadavre a été déplacé dans un coin de l'entrepôt à l'abri des regards pendant ma torture. Harmony détaille la masse drapée avec horreur.

— Qui est-ce ?

— C'est l'agent spécial qui m'a accueilli ici et qui m'a conduit droit dans ce guet-apens.

Elle fronce les sourcils, perplexe.

— Je t'expliquerai tout plus tard.

L'urgentiste termine sa tâche et s'en va tandis que la directrice nous rejoint.

— Comment allez-vous ?

— Plus de peur que de mal, pour ma part, répond celle que j'aime. Je suis juste choquée par la trahison d'Antonio, je ne le croyais pas capable de m'échanger contre du fric... Et puis, j'ai eu si peur...

En prononçant cette dernière phrase, elle me lance un regard intense.

Elle était inquiète pour moi.

— Et moi donc. Il travaille pour moi depuis des années. C'était l'un des gradés à qui je faisais le plus confiance. Je ne comprends pas comment il a pu nous trahir pour de l'argent. Aux dernières nouvelles, il n'en a pas besoin.

Je hausse les épaules avec nonchalance.

— Même les plus fidèles peuvent succomber au doux parfum du pognon.

Tandis que nous discutons, les membres de l'agence autour de nous s'animent pour arrêter tout ce beau monde. Lorsque j'aperçois mon frère être embarqué dans un véhicule d'urgence, mon expression change.

— Ne t'inquiète pas, il va s'en sortir, me rassure ma patronne. Ils vont l'emmener à l'hôpital pour vérifier que tout va bien. Tu devrais y aller aussi.

— Je vais bien.

Elle soupire, peu surprise par ma réponse.

— Alors, repose-toi. Nous allons rester ici jusqu'à demain. J'ai des choses à régler avec les supérieurs des agents Brennan et O'Neill ainsi que des coups de fil à passer.

C'est exactement pour cette raison que je n'aimerais pas avoir son poste. Elle a bien trop de responsabilités et d'éléments à gérer. Surtout dans un bordel tel que celui-ci.

— Un chauffeur vous attend, dehors. Il va vous emmener dans un hôtel, nous avons des choses à régler ici avant de retourner à l'agence, en Écosse, ajoute-t-elle.

Harmony se pince les lèvres. Elle n'a pas confiance. Je comprends.

La directrice le constate également, car elle reprend :

— Ne t'en fais pas, l'hôtel est surveillé et vous serez escortés à chaque instant.

La psy hoche la tête et nous nous dirigeons vers la voiture, garée à l'extérieur à quelques mètres de la porte explosée. Par réflexe, je cherche le véhicule qui transportait mon frère, mais il n'est déjà plus là.

Pourquoi est-ce que je m'inquiète autant pour lui ? Il n'est rien de plus qu'un inconnu.

Je décide de me reprendre avant qu'Harmony ne remarque mon trouble et monte à ses côtés dans notre véhicule.

Le trajet se déroule en silence. Nous sommes tous les deux perdus dans nos pensées après cette journée plus que chaotique. Une fois arrivés à notre logement temporaire, un soldat nous escorte jusqu'à notre chambre. Dans celle-ci se trouvent deux sacs avec des affaires. La psy ouvre l'un d'eux et sort une tenue militaire. Je suppose que c'est tout ce qu'ils avaient sous la main pour nous.

Elle pousse un soupir et s'assied sur le bord du matelas. Depuis l'arrivée fracassante de la directrice pour nous sauver, elle a l'air d'aller plutôt bien. Néanmoins, maintenant que nous sommes seuls, je vois sa mine se décomposer.

Elle pose la main sur sa bouche et éclate soudainement en sanglots. Je reste plusieurs secondes immobile, figé par ses pleurs qui me déchirent le cœur. D'habitude, les gens qui chialent ont tendance à m'énerver, mais la tristesse et la peur que reflètent ses larmes ne peuvent me laisser indifférent.

Un sentiment d'impuissance me submerge. Je ne veux pas qu'elle soit abattue, je veux qu'elle soit heureuse. Et je sais qu'elle ne pourra jamais l'être à mes côtés.

Quel avenir tu vas lui offrir, hein ?

Les paroles de ce connard de traître reviennent me hanter.

Je m'assieds à ses côtés et la serre contre moi. Elle enfouit son visage dans mon cou sans arrêter de sangloter.

— Je suis désolée. Je ne pleure pas souvent, d'habitude, articule-t-elle contre moi.

— Ce n'est pas grave.

— J'ai vécu trop d'événements difficiles en peu de temps. C'est plus fort que moi. J'ai failli mourir plusieurs fois. J'ai réussi à plus ou moins encaisser jusque-là, mais cette journée était celle de trop.

Je la laisse monologuer. Je ne suis pas doué pour consoler les autres, alors je me contente de l'écouter. J'admire sa capacité à exprimer ses sentiments. Moi, j'aurais refoulé mon chagrin, comme je le fais pour tout le reste.

Et c'est pour ça que tu es devenu ce que tu es aujourd'hui, me souffle une voix.

Elle finit par se calmer. Elle se détache de moi et s'essuie les yeux. Son regard se porte sur mes pansements gorgés de sang.

— Allons te soigner.

— Ça va.

— Non. Tu saignes toujours. S'il te plaît, laisse-moi regarder.

La détresse dans sa voix a raison de moi. Elle part chercher la trousse de premiers soins laissée dans l'un de nos sacs et je la suis dans la salle de bains jouxtant notre chambre.

Avec une douceur qui éveille en moi une émotion étrangement apaisante, elle ôte mes bandages. Le sang et le produit jaunâtre du désinfectant colorent mes poignets mutilés. Elle prend un coton qu'elle humidifie pour nettoyer les plaies, là où des lignes parfaitement droites décorent ma chair.

— Tu as besoin d'un ou deux points de suture sur certaines de tes blessures. Tu aurais dû aller à l'hôpital, me reproche-t-elle.

Au lieu de m'agacer, sa réaction me touche. Je ne me rappelle même pas la dernière fois où l'on s'est occupé de moi comme ça.

— Y a-t-il une aiguille dans la trousse ?

Elle fouille avant de hocher la tête. Elle sort une aiguille stérilisée enfermée dans un emballage spécial.

— Donne-la-moi. Je vais le faire.

— Quoi ? Tu es fou ? s'exclame-t-elle.

— Non, je l'ai déjà fait. Ce n'est qu'un ou deux points, je vais survivre.

— Très bien.

Elle me passe le matériel nécessaire et je m'attelle à faire deux points à mon poignet gauche. En tant que droitier, c'est la partie la plus facile.

— Est-ce que ça va ? s'inquiète Harmony.

— La douleur est plus supportable qu'on pourrait le croire.

Et puis, ce n'est rien à côté de toutes les émotions que je ressens actuellement.

J'essaye ensuite de recoudre la lacération la plus profonde de mon poignet droit. La psy remarque mon manque d'habileté, elle saisit donc mon matériel et le fait pour moi. Tandis qu'elle enfonce l'aiguille dans ma chair, je la contemple. Elle fronce les sourcils, concentrée.

— Voilà, déclare-t-elle. C'est du travail de barbare.

En effet, c'est loin d'être un labeur d'expert, mais c'est suffisant. Une fois mes plaies pansées, elle range la trousse. Elle n'a toujours pas meilleure mine.

Je jette un regard à la large baignoire et lui suggère :

— Prenons un bain.

— On vient de te soigner, réplique-t-elle.

Je lui lance un sourire en coin.

— Je garderai mes mains hors de l'eau. Même si ne pas te toucher sera un supplice.

Je parviens à lui arracher une petite esquisse de sourire.

— Sale mufle.

Je lâche un soupir amusé. Ce surnom m'avait manqué.

Chapitre 37

Aedan

Face au miroir de la modique salle de bains, j'attache mes cheveux cuivrés en une demi-queue. Lorsque je croise mes iris dans le miroir, je m'immobilise. Deux énormes cernes creusent le haut de mes pommettes. Je n'ai pas beaucoup dormi et la pâleur de mon visage en témoigne.

J'ai passé la nuit à ressasser les derniers événements. Mon petit moment de torture partagé avec mon frère et mon ancienne cheffe est loin de m'avoir traumatisé. Quant au piège tendu par Rivera et à la trahison du caporal, ça ne m'affecte pas plus que ça.

La source de mon insomnie se résume en un nom : Harmony. Je n'ai cessé de penser à ce que tout ce qui s'était passé signifiait pour elle, pour nous.

Maintenant que Rivera et sa complice ont été arrêtés, elle et moi sommes hors de danger. Enfin, surtout *elle*.

Si elle a accepté de travailler pour Undershade, c'est en partie pour se faire oublier. Aujourd'hui, la menace qui pesait sur elle n'existe plus. Malgré son contrat signé pour cinq ans, elle pourrait tenter de partir, même si sa démission ne plairait pas à la directrice. Pourtant, je suis certain qu'elle va rester…

Pour moi.

Je ne veux pas être celui qui la retient, je reste persuadé qu'elle n'est pas à sa place ici, même si elle ne va plus être sur le terrain. Je ne suis pas sûr que se retrouver coincée dans une agence aux règles strictes soit ce dont elle rêvait quand elle disait vouloir s'établir quelque part.

J'ai dû prendre une terrible décision qui me brise déjà le cœur, mais je n'ai pas le choix, c'est la seule solution.

J'enlève la bague qui me servait d'alliance et la fourre dans ma poche. Je sors ensuite de la salle de bains. Harmony est assise sur le lit, immobile. En m'apercevant, elle relève la tête aussitôt. Elle aussi a une sale mine.

Elle se lève et, par habitude, j'en profite pour la contempler. Elle est canon dans ce pantalon militaire et ce T-shirt kaki. Mais je me reprends et détourne la tête. Si je n'étais pas résolu, je lui aurais fait un petit commentaire déplacé et elle m'aurait traité de mufle.

La nostalgie me serre déjà les entrailles.

— Tu t'es décidé ? Tu vas aller le voir ? me demande-t-elle en s'approchant.

Je recule d'un pas. Elle le remarque. Je suis distant avec elle depuis notre réveil, mais elle n'a pas encore tenté d'aborder le sujet. Elle doit sûrement penser que les retrouvailles avec mon frère expliquent mon attitude.

— Oui.

— C'est une bonne chose, affirme-t-elle.

Je me contente de hocher la tête et sors de la chambre sans rien dire. Si je reste plus longtemps, je ne respecterai jamais ma décision.

Je marche d'un pas rapide dans le couloir, nerveux. Nos échanges de ce matin se sont résumés à des explications sur la journée d'hier et sur l'implication de Conan. C'est ensuite elle qui m'a suggéré d'aller lui rendre visite à l'hôpital. J'ai hésité et je suis allé prendre une douche pour réfléchir. Si j'ai finalement accepté, c'est en partie pour l'éviter.

Je décide d'emprunter la cage d'escalier pour rejoindre le rez-de-chaussée. J'ai besoin de bouger pour prendre du recul. Je suis surpris de croiser la directrice sur l'un des paliers.

Son air sévère est encore plus marqué que d'habitude, ce qui laisse penser qu'elle n'a pas eu l'occasion de se reposer depuis hier. Toutefois, malgré son expression furibonde je lui lance :

— Il faut qu'on discute.

— Ça ne peut pas attendre ? J'ai des choses à faire, assène-t-elle. Je dois parler à Harmony.

Elle passe devant moi et s'apprête à monter les marches.

— C'est très bien. Vous pourrez alors lui dire qu'elle est virée.

Elle se fige et se tourne vers moi.

— Je te demande pardon ?

C'est une question rhétorique, évidemment. Le regard qu'elle me jette pourrait foudroyer n'importe qui.

— Elle a vécu beaucoup trop de choses. Elle doit partir.

Son expression se décrispe et elle soupire.

— Elle a signé un contrat pour cinq ans, tu le sais.

— C'est un contrat de travail comme un autre. Vous pouvez la renvoyer moyennant un préavis ou une compensation.

Mon ton est calme, mais mon cœur s'effrite. Ça me coûte tellement de dire tout cela. Tomber amoureux était une terrible erreur.

— Tu sais très bien que je ne vais pas faire ça. Si je l'ai presque obligée à signer, c'est parce qu'elle a été mêlée…

— … malgré elle à l'affaire Holmadoff et blablabla. Épargnez-moi votre discours.

Elle me dévisage, outrée par mon interruption et mon insolence. Je continue :

— Et vous savez très bien que c'est une excuse. Vous vouliez Harmony uniquement pour ses compétences. Vous l'avez déjà avoué.

Elle se pince l'arête du nez.

— Je n'aurai pas cette discussion une deuxième fois avec toi. C'est inutile.

Elle reprend sa route. Je crispe les poings, furieux.

— Vous n'avez pas de cœur ! Elle ne mérite pas d'être enchaînée à cette putain d'agence ! C'est un purgatoire pour les gens comme moi, pas pour les personnes comme elle !

Elle arrête sa marche.

— C'est pour ça que tu veux qu'elle parte ? Parce que tu veux qu'elle ait une vie meilleure ?

Elle revient sur ses pas et me fait face.

— Moi aussi, autrefois je tenais à quelqu'un. Moi aussi, je pensais mieux savoir que lui ce qu'il fallait faire pour sa sécurité. Résultat, il est mort, siffle-t-elle.

Je perçois dans ses yeux une lueur de tristesse et de culpabilité. Je ne lui avais jamais connu un regard si humain.

Le décès de son mari lors d'une intervention au Moyen-Orient n'est un secret pour personne, tout comme le fait qu'il était sous ses ordres. En revanche, elle n'avait jamais montré le moindre signe de regrets.

— Alors un conseil, n'essaye pas de prendre des initiatives à ma place ou à la sienne. Elle passera ses cinq ans à la fourmilière, loin du terrain, comme n'importe quel psy de l'agence. Au bout de ce délai, de l'eau aura coulé sous les ponts et elle sera ensuite libre de partir ou de renouveler ses engagements, conclut-elle.

Je garde le silence, les prunelles brûlantes de colère.

Elle poursuit son chemin et me laisse seul avec moi-même. Sur le palier suivant, elle se retourne une dernière fois.

— Oui, je suis sans cœur. On n'arrive pas là où je suis avec de la gentillesse et de la compassion. Maintenant, je vais avertir Harmony que ses parents sont là.

Et elle quitte mon champ de vision. J'ignore combien de temps je reste immobile à fixer le vide, perturbé par ses paroles. Les bruits de ses chaussures à talons deviennent lointains et je me reprends.

Ses parents sont ici ? Au moins, elle s'occupera et ne pensera pas à moi.

Je tente de chasser toutes les pensées inopportunes qui la concernent et continue de descendre les étages.

Lorsque je m'approche de la sortie de l'hôtel, un gradé m'arrête.

— Shadow, où vas-tu ?

— À l'hôpital.

— Tu es blessé ? me questionne-t-il, sur le qui-vive.

Je me contente de le fixer. Il semble comprendre qu'il n'obtiendra aucune réponse.

— Très bien. Je préviens la patronne et je t'escorte jusque-là.

Je lève les yeux au ciel tandis qu'il saisit son talkie-walkie. Je rejoins ensuite l'extérieur sans l'attendre. Je n'ai pas envie d'entendre la voix de la directrice, même au travers d'un appareil.

Nous montons dans l'un des SUV blindés de l'agence et nous nous rendons vers l'établissement de soins. Lorsque je vois qu'il me suit l'intérieur du bâtiment, je me rembrunis.

— Tu vas vraiment me suivre partout ?

— Oui. Ce sont les ordres.

Je marmonne des propos incompréhensibles et me dirige vers l'accueil. La secrétaire me renseigne sur le numéro de chambre de Conan O'Neill et je me précipite dans la direction indiquée sans un regard pour mon accompagnant. Avec sa tenue et son armement, il contraste avec l'environnement.

J'arrive au niveau de la bonne porte et mon collègue s'arrête devant son encadrement. Il se place comme un bon petit chien de garde, ce qui m'indique qu'il a la décence de ne pas me suivre jusqu'au bout. Je rentre donc seul dans la pièce en refermant derrière moi.

Conan est assis sur une chaise, habillé, prêt à partir. Il contemple l'extérieur depuis la fenêtre et tourne la tête dans ma direction. Son regard s'assombrit.

— Tiens, en voilà une visite surprenante, ricane-t-il.

— Ça te paraît si incongru ?

— Ouais, un peu. Je ne t'imaginais pas te déplacer pour un inconnu.

Il a raison. Mais ces derniers temps j'ai fait quelques progrès dans le domaine des relations humaines.

— Tu n'es pas n'importe quel inconnu.

Nous nous lorgnons de longues secondes. Il fait le dur, néanmoins, ses yeux parlent pour lui. Il est moins doué que moi pour dissimuler ses émotions.

Mes iris quittent les siens pour observer sa silhouette. Il a déjà repris des couleurs, il va mieux qu'hier et, comme moi, il a des pansements au niveau des poignets.

Le silence commence à devenir oppressant, aucun de nous ne sait quoi dire. Je me contente de lui demander :

— Comment ça va ?

— Bien. Une perfusion, quelques points de suture, une bonne nuit de sommeil et c'est reparti, répond-il avec un humour détaché.

Je souris. Même en ayant grandi dans des milieux complètement différents, nous possédons quelques points communs à ce que je vois.

— Et toi ?

Je lève mes mains pour lui dévoiler mes bandages.

— Ça roule.

Nouveau silence. Je soupire. Décidément, je ne suis pas fait pour ça.

— Alors, tu as eu du nouveau à propos de Brennan ?

— Ouais, ta patronne s'est entretenue avec mes supérieurs. J'ai eu droit à une visite tôt dans la matinée. Brennan était un bon agent, il était respecté. Il a juste eu le malheur de se faire menacer par Rivera. Je ne lui en veux pas, il ne méritait pas de mourir, me raconte-t-il.

Je suis bien d'accord.

— Tu vas retourner bosser ? Le métier ne t'effraye pas ?

— Je mentirais si je disais ne pas avoir ressenti de la peur, mais non, cet incident ne me fera pas fuir la profession. En revanche, je suis obligé d'aller voir un psy.

Il prononce cette dernière phrase en grognant. Un nouveau sourire étire mes lèvres. Mes pensées reviennent immédiatement vers Harmony et une pointe de culpabilité me tord l'estomac.

Conan ne semble pas vouloir que la conversation s'arrête, car il enchaîne :

— Et de ton côté, tu vas encore disparaître ?

— Ouais, comme une ombre. La directrice termine de régler quelques affaires ici et on rentre.

— Donc on ne se verra plus ?

Derrière les inflexions graves de sa voix d'homme, je décèle la déception d'un enfant, ce qui me surprend.

— Crois-moi, tu ne veux pas de moi dans ta vie.

Il dodeline de la tête avec un rictus sarcastique. Lui non plus n'est pas surpris par ma réponse.

— Tu as raison, ce n'est pas une bonne idée. Après tout, tu es un monstre doublé d'un connard, commente-t-il.

J'ignore pourquoi, mais sa réponse me blesse. Cet attachement que j'avais pour ce petit garçon de trois ans s'est ravivé dès que j'ai posé les yeux sur lui. Ça me chamboule. C'est inconcevable.

Il est ta famille, et les années n'ont rien changé à cela.

— Mais, ta patronne m'a affirmé que tu n'étais plus l'homme que tu étais autrefois et que, sans en avoir conscience, tu cherchais à devenir meilleur.

Elle a dit ça ? Pourtant, elle me charge toujours d'effectuer des séances de torture quand les interrogatoires échouent. Mais il faut reconnaître que je n'ai jamais refusé cette sale besogne.

Et dire que je lui ai déclaré qu'elle n'avait pas de cœur. Me serais-je trompé ?

— Je sais qu'on ne pourra rien réparer de ce qui a été brisé, reprend-il. Toutefois, maintenant que nos chemins se sont croisés, on peut envisager d'apprendre à se connaître.

Les derniers mots qu'il prononce sont à peine audibles, comme s'il m'avouait son plus grand secret.

Comme s'il avait espéré toute sa vie que je réapparaisse.

— C'est une possibilité. De toute façon, si tu restes travailler dans ce service de police, on sera sans doute amené à collaborer, alors autant ne pas s'ignorer.

Il tente de le cacher, mais son sourire en coin prouve son enthousiasme. Un médecin entre dans la chambre, des papiers à la main.

— Voilà, monsieur O'Neill, vous pouvez sortir. Tout est en ordre.

Il lui tend la paperasse et pose sur moi un regard interloqué.

— Votre frère, je suppose ? déduit-il.

La ressemblance est en effet flagrante.

— Voulez-vous bien regarder ses poignets, s'il vous plaît ? interroge mon frère.

Je le fusille du regard. Qu'est-ce qu'il fait ?

Le médecin hoche la tête et attrape mes mains. Je continue de fixer Conan, agacé. Il hausse les épaules.

— Tiens, vous avez subi les mêmes blessures ? remarque le soignant.

Il lance un coup d'œil à mon frère avant de murmurer un « ah oui, c'est vrai, pas de questions ». Il s'attelle à enlever mes pansements pour inspecter mes points de suture.

— Qui a recousu ça ? C'est du mauvais travail, s'indigne-t-il.

— Moi-même.

Il lève ses prunelles vers moi, presque choqué. Je passe sous silence l'intervention de la psy.

— Bon, la cicatrisation a commencé et la plaie n'est pas infectée, je ne vais donc pas y toucher. Mais vous garderez des cicatrices très marquées.

Je hausse les sourcils avec indifférence. C'est le cadet de mes soucis, pour ne pas dire que je m'en fiche royalement.

Le toubib me refait des pansements et me dispense quelques conseils que, de toute manière, je n'appliquerai pas. Il commente également l'absence de couleur de mon visage, probablement due à la perte de sang. Il sous-entend que j'aurais dû venir hier, en même temps que mon compère.

Après cette petite remontrance, il s'en va en nous souhaitant un bon rétablissement.

— Bon, un café, ça te tente ? me propose Conan.

— Si tu invites, ouais.

Il lâche un rire et nous quittons l'hôpital avec mon escorte sur les talons pour « veiller sur nous ».

Aux côtés de ce frère que je pensais ne jamais revoir, je fais un nouveau pas hors des ténèbres.

Chapitre 38

Harmony

Je regarde Aedan quitter la chambre en silence. Il n'a rien dit, il s'est contenté d'un hochement de tête. Il agit de façon étrange depuis notre réveil. Il est devenu distant, inaccessible. Il a redressé les barrières derrière lesquelles il se protégeait lorsque nous nous sommes rencontrés. J'ai mis son attitude sur le compte de la situation actuelle, bien que je trouve cela inquiétant. Il n'était pas comme ça, hier. Est-ce le contrecoup ?

J'ai décidé de lui laisser l'espace dont il a besoin pour le moment. Mais si cette phase dure trop longtemps, la psy en moi ne pourra pas s'empêcher d'intervenir.

Je repense à l'alliance, restée dans le tiroir de ma table de nuit à l'agence. J'ai cessé de la mettre, car aucune autre bague n'orne mes phalanges. Donc, contrairement à Aedan, elle ne se fondait pas dans la masse et je trouvais ça ridicule de la garder.

Jusqu'à ce qu'il m'avoue que, pour lui, ça avait de l'importance. J'avais pour idée de la faire pendre au bout d'une chaîne et de la porter en guise de collier. Mais ce traître d'Antonio m'a enlevée et je n'ai pas eu l'occasion de concrétiser mon projet.

Je reste immobile dans la pièce de longues minutes, perdue dans mes réflexions.

Un bruit contre la porte me tire de mes pensées. J'ouvre et mes yeux se posent sur la directrice, l'air encore plus menaçant que d'habitude. Elle donne l'impression d'un volcan venant d'entrer en éruption.

Je me pince les lèvres et ose lui demander :

— Je peux vous aider ?

Elle soupire et entre dans la chambre. Je dois m'écarter pour qu'elle ne me bouscule pas. Je me mords l'intérieur de la joue, légèrement intimidée, et ferme le battant.

— Je dois te parler, commence-t-elle.

— Je vous écoute.

— Tes parents sont ici.

La surprise déforme mes traits.

— Ah bon ?

— Puisque je te le dis, s'agace-t-elle.

Je ravale péniblement ma salive. Face à ma réaction penaude, elle libère la tension dans ses épaules. Elle ferme les paupières et se pince l'arête du nez.

— Désolée. Je viens de croiser McCarthy dans l'escalier. Il a dépassé les bornes alors que je suis déjà au bord de la crise de nerfs.

Ça ne m'étonne pas de lui.

Je l'observe attentivement. Elle a l'air… fatiguée. Elle court sans doute partout depuis hier et ses fonctions ne lui offrent probablement pas le luxe de se reposer.

C'est la première fois qu'elle ne revêt pas cette attitude froide qui la caractérise tant. Elle est épuisée, irritée, mais ça ne fait que la rendre plus humaine. Son langage non verbal est donc plus interprétable que d'habitude.

— Que voulait-il ?

Elle rouvre les paupières et me fixe. L'hésitation flotte dans son regard, ce qui accentue mon étonnement.

— Il t'en parlera, se contente-t-elle finalement de me répondre.

Perplexe, je veux l'interroger, mais elle ne m'en laisse pas le temps.

— Tes parents t'attendent dans les fauteuils de la réception. J'ai fait aménager un coin en retrait pour que vous ayez un peu d'intimité.

— Comment savaient-ils que j'étais ici ?

— Ils m'ont contactée hier matin pour me dire qu'ils étaient à Londres et qu'ils aimeraient te voir. Puisqu'ils ne pouvaient pas directement s'adresser à toi, ils sont passés par le seul numéro que je leur avais laissé lorsque tu as commencé à travailler ici. J'ai voulu t'en parler, mais le caporal a changé nos plans.

Une pointe d'amertume et de déception perce dans sa voix.

— Bref, hier, parmi toutes les choses que j'ai dû faire après votre libération, je les ai informés qu'ils pouvaient venir en Irlande aujourd'hui, ce qu'ils ont fait.

Même s'il ne s'agit que d'explications, elle est plus loquace que d'habitude et son discours est moins fermé. Je perçois un tout autre message grâce à sa gestuelle et aux mimiques de son visage.

— Si vous voulez, après les avoir rencontrés, on pourra en discuter.

— De quoi ? marmonne-t-elle.

— De votre épuisement mental.

Elle ricane.

— Merci, mais ça ira. Ça fait longtemps que je n'ai plus le temps de m'occuper de ma santé psychologique. Mon travail me tuera, je le sais, mais j'ai signé pour ça. Allez, va les rejoindre.

Je la détaille encore quelques secondes. Une vague de compassion à son égard vient de me traverser. Je quitte ensuite la chambre et rejoins la réception. Sur mon chemin, je croise de nombreux militaires armés qui surveillent chaque recoin de l'hôtel.

En voyant l'écusson cousu sur leur uniforme, je déduis qu'il s'agit d'un renfort local. Ça me semble assez logique. La directrice est venue nous sauver à la hâte, elle n'a pas pu faire déplacer autant de soldats en jet. Je suppose qu'elle a mobilisé les ressources de la région.

Le réseau d'Undershade m'impressionnera toujours et sa logistique me restera sans doute inconnue à jamais.

Je rejoins les canapés et remarque en effet que certains ont été poussés dans un coin, une carafe d'eau sur la table. Deux d'entre eux sont occupés par les personnes qui comptent le plus pour moi.

Enfin, il y en a une de plus maintenant.

Je m'avance et, lorsqu'ils m'aperçoivent, ils se lèvent vivement. Leur expression s'illumine et ils me serrent chacun à leur tour dans leurs bras pour me saluer. Nous nous installons ensuite sur les canapés.

— Comment vas-tu ? me questionne ma mère.

Elle jette un regard à la femme armée près de l'entrée et serre les poings sur ses genoux avec inquiétude.

Je devine que la véritable question qui la tracasse est : Qu'est-ce qui se passe ici ?

J'en conclus donc que la directrice ne leur a rien dit. C'est moi qui vais devoir leur relater mes dernières aventures.

Je pose ma paume sur le dos de l'une des mains crispées de ma mère et lui souris.

— Je vais bien, ne t'en fais pas. On vient juste de finir une mission assez importante qui exige certaines mesures.

Je leur raconte ensuite avec un certain détachement ce qu'il s'est passé en omettant de nombreux détails puisque je ne peux pas tout leur dévoiler. Si je parais distante par rapport à la situation, c'est pour ne pas les inquiéter. D'ailleurs, je ne développe que très peu la partie concernant notre infiltration.

Claire et concise, voilà l'attitude que je choisis.

— Tu as l'air d'avoir une vie bien mouvementée, commente mon père avec une certaine fascination.

En tant qu'archéologues, mes parents sont d'une nature très curieuse, passionnés par le passé de l'humanité et les traces que celle-ci a laissées à travers le temps. Néanmoins, si mon père trouve mes récits palpitants, ma mère, quant à elle, se focalise sur les dangers auxquels je m'expose.

Elle ne me dira rien, car elle sait que je suis adulte, et elle a confiance dans les décisions que je prends concernant ma propre sécurité.

— Et ton collègue ? Aedan, c'est ça ? demande-t-elle.

— Oui, c'est ça.

— Vous vous entendez bien ?

— Oui, très bien. Nous sommes assez complémentaires, c'est pour cela que nous travaillons ensemble.

Ma mère m'observe.

— Il te plaît, déduit-elle malgré mon apparente neutralité.

— En effet.

Je réponds sans aucune appréhension. Ça fait bien des années que je n'ai plus aucune réserve pour leur parler de mes relations. Cependant, j'évite d'aborder le passé du mufle et sa façon de banaliser le meurtre.

— Ça me rappelle notre rencontre, chérie, rit mon père en lançant un regard complice à sa femme.

Ils se sont effectivement rencontrés lors d'un projet de fouilles commun.

— Tant que tu aimes ce que tu fais, c'est le plus important. Mais j'admets être rassurée que tu ne te rendes plus sur le terrain, ajoute-t-elle.

Comment pourrais-je lui en vouloir ?

— Je vais effectuer un travail de psy plus classique. Mais ça va me faire du bien. J'aimerais vraiment m'installer quelque part, arrêter de déambuler aux quatre coins du monde.

Ils me sourient avec tristesse. Ils connaissent déjà mon besoin de sédentarité et se sont excusés à plusieurs reprises de m'avoir imposé cette vie de nomade. J'ai dû de nombreuses fois leur demander d'arrêter de se culpabiliser. Une vie de voyages et de découverte du monde, ce n'est pas atroce non plus. Beaucoup de personnes rêveraient sans doute de voir ce que j'ai vu. C'est un style de vie comme un autre, avec ses avantages et ses inconvénients. Aujourd'hui, j'aspire simplement à un autre type de quotidien.

Nous embrayons sur d'autres sujets et passons une bonne partie de la journée à discuter, si bien que des membres du personnel finissent par nous amener de quoi dîner.

Le soleil descend dans le ciel et nous nous disons au revoir. Mes parents ont un avion à prendre. Ils ne sont passés que fugitivement.

Je les raccompagne vers la porte de sortie, toujours surveillée. Alors qu'ils s'apprêtent à franchir le seuil, Aedan pénètre dans les lieux, suivi d'un soldat. Son escorte, je suppose.

J'espère vraiment que tout s'est bien passé avec son frère. C'est moi qui ai proposé d'aller lui rendre visite à l'hôpital. Même si je ne l'ai pas forcé, je m'en voudrais que cette rencontre se soit révélée désastreuse.

Mes parents le lorgnent des pieds à la tête. Il est difficile de ne pas le remarquer.

Lorsqu'il se rend compte de ma présence, il jette un coup d'œil à mes géniteurs et je vois à son regard qu'il fait rapidement le lien.

— Pardon, lâche-t-il en constatant qu'il leur a coupé la route.

Il poursuit ensuite son chemin.

— Il n'est pas mal, murmure ma mère avec une moue approbatrice.

Je fronce les sourcils.

— De quoi tu parles ?

— C'est lui, non ? J'ai vu ton expression changer quand tu l'as aperçu.

Je lance un coup d'œil vers le hall et découvre qu'Aedan a déjà disparu.

— Mais tout va bien entre vous ? Il t'a presque marché sur les pieds, fait remarquer mon père.

Je repense alors à son attitude distante. Non, le problème ne vient pas de notre relation. Il ne s'est rien passé de spécial entre nous, ce serait insensé.

— Oui, tout va bien. Il doit juste digérer beaucoup de révélations. Il a une fâcheuse tendance à se replier sur lui-même pour affronter la difficulté.

— Mmmh, je vois. Heureusement que sa compagne est une psy, alors !

Sa femme, me retiens-je de le corriger.

Ce qui est absurde.

Nous nous embrassons et ils quittent les lieux accompagnés d'un militaire. La directrice a préféré prendre des précautions, même à leur égard, ce que je trouve très prévenant de sa part. Elle ne fait décidément pas les choses à moitié.

Je regagne ensuite la chambre, le cœur plus léger. Ça m'a rassurée et soulagée de les revoir. Hier, j'ai éclaté en sanglots tellement la situation me pesait. Ces retrouvailles m'ont fait l'effet d'une bouffée d'oxygène. C'est donc avec un grand sourire que je pénètre dans la pièce.

Aedan est là. Je le vois fouiller dans sa poche et ranger l'alliance dans ses affaires. Il l'a enlevée ?

L'allégresse qui avait pris possession de mon palpitant s'évapore et une pierre me tombe dans l'estomac.

« Il t'en parlera », m'avait dit la directrice tout à l'heure. Y a-t-il un rapport entre sa discussion avec elle et son attitude étrange ?

Espérant me faire des idées, je ravale mes préoccupations. Je choisis de sourire et me concentre sur le positif :

— Comment ça s'est passé ?

— Bien. Conan et moi avons décidé d'apprendre à nous connaître, me répond-il.

— C'est super, ça !

— Ouais.

Il me regarde à peine et se dirige vers le battant. Un pli interrogateur barre mon front.

— Tu t'en vas ?

— J'ai besoin de bouger. Rester glander ici va me rendre fou.

— Je peux t'accompagner ? On pourra discuter de nos...

— J'ai besoin d'être seul, me coupe-t-il.

La perplexité et la tristesse creusent un peu plus mes traits.

Il pose sa main sur la poignée. Je le rejoins et l'empêche de la tourner.

— Qu'est-ce qui se passe ? C'est quoi le problème ? Pourquoi cette subite distance entre nous ?

Le regard qu'il pose sur moi me brise le cœur. Ce n'est ni de la colère, ni de la répulsion. C'est de l'indifférence et c'est pire que tout. Le chagrin commence à s'emparer de moi. J'ouvre la bouche pour exiger une explication tandis qu'il tire le battant vers lui.

Un soldat sur le pas de la porte nous coupe dans notre élan. Moi dans mon discours, lui, dans son mouvement.

— Faites vos bagages. Dans deux heures, on décolle, déclare-t-il.

— Quoi ? Comment ça ? s'étonne le mufle.

— Ce sont les ordres de la directrice. Elle a réglé l'affaire avec les supérieurs de Brennan et d'O'Neill. Les autorités irlandaises sont venues chercher l'ancienne cheffe de la mafia. Elle veut foutre le camp le plus vite.

— Et pour Rivera et le caporal ?

— Ils reviennent avec nous. La patronne n'en a pas fini avec Antonio, et le FBI lui a demandé de garder Rivera le temps que son expatriation vers les États-Unis soit organisée. Les Américains préfèrent lui confier cette mission à elle.

— Génial, grogne l'espion.

Et il claque la porte.

Chapitre 39

Harmony

Allongée dans mon lit, je fixe le plafond. Après une longue immobilité, je tourne enfin la tête vers ma table de nuit où le réveil indique qu'il est 7 h 12.

Hier, nous avons fait nos bagages et sommes rentrés à l'agence. Durant le trajet, Aedan est resté dans son coin sans adresser la parole à personne. Et une fois de retour à Undershade, il s'est occupé d'enfermer le caporal et Rivera dans les cellules du bâtiment.

De mon côté, je suis partie me coucher, exténuée par les derniers événements. Néanmoins, j'ai mis un long moment avant de trouver le sommeil. Mon esprit était focalisé sur le mufle et son comportement. J'ai cherché en vain une explication logique à celui-ci. J'espérais d'ailleurs le voir passer le seuil de ma porte et me rejoindre sous les draps, mais il n'est pas venu. La fatigue a eu raison de moi et j'ai fini par sombrer. Je me suis ensuite réveillée tôt, arrachée des bras de Morphée par des cauchemars.

Depuis, je fixe les murs sans cesser de cogiter.

Je soupire et me lève. Je pars prendre une douche qui s'éternise, trop absorbée par mes réflexions pour donner de l'importance au gaspillage d'eau. Lorsque je me rends à la cantine, je tente de repérer une tête aux cheveux cuivrés, sans succès. Je m'empresse donc de manger et repars m'isoler dans ma chambre. Je ne peux même pas me changer les idées en allant travailler puisque nous sommes dimanche et les fonctions dites de bureau comme les miennes ne s'effectuent pas ce jour de la semaine.

Ma visite médicale de contrôle dans l'après-midi constitue donc ma seule sortie de la journée, hormis les repas. Pas une seule fois, je n'ai croisé celui qui hante mes pensées.

N'y tenant plus, je décide d'aller frapper à sa porte. Après tout, il loge à côté.

Sans surprise, je n'obtiens aucune réponse. Je tente d'ouvrir le battant, mais il est verrouillé.

Où peut-il bien être ?

La salle d'entraînement est le seul lieu qui me vient en tête. Je décide donc de m'y rendre sans tarder, déterminée à mettre un terme à cette situation ridicule et incompréhensible.

Lorsque je rejoins la salle, quelques espions qui ne sont pas en mission s'activent à des exercices de musculation, ou se défoulent sur des sacs de frappe. Dans le fond de la pièce, j'aperçois enfin celui que j'ai passé la journée à chercher.

Je m'avance vers lui alors qu'il me tourne le dos, un casque sur les oreilles et un haltère dans chaque main. Je ne suis pas sûre que cette activité soit conseillée, dans la mesure où ses points de suture aux poignets sont encore récents. Mais c'est Aedan, il n'en fait toujours qu'à sa tête.

Comme il porte un débardeur, j'en profite pour détailler sa musculature. Sous ses efforts, des gouttes de transpiration roulent sur sa peau luisante.

Plutôt que de l'interpeller, je pose l'une de mes mains sur son épaule. Il pivote et se rembrunit lorsque ses prunelles vertes tombent sur moi.

— Je suis occupé, lâche-t-il sans même ôter son casque.

Il se retourne et reprend sa série d'exercices comme si je n'étais pas là.

Je m'en fous, on va parler.

Je le contourne et viens lui faire face. J'arbore une expression sévère pour lui signaler que je ne partirai pas d'ici avant qu'il m'ait fourni une explication. Je ne suis pas de nature têtue, mais si j'accepte d'attendre qu'il se décide... nous ne parlerons sans doute jamais de son changement de comportement.

Il prend une moue agacée, range ses haltères et arrache le casque de sa tête pour le faire pendre à son cou.

— Quoi ? crache-t-il.

— Comment ça, *quoi ?* Tu devais bien te douter que ton attitude allait engendrer des questions de ma part.

Il lève les yeux au ciel. Je l'observe attentivement. Je ne suis pas idiote, s'il a choisi de m'éviter, ce n'est pas pour ensuite me confier le problème juste parce que je le lui demande. Je fais donc ce que je sais faire de mieux, j'analyse son langage corporel.

Face à ma réponse, il croise les bras et fuit mon regard. Cette réaction à elle seule en dit long. Aedan ne m'a jamais fui de la sorte. Ce n'est d'ailleurs pas dans sa personnalité.

Voyant qu'il garde le silence, je reprends :

— Alors ?

— Alors quoi ?

Je souffle. Il le fait exprès, ma parole.

— Pourquoi te comportes-tu soudainement avec moi comme un étranger ?

Dans la salle, les autres occupants quittent les lieux. Ils doivent sentir la tempête arriver. Nous nous retrouvons donc seuls.

— Parce que c'est ce que nous sommes, me répond-il.

Ma mâchoire manque de se décrocher de mon visage. On peut dire beaucoup de choses de nous, mais certainement pas que nous sommes des étrangers l'un pour l'autre. Et nous ne pourrons jamais l'être. Nous avons traversé de nombreuses épreuves ensemble, que ce soit lors de notre mission d'infiltration ou lorsque nous avons dû affronter Rivera.

Il m'a confessé son passé, ses douleurs. Je lui ai avoué ma souffrance, mes traumatismes.

Il m'a donné sa confiance, je lui ai montré ma vulnérabilité.

Il a lutté contre mes cauchemars, j'ai partagé mes rêves avec lui.

Il m'a confié son cœur, je lui ai promis d'en prendre soin.

Je lui ai tout donné : une deuxième chance, mon amour, mon corps, mon âme. Il n'a pas le droit d'oser prétendre que nous sommes de simples inconnus.

— Tu sais que c'est faux.

Il a dit qu'il m'aimait.

Il évite toujours de se confronter à mes iris qu'il a pourtant contemplés tant de fois.

Puis, je perçois ses traits se durcir. Il se barricade derrière sa carapace et pose enfin ses pupilles sur moi. Un sourire moqueur étire ses lèvres.

— Tu es naïve, trésor.

Je ne me laisse pas intimider par son petit numéro.

— Vas-y, éclaire-moi.

Il saisit mon poignet pour me tirer à lui et approche sa figure de la mienne.

— Tu n'étais que mon jouet. Il me semble que je te l'ai déjà dit.

Je me dégage de son emprise et le dévisage.

— Quoi ? Donc tu prétends jouer avec moi depuis le début ?

— Exactement.

— Bien sûr, et maintenant, tu t'es lassé ? Comme ça, pouf, d'un coup ?

— Tu vois, tu sais très bien répondre toute seule.

Il n'espère quand même pas que je vais le croire ?

Je crispe les poings. Si je me retiens de le gifler, c'est parce que ce serait inutile. Néanmoins, j'avoue que ça me démange fortement.

— Pourquoi fais-tu ça ?

Il m'observe de longues secondes sans répliquer. Je décide donc de préciser mon interrogation :

— Pourquoi essayes-tu de t'éloigner de moi alors que tu n'en as pas envie ?

— Qu'est-ce qui te fait dire que je n'en ai pas envie ?

— Bordel, tu me prends vraiment pour une imbécile ?

— C'est quand je te faisais croire que j'étais amoureux de toi que je te prenais pour une imbécile.

Son ton est neutre, sans la moindre once de culpabilité. Cependant, derrière son regard qui se veut détaché, je décèle une tristesse profonde. Il a autant de mal à prononcer ces paroles que j'en ai à les entendre. Pourquoi veut-il nous briser ?

« Aedan McCarthy est l'une des pires ordures de cette agence. Il va te faire du mal, les mecs comme lui n'ont aucune notion de ce qu'est la compassion », m'avait prévenue Antonio.

Je chasse les propos du traître immédiatement. Il n'a dit cela que pour m'éloigner d'Aedan. À cette époque-là, je pensais que c'était de la jalousie mal placée, j'ignorais que ses réelles intentions étaient toutes autres.

— Arrête de mentir. Dis-moi plutôt ce qui te préoccupe pour que tu en viennes à déclarer de telles absurdités.

— Putain, tu es sourde, ma parole ! s'énerve-t-il. Je ne t'aime pas ! Tu étais une distraction !

— Tu mens ! Pourquoi ?

Il siffle entre ses dents. Sa perte de sang-froid prouve encore qu'il joue la comédie. Il tue sans trembler. Il ne s'emballerait pas si le sujet ne le bouleversait pas.

— Tu me casses les burnes.

Il me tourne le dos. Je réfléchis à toute vitesse pour trouver une raison qui justifierait son comportement de connard. Puis, soudain, elle s'impose à moi.

Le mérite.

Depuis que je l'ai rencontré, Aedan a toujours basé ses raisonnements sur le mérite.

Qui mérite de mourir ou non ? Et qui mérite d'être aimé ou pas ? Pense-t-il ne pas mériter mon amour ? Ne pas mériter d'être heureux ? Est-ce que ça lui fait peur ?

Les suppositions sont encore trop nombreuses.

Je me souviens alors qu'hier la directrice a eu une discussion houleuse avec lui.

« Il t'en parlera », m'a-t-elle assuré. Je me posais déjà des questions sur un éventuel lien entre cette discussion et son comportement. Maintenant, je suis persuadée qu'il y en a un. Elle n'a pas voulu m'en dire plus, car cela devait me concerner.

Je décide donc de jouer la carte du bluff, puisque l'ancien mafieux ne sait pas qu'elle ne m'a rien raconté.

— Je sais que tu as eu un échange à mon sujet avec la patronne, hier, à l'hôtel.

Il s'arrête et fait volteface. La surprise que je lis sur son visage fissure le masque d'indifférence qu'il a enfilé.

— Non..., murmure-t-il.

Cette fois, c'est moi qui garde le silence et qui lui lance un regard appuyé.

— Alors tu sais qu'on ne peut pas continuer, reprend-il.

Je fronce les sourcils pour manifester mon incompréhension. Mon interlocuteur interprète cela comme de la contrariété.

— Je ne veux pas t'empêcher de t'établir quelque part. Je n'ai pas le droit de te condamner à rester avec moi dans cette agence parce que c'est ma seule option pour ne pas aller en taule. Tu es libre, mais pas moi. Je ne veux pas te retenir ! déclare-t-il avec émotion.

Ses yeux brillent, ses lèvres tremblent. Il a cessé de jouer la comédie.

Je le fixe, ahurie. Les pièces du puzzle commencent à s'emboîter dans mon esprit. C'est donc de cela qu'il a discuté avec la directrice ? De mon avenir à ses côtés ? Il voulait me faire fuir parce qu'il pensait que c'était le plus souhaitable pour moi ?

— Non.

Ma voix est sèche et sans appel.

— Hein ? lâche-t-il sans comprendre.

— Je ne te laisserai pas décider à ma place de ce qui est le plus souhaitable pour moi.

— La vieille chouette m'a fait un commentaire similaire, marmonne-t-il pour lui-même.

Je m'approche et tente de lui prendre la main. Il se dégage aussitôt et une expression froide revient se peindre sur ses traits.

— Désolé, mais moi j'ai fait mon choix. Je vis ma vie, tu vis la tienne.

Il me tourne le dos et se dirige vers la sortie.

— Ose me dire que c'est ce que tu souhaites !

— Je ne veux plus de toi, Harmony, se contente-t-il de me répondre sans se retourner.

Et il disparaît.

Sa dernière phrase m'a percutée de plein fouet. Mon cœur se fragmente et menace de se briser à tout moment. Bien que je sache que tout cela n'est pas vrai, le choc de ses mots me fait mal. La douleur s'infiltre dans mon être et s'y répand comme du poison. J'ai envie de hurler, mais aucun son ne parvient à franchir mes lèvres. Je suis figée, incapable de raisonner correctement.

Envahie par la tristesse, je rejoins le plus vite possible ma chambre et m'y enferme. Une fois seule, je fonds en larmes.

Une part de moi est consternée par mon attitude. Ma réaction est stupide, d'autant plus que je sais qu'Aedan ne pense pas ce qu'il dit, mais c'est plus fort que moi.

Il y a ce sentiment puissant au fond de moi qui balaye toute ma raison, toute ma maturité et m'empêche de prendre du recul.

Animée par le chagrin et blessée au plus profond de mon âme, je sors l'alliance rangée dans un tiroir et la balance à travers la pièce.

Inutile et puéril, voilà ce qui caractérise ce geste. Toutefois, j'ai besoin d'extérioriser, et je le vois comme une forme de vengeance symbolique.

Je vais ensuite ramasser l'alliance. L'alliage du bijou semble me brûler les doigts, les souvenirs qu'il me rappelle me tordent les entrailles.

La mission visant à déjouer les manigances de la secte n'a pas été une belle expérience, elle a fait ressortir mes plus grandes peurs. Mais, d'un autre côté, vivre comme si nous formions un couple, le mufle et moi, je ne peux nier que j'ai aimé ça.

Mon chez-moi. Un mari qui me prépare le petit déjeuner. C'était facile de se projeter, de se créer une vie fictive.

Finalement, je range l'anneau à sa place initiale. Je me roule ensuite dans mon lit, espérant dormir pour oublier.

Chapitre 40

Aedan

J'ouvre la porte du bureau de la directrice sans même frapper. Je suis d'humeur massacrante.

Ça fait trois jours que j'ai eu ma prise de tête avec Harmony et la tristesse que génère cette situation me rend irritable. Je suis obligé de traduire mon chagrin par de la colère, c'est ainsi que je fonctionne. Je me souviens encore de la tristesse qui habitait ses iris gris.

« Je ne veux plus de toi. » Prononcer ces mots m'avait brûlé la langue et meurtri le cœur.

Mais c'est mieux ainsi. On s'en remettra et, dans cinq ans, elle pourra vivre la vie à laquelle elle aspire.

Ma patronne ôte ses lunettes, le regard noir. Elle ne va quand même pas me reprocher d'être entré de cette façon, après tout, c'est elle qui m'a convoqué.

— Vous vouliez me voir ?

J'ignore complètement le regard réprobateur qu'elle me lance et croise les bras. Elle finit par se lever, les mains appuyées sur son pupitre.

— J'ai eu des nouvelles du FBI, déclare-t-elle.

— Ce connard de Rivera va être enfin expatrié ?

Seul un silence me répond. Je la dévisage, son expression grave ne me dit rien qui vaille.

— Quoi ?

— Il ne sera pas expatrié.

— Pardon ? C'est une blague ? On va le garder ici ?

Encore une fois, elle me fixe sans rien dire. Je crains de comprendre. Je décroise mes membres et fronce les sourcils.

— On nous a demandé de le liquider, c'est ça ?

La directrice pousse un soupir. Décidément, je n'aimerais vraiment pas avoir son job.

— Pas officiellement, évidemment. C'est interdit. Mais j'ai eu un coup de fil non officiel des hauts placés de l'État de New York. Ils veulent l'éliminer. Sans Rivera pour diriger, son cartel commettra des erreurs, ce qui facilitera le travail de la police. Ils n'ont pas besoin de lui. Pour eux, c'est une occasion de mettre fin à un vaste réseau du crime organisé.

Je me contente d'opiner du chef. Ce n'est pas la première fois que ce type de demande est formulé à une agence telle que la nôtre. Undershade fait partie de ces organismes de l'ombre où l'on peut aisément déroger à certaines lois sans rendre des comptes. Évidemment, cela s'organise toujours de façon officieuse, puisque les autorités officielles n'ont pas le droit de recourir à ces méthodes. D'autant plus que la peine de mort est abolie dans l'État de New York. Rivera n'aurait donc pas été condamné à la peine capitale par la justice.

Ce n'est pas moi qui vais contester l'assassinat de cette ordure, il le mérite. Mais Undershade expose toute l'hypocrisie du système dans lequel nous vivons.

Un sourire ironique étire mes lèvres.

Tout ça au nom de la paix.

— Vous voulez que je le tue ?

J'admets que lui coller une balle dans la tête me procurerait un grand sentiment de satisfaction.

— Tu en es capable ? me questionne-t-elle.

J'arque un sourcil. Jamais encore elle ne m'avait interrogé là-dessus. Depuis que je travaille ici, elle ordonne et j'exécute. Comme lorsque j'étais dans la mafia. C'est ce que j'ai toujours connu.

— Qu'est-ce qui vous prend tout à coup ?

Ses épaules se relâchent un instant.

— Tu as changé.

Je ricane.

— C'est de la foutaise.

Elle me fixe avec sévérité, preuve qu'elle ne plaisante pas. Je reprends :

— Pitié, ne me parlez pas d'Harmony.

Elle contourne son bureau pour me rejoindre. Je la détaille, interloqué. Puis, sans que je ne m'y attende, elle me tire gentiment le lobe.

— Aïe, mais vous êtes folle ?

— Ton petit numéro avec la psy m'est parvenu aux oreilles. On ne parle que de ça au sein de l'agence depuis trois jours.

Ouais, je suis au courant. Moi aussi, j'entends les messes basses de mes collègues. D'ailleurs, ça m'agace. Certains ne se gênent pas pour me juger. Mais en réalité je m'en fiche. Ce qui me met hors de moi, ce sont les propos dégradants que mes compères masculins tiennent à l'égard d'Harmony, la réduisant à un simple bout de viande.

« Il est con de planter une fille comme elle. S'il n'en veut pas, moi je me la ferais bien. »

J'ai dû fournir un effort surhumain pour ne pas briser quelques mâchoires.

— Et alors ? Vous en avez quelque chose à foutre des potins ?

— Pas du tout. Je n'ai pas de temps à consacrer à ces bêtises, lâche-t-elle.

— Alors, pourquoi mettre ça sur le tapis ?

— Je l'ignore, quelque chose me touche dans votre histoire.

Sa confession m'étonne.

— Je connais ton passé et ta vision des choses, Aedan McCarthy. Je t'ai toujours utilisé en fonction de ces deux éléments, et toi, ça te convenait. Néanmoins, beaucoup semblent oublier que tu as trahi ton cartel sans aucune raison apparente. Pourtant, il y en a bien une. Tu aspirais à une existence meilleure, tu ne voulais plus être celui que tu étais… Ton expérience de vie t'a modulé d'une certaine façon et t'a donné un point de vue sur le monde qui est différent de celui des autres.

Je la lorgne, ahuri par son discours. Quelle mouche l'a piquée ?

— J'ai fait de toi mon ombre, parce que c'est ainsi que tu étais. Tu n'as jamais contesté mes ordres quand je te demandais d'avoir recours à des moyens moralement condamnables. C'est parce que, pour toi c'était normal, que je t'ai toujours confié ce genre de tâche. Ça ne te posait aucun problème de conscience.

Le fait qu'elle avoue m'utiliser en fonction de mes « compétences » ne me surprend pas. Ce n'est pas nouveau, elle ne s'en est jamais caché.

— Où voulez-vous en venir ?

— Aujourd'hui, je ne suis plus sûre que tuer t'indiffère.

Un rire m'échappe. D'un ton moqueur, je lui rétorque :

— Pourquoi ? Vous n'êtes pas en train d'insinuer que le pouvoir de l'amour m'a fait changer ?

— Non. Toutefois, avant même l'arrivée d'Harmony dans ta vie, tu possédais déjà inconsciemment une envie de changer. Ta coopération au démembrement de ton propre cartel en est la preuve. Elle n'a fait qu'arroser une graine qui était déjà plantée.

Elle m'observe. Je reste muet. Sa voix est aussi froide qu'à son habitude, mais ses paroles sont loin de me laisser indifférent. Je me rends compte qu'elle m'a toujours cerné.

— Et donc ?

— Es-tu sûr de vouloir tuer Rivera ? m'interroge-t-elle.

Ce dont je suis certain, c'est qu'il mérite de mourir et je ne lèverai pas le petit doigt pour empêcher sa mort. Cependant, est-ce que je veux le faire moi-même ?

Pour elle, j'arrêterais de tuer.

Ma poitrine se serre. Tous ces sentiments que je ressens me rendent dingue. C'est si difficile à gérer. C'est si compliqué. Tout était plus simple avant.

Ce sentiment de contradiction me déchire de l'intérieur, mes valeurs s'entrechoquent et mes pensées se mélangent.

Non, je ne veux pas éliminer Rivera. Je ne veux plus tacher mes mains de sang sans raison. Toutefois, peut-être que si je l'exécute Harmony me détestera, et tout redeviendra comme avant.

Je ne veux pas qu'elle me déteste.

Je me pince les lèvres Tout le chagrin que je contiens depuis des jours se déverse en moi comme un torrent privé de son barrage.

Une boule se forme dans ma gorge et une sensation de brûlure remonte le long de mon nez. Je sens que mes yeux se mettent à piquer, laissant s'échapper des larmes incontrôlables.

Par fierté, je me frotte le visage pour les faire disparaître et ravale cette douleur horrible qui m'oppresse les voies respiratoires.

La directrice ne dit rien. Elle arbore toujours cette posture droite et cette apparence sévère, mais s'abstient de tout commentaire.

— Je vais le faire. Mais je voudrais que tu m'accompagnes, finit-elle par lancer. Cette histoire doit rester confidentielle.

— D'accord.

Elle s'avance et sort une arme d'un tiroir verrouillé à l'aide d'une clé, puis accroche le pistolet à sa ceinture.

— N'oublie pas, ce type est un manipulateur de première. Ne dis rien.

Je me demande bien pourquoi elle veut que je l'accompagne si je ne lui suis d'aucune utilité. Elle requiert sans doute ma présence par précaution, et, même si je n'aurais jamais cru que ce soit possible, elle ne veut peut-être pas être seule.

Elle se dirige ensuite vers la sortie et je lui emboîte le pas. Nous traversons l'agence et franchissons l'entrée du sous-sol surveillée par des vigiles. Nous passons devant la cellule du caporal, assis sur un banc métallique.

— Qu'allez-vous faire de lui ?

— Moi, rien. Il sera jugé. En tant que militaire, il devra répondre de ses actes devant un tribunal particulier. Je te passe les détails, mais c'en est fini de lui.

Les prunelles du soldat rencontrent les miennes tandis que nous avançons et, sans surprise, il me toise avec mépris. Je jubile de sa situation : lui qui me dénigrait pour mon statut d'ancien criminel, voilà qu'il en est devenu un.

Nous rejoignons la prison de Rivera. Il est vêtu d'une camisole de force. Lorsque nous pénétrons dans la pièce, il lève lentement les yeux vers nous, un sourire cruel sur les lèvres.

— Tiens, vous venez m'annoncer ma sentence ? s'amuse-t-il.

— En effet, réplique la patronne, pas le moins du monde intimidée par son attitude.

Quant à moi, je me contente de l'observer avec colère.

— Alors ? Ne faites pas durer le suspense.

Son arrogance me donne envie de lui en coller une.

— Tu sais très bien ce qui t'attend, déclare la directrice avec calme.

Il tourne ses yeux vers moi.

— L'ombre va me torturer avant de me mettre à mort ? C'est drôle, tu as quitté une fonction de bourreau pour une autre. Même si tu as changé de camp, tu restes le même.

Je crispe la mâchoire. En me rappelant cette vérité que je sais déjà, il veut me provoquer. Et ça marche.

— Ce n'est pas lui qui va le faire, annonce une nouvelle voix.

Ma patronne et moi nous retournons et découvrons Harmony sur le seuil de la cellule. L'un des vigiles arrive derrière elle en courant.

— Désolé, cheffe. Elle a réussi à m'avoir, s'excuse-t-il.

Ça ne m'étonne pas. Elle est très maligne, voire rouée quand elle le veut. Mais qu'est-ce qu'elle fout là ?

— Harmony, que fais-tu ici ? questionne la directrice.

— Je m'apprêtais à toquer au bureau quand je vous ai entendue parler.

— Et je peux savoir pourquoi tu veux exécuter cet homme ? s'agace la boss.

La belle métisse plante son regard dans le mien, déterminée.

— Il va mourir, alors autant que ce soit de ma main. Peut-être que tu arrêteras de penser que je ne te mérite pas.

Non, mais je rêve ? Elle n'est pas sérieuse ?

— Tu veux te salir les mains pour que je ne te rejette plus ?

— C'est l'idée, oui. Tu refuses de te donner une chance parce que tu es persuadé que ton monde est mauvais pour moi. Alors s'il faut que je le rejoigne moi-même pour que tu arrêtes de chercher des excuses, je le ferai.

Elle se déplace avec agilité et saisit l'arme à la ceinture de la directrice. Malheureusement elle a bien retenu les différentes séances d'entraînement qu'elle a suivies.

Elle braque ensuite le flingue sur Rivera comme je le lui avais appris. Même si son manque cruel d'expérience est visible, sa cible est proche d'elle et immobile, ce qui lui donne un gros avantage

— C'est ridicule, trésor, lâche ça !

Je tente de lui prendre l'arme des mains, mais elle fait un pas sur le côté.

— Ne bouge pas, sinon je tire ! menace-t-elle, l'index sur la détente.

Rivera se met à rire sans retenue.

— Eh bien, quel spectacle vous m'offrez !

— Toi, ta gueule !

Ma remarque ne l'empêche pas de s'esclaffer.

— Bien. Si tu veux le faire, dépêche-toi, réplique la patronne.

Je lui lance un regard désapprobateur. Elle ne va quand même pas l'autoriser à faire ça !

Elle répond à mon coup d'œil en me toisant d'un air sévère. *C'est ta faute si on en est arrivés là*, semble-t-elle me reprocher silencieusement.

Je serre les poings. C'est bon, ça suffit, tout cela devient absurde.

D'un geste vif, j'attrape le poignet de la psy et lève son bras vers le haut. Elle met sa menace à exécution et un coup de feu se fait entendre. Heureusement, la balle n'atteint pas le mafieux grâce à mon intervention. Harmony est secouée par le bruit de la détonation, ce qui me permet de la désarmer facilement.

— Sors-la d'ici, ordonne la cheffe au vigile, resté en retrait.

Il opine du chef et saisit Harmony à la taille pour la soulever du sol. Celle-ci se débat, en vain. Nous entendons ses protestations résonner dans la prison jusqu'à ce que la porte se referme sur elle.

— Sérieusement, va lui parler et arrête de faire le con, grogne-t-elle. Tes histoires ont des répercussions sur notre travail.

Elle reprend le flingue que je lui tends.

— Alors, c'est ça Undershade, des tragédies romantiques ? commente le captif.

La directrice pointe l'arme dans sa direction et tire. La seconde d'après, la tête de Rivera retombe mollement entre ses épaules.

Il est mort.

— Il commençait à me taper sur le système, siffle-t-elle. Bien, occupe-toi de ramener son corps à la morgue. Les fédéraux viendront chercher la dépouille dans la semaine. Et règle ton problème avec la psy.

Sur ce, elle s'en va. Je me retrouve donc seul avec le cadavre de cette ordure.

— Pfff.

La cheffe a vite retrouvé le nord. J'ai presque cru qu'elle pouvait faire preuve de sensibilité, tout à l'heure.

Je m'exécute en bougonnant.

Après avoir attendu que la cantine se vide pour aller chercher un truc à manger, je regagne enfin ma chambre. Je n'avais vraiment pas envie de croiser du monde.

Après une douche bien méritée, je m'allonge sur mon lit. Je lève les mains et détaille mes poignets encore légèrement abimés. Je suis allé faire retirer les fils ce matin au cabinet du médecin de l'agence. Mes plaies ont quand même bien cicatrisé. Il faut dire que ce n'étaient pas des entailles très importantes. Je laisse retomber mes bras le long de mon corps et cogite pendant des heures. La même personne envahit mes pensées, comme chaque soir depuis des jours.

Au milieu de la nuit, je décide de me lever, la gorge sèche. D'un geste brusque, je dévisse le bouchon de ma bouteille pour boire. Une fois ma soif étanchée, je la repose sans douceur, si bien qu'un anneau tinte sur le meuble.

Je saisis l'alliance et la fixe de longues secondes. Le sourire d'Harmony s'imprime dans mon esprit. Une douce chaleur se diffuse dans ma poitrine avant de se transformer en une atroce douleur.

Va lui parler et arrête de faire le con. Les paroles de la patronne résonnent dans ma tête depuis des heures.

Très, bien, allons régler ça.

Je passe le bijou à mon doigt et pars frapper à la porte de sa chambre. Étonné de n'obtenir aucune réponse, j'entrouvre le battant. La pièce est vide.

Bordel, il faut qu'elle apprenne à fermer à clé !

Je jette ensuite un regard dans le couloir. Où peut-elle bien être à une heure pareille ?

Et une réponse me vient à l'esprit.

Chapitre 41

Harmony

Les coudes posés sur l'appui de fenêtre, je contemple le paysage nocturne. Pour avoir une meilleure vue, j'ai ouvert la vitre circulaire. L'air est frais, mais agréable.

C'est la troisième nuit consécutive où je me rends dans cette pièce abandonnée de la tour. J'ai l'impression que la nostalgie me submerge plus facilement ici mais, sans vraiment savoir pourquoi, je m'y sens bien.

C'est Aedan qui m'a fait découvrir cet endroit, il y a plusieurs mois maintenant. Tellement de choses se sont passées depuis. Jamais je n'aurais cru que les événements prendraient une telle tournure.

Je lance un coup d'œil à la penderie. Je me remémore ce moment où nous y étions enfermés tous les deux. Je me souviens du désir qu'engendrait sa proximité, de la chaleur de ses doigts qui s'étaient glissés sous mon haut et de son souffle rauque contre mon oreille. J'avais eu tellement honte des pensées qui m'étaient venues à l'esprit, ce jour-là. Dès le début, le mufle m'avait attirée...

Le couple dont nous avions écouté les ébats à notre corps défendant n'est pas revenu depuis que je viens ici. Tant mieux, ça m'évite de devoir me planquer une nouvelle fois dans cette armoire.

Je repose mon regard sur le panorama, puis sur mes mains. La sensation de l'arme à feu imprègne ma chair.

J'ignore ce qui m'a pris tout à l'heure. J'ai été stupide. Quand j'ai entendu la directrice et Aedan discuter du sort de Rivera, j'ai vrillé.

La directrice a réussi à faire avouer à l'ancien mafieux qu'il ne voulait pas mettre à mort le criminel. Le fait qu'il ne soit plus aussi sûr de vouloir tuer m'a poussée à croire que sa perception du meurtre avait évolué. Je ne peux pas nier que son changement de point de vue sur le sujet m'a touchée tout particulièrement.

Puis, un élan de tristesse et de colère m'a traversée. J'ai eu la mauvaise idée de vouloir me charger de l'élimination de Rivera. Ainsi, l'Irlandais n'aurait plus d'excuses pour me tenir à distance. J'étais énervée - et je le suis toujours - à l'idée qu'il veuille décider de ce qui est le plus souhaitable pour moi à ma place.

J'étais déterminée à tuer Rivera, mais je suis soulagée qu'Aedan m'en ait empêchée. Avec le recul, je ne me le serais jamais pardonné.

À l'heure qu'il est, Rivera doit être mort. J'espère que c'est bien la directrice qui lui a porté le coup fatal et non pas le mufle.

Misère, Harmony, tu déraille s.

Je soupire face à ce constat affligeant. Où est passée la psy qui maîtrisait parfaitement ses émotions et son comportement ? Elle a disparu depuis que j'ai signé ce contrat, depuis que j'ai rencontré Shadow. Comme quoi, il y a des sentiments contre lesquels on ne peut pas lutter.

Soudain, j'entends des bruits de pas. Mon rythme cardiaque s'accélère et je pars me réfugier dans la penderie.

Mince ! Il fallait vraiment que quelqu'un se pointe aujourd'hui ?

Les pas s'approchent du meuble et la porte s'ouvre dans un grincement. Je ferme les yeux et me pince les lèvres.

— Trésor, c'est moi.

Cette voix, ce surnom.

J'ouvre un œil, puis l'autre. Une large silhouette avec une chevelure rousse m'apparaît. L'homme que j'aime me détaille, amusé.

— Sors. À moins que tu veuilles terminer ce que nous avons commencé l'autre fois.

Je rêve, il m'a ignorée pendant des jours... et voilà qu'il fait de l'humour ?

Je sors de l'armoire, piquée.

— C'est tout ce que tu trouves à me dire ?

Il perd son expression joueuse pour retrouver un air agacé.

— Bien, je vois que tu n'es pas d'humeur à plaisanter. Je suis venu te parler.

— Je t'écoute.

Les traits de son visage se crispent et il détourne les yeux, ce qui me prouve que cela lui coûte d'être ici et de faire le premier pas.

— Je ne sais pas comment exprimer ce que je ressens. Même moi, j'ai dû mal à y voir clair, commence-t-il en marmonnant.

— Ce n'est pas grave. Tu sais bien que tu peux t'exprimer librement avec moi.

Il garde le silence un long moment. Je ne dis rien et patiente.

— Je t'aime vraiment, comme je n'ai jamais aimé avant. Je t'aime tellement que j'ai commencé à me projeter et...

Il marque une pause.

— Et à chaque fois, la même constatation s'est imposée à moi. Je n'avais aucun avenir à t'offrir. Tu m'as fait part de ton souhait de t'établir quelque part et d'avoir ton chez-toi. Je n'ai pas pu m'empêcher d'imaginer ce qu'il allait advenir de nous, dans cinq ans, à la fin de ton contrat. Jamais je n'aurais pu te suivre hors d'ici, je suis coincé là, et je ne voulais surtout pas que tu restes pour moi, que tu sacrifies tes rêves. D'un autre côté, je savais que si je ne t'excluais pas de ma vie maintenant, je serais incapable de le faire plus tard.

Il n'a pas osé croiser mon regard une seule fois. Sa voix tremble d'émotion, si bien que j'en suis secouée.

— Aedan…

Il pose enfin les yeux sur moi et vient caresser ma joue.

— Je te demande pardon, pour une fois dans ma vie je voulais faire le bon choix.

Il ne pleure pas, mais la lueur qui brille dans ses prunelles me serre la gorge. Une larme solitaire trace un sillon humide sur ma pommette.

— Tu en as déjà fait. Tu as dénoncé ton cartel, tu as accepté de laisser entrer ton frère dans ta vie et tu as refusé de tuer Rivera.

Un sourire fend ses lèvres.

— La psy, toujours là pour souligner les bons côtés.

Je lui rends son sourire malgré l'émotion qui m'envahit.

— Ne te projette pas de cette façon. Je ne sais pas ce que je ferai dans cinq ans, ni ce que je voudrai à ce moment-là. Essayons de vivre dans le présent et d'affronter les obstacles un à un.

Sa main quitte ma joue et ses phalanges glissent sur mon cou. Elles viennent rencontrer la chaîne qui entoure celui-ci. Curieux, il la soulève et dégage l'anneau qui s'était logé sous mon haut.

— L'alliance, murmure-t-il.

À la suite de notre dernière confrontation, il y a trois jours, j'ai détesté ce bijou. Mais dès le lendemain, je l'ai sorti de son tiroir pour le porter, incapable de me séparer complètement d'Aedan.

Il relève ensuite les yeux pour croiser les miens.

— Tu me pardonnes ?

— Bien sûr.

Nous ne brisons pas notre contact visuel tandis qu'il effleure mes lèvres de son pouce. Le silence nous enveloppe et la tension monte entre nous. Je sens mon cœur se gonfler d'amour.

Comment pourrais-je lui en vouloir ? Je suis devenue folle de lui.

Il fond ensuite sur ma bouche. Je réponds à son baiser passionné et m'agrippe à son T-shirt. Il enlace ma taille et serre mon corps contre le sien. En un instant, le chagrin s'envole et des fourmillements agréables naissent dans mon ventre.

Tandis que nous approfondissons notre étreinte, ses mains deviennent plus baladeuses, ce qui me fait sourire.

Je le repousse doucement.

— Je crois qu'on va bel et bien finir ce qu'on n'a jamais pu terminer l'autre jour, dit-il avec une expression prédatrice.

— Pas ici.

Je pars fermer la fenêtre pendant qu'il me lorgne avec incompréhension.

— Je regagne ma chambre. Je t'y attendrai nue, alors ne traîne pas.

Et comme une voleuse je pars en courant.

Il ne me suit pas tout de suite, curieux de participer à mon petit jeu. Je rejoins donc mon antre et ôte tous mes vêtements sans exception, ainsi que mon collier.

Je m'installe ensuite dans le lit et prends une position sensuelle. Je m'allonge sur le côté, m'appuie sur le coude et maintiens ma tête à l'aide de ma main. Dans la pièce d'à côté, j'entends du mouvement, preuve qu'il s'est rendu dans sa chambre. Une trentaine de secondes plus tard, ma porte s'ouvre à la volée avant de se refermer aussitôt. Lorsqu'il m'aperçoit, Aedan s'immobilise. Il avance ensuite lentement jusqu'au milieu de la pièce pour avoir un meilleur angle de vue.

— Ton portrait mériterait sa place dans une galerie d'art, chuchote-t-il, ébahi.

La manière qu'il a de m'admirer m'émeut à chaque fois.

Il s'approche et caresse mon flanc. Je me redresse pour commencer les hostilités, mais il m'arrête.

— S'il te plaît, laisse-moi d'abord te toucher.

Je reprends donc ma position initiale. Du bout de ses doigts, il frôle mon corps avec précaution, comme s'il touchait une œuvre de grande valeur qu'il ne faut pas abîmer.

Il enlève ses chaussures avec l'aide de ses pieds et me rejoint sur le matelas. Il saisit l'un de mes bras et commence à embrasser chacune de mes taches de vitiligo. Il m'invite ensuite à m'étendre sur le dos pour poursuivre ses caresses.

Quand sa bouche embrasse mon buste, un soupir m'échappe, et le plaisir s'accroît quand il arrive au niveau de mes cuisses. À chaque fois que ses lèvres goûtent ma peau, une vague de désir m'électrise.

Il revient ensuite me surplomber et dégage une mèche de cheveux qui me barrait la figure. L'amour que ses prunelles dégagent va finir par m'achever.

— Tu es si belle...

— S'il te plaît, fais-moi planer.

Ma demande lui arrache un rictus amusé. Il sort un préservatif de sa poche et se dévêt entièrement. C'est donc cela qu'il est allé chercher dans sa chambre ?

— Mais pas trop vite, je veux profiter, me répond-il.

Il vient m'embrasser et se laisse tomber sur le flanc, m'obligeant à m'allonger dans la même position face à lui. Mes mains viennent se poser sur son torse tandis que l'une des siennes presse ma hanche accessible. Sa jambe vient se glisser entre les miennes et sa cuisse entame des va-et-vient contre mon intimité.

Il continue son petit manège un long moment, si bien que la tension qu'il crée dans le bas de mon ventre devient insoutenable.

Je romps notre baiser et murmure :

— Aedan... s'il te plaît...

— J'aime tellement t'entendre prononcer mon nom de cette façon, lance-t-il en humectant ma chevelure.

N'y tenant plus, je le pousse pour qu'il tombe sur le dos et m'assieds sur lui. Depuis sa position, il lèche ma silhouette du regard.

— Bordel, et dire que j'ai failli me priver de cette vue, lâche-t-il.

Je pose mes mains sur ses pectoraux et me penche vers lui.

— Sale mufle.

— Dit-elle alors qu'elle veut ma b...

Je lui plaque une main sur la bouche.

— Tais-toi.

Mes yeux se posent sur le préservatif abandonné sur le bord du matelas. Je le saisis et le déballe devant lui de manière très suggestive. Il se mord la lèvre inférieure et je vois la patience déserter ses traits.

Je le lui enfile bien lentement pour me venger. Il me laisse faire sans broncher. Je glisse ensuite son intimité en moi et je sens ses muscles se contracter. Une main toujours posée sur son torse, j'entame des ondulations du bassin. Ma respiration devient bruyante et plus profonde, il presse mes hanches pour amplifier mes mouvements. Des grognements de bien-être lui échappent, ce qui m'arrache un sourire satisfait. La température monte et le plaisir se traduit de plus en plus facilement dans nos gestes. La boule de désir gonfle au creux de mes reins et, quand elle s'apprête à exploser, Aedan me retourne sur le dos pour me surplomber. Avec la vivacité de son mouvement, nos corps se sont légèrement éloignés, mais il s'empresse de rompre cette distance entre nous. Sa présence en moi me refait sombrer dans l'ivresse. Il glisse ses mains dans les miennes, embrasse mon cou, ma joue et tous les endroits qui lui sont accessibles. Fiévreuse, j'enroule mes jambes autour de ses hanches. Quant à lui, les traits tirés par la jouissance, il accentue ses poussées.

— Aedan...

Je finis par relâcher toute la tension accumulée tandis que l'extase déferle en moi. Le mufle enfouit son visage dans le creux de mon épaule avant de se délivrer à son tour.

Le souffle court, il se redresse sans délacer nos doigts. Nous nous détaillons avec amour avant qu'il ne vienne embrasser mon front.

— Je ne commettrai plus jamais la même erreur. Je suis à toi pour toujours, me promet-il.

Chapitre 42

Aedan

Ma main glissée dans celle d'Harmony, nous foulons le sol des rues de Dublin. Un mois vient de s'écouler depuis notre réconciliation et nous avons repris un style de vie normal. Elle poursuit ses consultations à la fourmilière et mène quelques interrogatoires de petites racailles pour nous aider à choper du gros poisson. Quant à moi, j'enchaîne les missions comme au bon vieux temps.

La directrice nous a accordé un week-end dans ma ville natale pour que je puisse venir rendre visite à mon frère.

— Pas trop stressé ? me demande mon aimée tandis que nous marchons.

— Je devrais l'être ?

Elle arque un sourcil et me lance un coup d'œil appuyé. Elle *sait* que je suis nerveux et que j'essaye de le dissimuler.

— Bon, OK, peut-être un peu. C'est juste que je ne suis pas doué au niveau relationnel. Je ne suis pas dans mon élément.

— Contente-toi d'agir comme tu l'as fait lors de tes retrouvailles à l'hôpital. Vous êtes bien allés prendre un café, et ça s'est bien passé.

— Ouais, mais je ne sais pas… la situation rendait le truc naturel.

— Arrête de réfléchir, s'amuse-t-elle.

Je tourne légèrement la tête pour la contempler. Ses cheveux bouclés encadrent son visage rond sur lequel est dessiné un large sourire. Son top dévoile son vitiligo et quelques passants la lorgnent plus longtemps que nécessaire en nous croisant. Certains déposent sur elle un œil curieux, fascinés par cette différence inhabituelle, tandis que d'autres semblent la juger avec dégoût. Je tente de garder mon calme pour ne pas l'alerter, je sais que nous focaliser sur le regard des gens la blesserait. Elle voulait d'ailleurs se couvrir d'un blazer malgré la chaleur de cette fin de mois de mai. J'ai tout fait pour la rassurer. Pour une fois qu'il fait beau ici, ce serait dommage qu'elle s'impose de mourir de chaud.

Nous avons eu l'occasion, un soir, de discuter de sa maladie. Les traitements sont relativement nouveaux. Il paraît qu'il existe aujourd'hui différentes techniques de repigmentation comme la photothérapie. Néanmoins, le vitiligo d'Harmony est stable depuis plusieurs années, elle se contente donc d'appliquer une crème et se rend régulièrement chez le dermatologue. Du moins, c'est ce qu'elle faisait avant d'être engagée à l'agence. Avec les derniers événements, sa routine est un peu tombée à l'eau. Il n'y avait pas de crème en quantité suffisante dans ses bagages rapatriés de Londres, et elle a fait l'impasse sur ses rendez-vous chez le spécialiste.

Dès qu'elle m'a parlé de ce problème, je suis allé voir la directrice. Cette dernière a été surprise de ne pas avoir été informée par la psy de ses besoins médicaux. J'avoue ne pas avoir été si étonné, elle entretient un rapport conflictuel avec sa pathologie, même si elle le cache bien. Elle n'a pas osé en parler lors de son embauche et, par la suite, sa maladie est devenue le cadet de ses soucis.

Mais aujourd'hui notre quotidien est plus calme, elle peut donc reprendre son traitement sans problème et, surtout, sans honte. J'y veille tous les jours en lui rappelant à quel point elle est belle.

— Je pense que c'est par là, lance-t-elle.

Elle nous fait bifurquer dans une rue. Nous poursuivons notre chemin pendant quelques centaines de mètres et arrivons devant une bâtisse mitoyenne. La belle métisse lit le nom sur la boîte aux lettres.

Conan O'Neill.

Nous sommes bien arrivés à destination.

Je reste immobile tandis qu'elle s'avance vers l'entrée. Peut-être n'est-il pas encore trop tard pour partir ? Je ne sais pas ce que je dois faire. Je ne sais même pas comment saluer mon frère. Lors de ma visite à l'hôpital, c'était plus facile, le contexte particulier n'exigeait pas de politesses. Ici, c'est différent. C'est une visite familiale classique.

Bref, quelque chose que je n'ai jamais connu.

Harmony se retourne, stoppée par ma carcasse inanimée, et elle tire sur ma main pour me faire avancer.

— Ne t'en fais pas, je suis là pour t'aider à te conformer aux conventions sociales, me taquine-t-elle.

Elle sait qu'en réalité j'ai peur de tout faire foirer, de mal faire les choses. Jouer la comédie lors d'une mission d'infiltration, ça ne me pose aucun problème, mais être sincère et authentique dans une telle situation, c'est nouveau pour moi. Et je ne veux pas me planter.

Je finis par la laisser me traîner devant la porte. Elle frappe contre le battant et mon frère nous ouvre.

— Bonjour, nous lance-t-il plus chaleureusement que je ne l'aurais fait.

Nous rencontrer dans un contexte plus détendu me donne l'impression de le redécouvrir. Il a meilleure mine et l'éclat meurtrier qui brillait dans ses yeux le jour de notre rencontre dans le hangar a disparu.

Il a les cheveux trop courts pour les attacher comme les miens, mais suffisamment longs pour qu'ils bouclent sur son crâne. Ses bras nus dévoilés par un T-shirt bordeaux à manches courtes ne portent aucun tatouage. Je n'avais pas fait attention à tous ces détails, l'autre jour. C'est fou de constater à quel point nous sommes si semblables et si différents à la fois.

— Bonjour ! répond Harmony pour nous deux.

Pour ma part, je suis toujours en train de le fixer.

— Ravi de te rencontrer dans de meilleures circonstances. Aedan m'a parlé de toi, lors de notre dernière rencontre. Tu es la fameuse psy.

Ils posent tous les deux leur regard sur moi. Je me renfrogne, ce qui leur arrache un sourire.

— Entrez, nous propose Conan.

Nous nous exécutons et rejoignons le salon. La pièce est aménagée sobrement. Ni trop chargée, ni trop vide non plus. Si j'avais ma propre maison, je pense que c'est ainsi que je l'aménagerais.

Dans le fond de la pièce, un golden retriever sort de son panier et se précipite vers nous, la queue en mouvement.

— Coucou, toi !

Harmony s'accroupit pour lui gratter la tête.

— Je vous présente Gipsy.

— Elle est adorable, commente la psy.

La bestiole vient ensuite mendier de l'attention auprès de moi. Je l'observe les bras croisés. Je n'ai jamais été gaga devant les animaux, sûrement parce que je n'en ai jamais eu. J'imagine un instant un chien à la mafia. Il aurait fini en charpie, vu les fous qui la composaient.

Le canidé me jette un regard suppliant qui ferait sans doute fondre n'importe quelle personne dont le quotient émotionnel n'aurait pas été perturbé comme le mien.

Je finis par soupirer et me penche à mon tour. Sous mes caresses, l'animal s'agite avec entrain. Je me surprends à sourire, animé par une drôle sensation de bonheur.

Nous nous installons ensuite dans le salon. Harmony et mon frère commencent à discuter et, au bout d'un moment, je me joins à eux. Elle avait raison, c'était inutile de réfléchir autant. La conversation se fait naturellement, comme lors de ce fameux après-midi, autour d'un café.

Parfois, Conan lance une petite remarque sarcastique, ce qui fait rire la psy.

— Je vois que la muflerie est un trait de famille, souligne-t-elle.

C'est vrai, nous avons d'ailleurs le même franc-parler, ce qui a grandement contribué à nous permettre de nous supporter lors de notre première rencontre.

Les échanges se poursuivent sans que nous voyions le temps passer. Toutefois, à certains moments, je me sens étranger à la situation. Moi, assis sur un canapé dans une maison de Dublin, un chien à mes pieds, une compagne à mes côtés et un frère à qui je rends visite. Ce n'est pas ma vie.

Mais ça peut le devenir.

Je chasse cette brise d'espoir de ma conscience. Non, ça ne pourra jamais l'être. Jamais je ne pourrai quitter Undershade sans devoir passer devant la justice. Je devrai donc me contenter de ces quelques moments que la directrice m'accordera.

C'est déjà mieux que ce que j'avais avant, puisque ne n'avais rien.

J'ai décroché un instant de la discussion et je suis étonné de voir Conan revenir avec un album photo. Une image jaillit alors des abysses de ma mémoire.

Je connais cet album.

Il le tend à Harmony et je me rapproche d'elle sur le divan pour le zieuter à ses côtés. Une photo de moi enfant dans les bras de ma mère apparaît sur la première page.

— Ouah ! Tu étais adorable ! déclare-t-elle.

— *Étais* ? Je ne le suis plus ?

Elle lève les yeux au ciel avec un sourire en coin. Elle continue de feuilleter l'album et les souvenirs affluent dans mon esprit. De la tristesse mélangée à de la culpabilité vient me tordre les entrailles.

Lorsque mon frère montre d'autres clichés de sa vie, après l'accident et mon départ, je me lève. C'en est trop pour moi. Je me sens minable et indigne d'être ici. La marque de la criminalité ne m'a jamais autant brûlé le front qu'à cet instant.

— Tout va bien ? s'inquiète la femme que j'aime.

Je leur tourne le dos sans répondre. Je suis tiraillé entre l'envie de me tirer d'ici et de m'arracher le cœur.

Tout cela est si douloureux. Je prends pleinement conscience de mes erreurs, des choix catastrophiques que j'ai faits, du monstre que je suis devenu et de cette vie que j'ai gâchée.

— Bon, laissons le passé là où il est, reprend-elle.

Je l'entends déposer l'album sur la table. Elle a dû comprendre que c'était trop difficile à digérer pour moi.

Conan se redresse à son tour et me rejoint. Il pose la main sur mon épaule.

— On peut aller les voir si tu veux… si ça peut t'aider.

Il ne me faut qu'une fraction de seconde pour saisir de quoi il parle.

Nos parents, ou plus précisément leur tombe.

— Je pense qu'ils n'ont pas envie de me voir, peu importe où ils se trouvent dans l'au-delà.

— Tu te trompes.

Je me tourne vers lui.

— Comment tu peux le savoir ? Tu ne les connaissais même pas, tu étais trop jeune.

Mon commentaire le blesse. Je n'ai pas besoin d'être aussi observateur qu'Harmony pour le constater.

Ses traits se durcissent et il crispe la mâchoire.

— Je te donne une chance de te racheter en dépit de toutes les horreurs que tu as commises. Le minimum serait de ne pas me prendre de haut, crache-t-il.

La psy se lève pour nous rejoindre, craignant que les choses dérapent.

— Les gars, c'est bon. C'est un sujet qui vous touche tous les deux. Aedan, peut-être devrais-tu accepter la proposition de Conan, si tu es prêt pour ça.

Ne gâche pas tout, mets ta fierté de côté, me souffle une voix intérieure.

Mes épaules s'affaissent. Je bougonne :

— Ouais, pardon.

— Je ne te force à rien, m'assure mon frère.

Secoué par un trop-plein d'émotions, je sens l'agressivité m'envahir.

— Ouais, ça va, allons-y.

Je me dirige vers la porte et franchis le seuil. Ils ne me suivent pas, je suis persuadée qu'Harmony demande à mon frangin de m'excuser.

J'essaye de faire des efforts, mais il ne faut pas m'en demander trop. Je ne peux pas devenir une autre personne du jour au lendemain.

Ils finissent par me retrouver à l'extérieur et nous montons dans la voiture de Conan, direction le cimetière.

Nous sortons du véhicule en silence. Je sens que j'ai plombé l'ambiance.

— Je vous attends ici, nous informe ma belle en s'appuyant contre le capot de la bagnole.

Je fronce les sourcils. Elle répond à ma question silencieuse :

— Ce moment vous appartient.

Mon frère opine du chef et je le suis dans les allées du cimetière. Aucun de nous ne dit quoi que ce soit. Nous nous sommes tous les deux enfermés dans notre bulle. Je me sens coupable d'avoir gâché ces retrouvailles alors que tout se passait si bien.

Il s'arrête devant une large pierre tombale en marbre noir parfaitement entretenue. Je n'ai qu'à lire les inscriptions pour comprendre que nous sommes arrivés à destination.

L'état impeccable des tombes suscite ma curiosité. Spontanément, je questionne mon frère :

— Tu viens souvent ?

— Une fois par mois. Avec mon nouveau poste de flic, le rythme est parfois compliqué à tenir. Néanmoins, j'essaye de respecter ce rendez-vous mensuel.

Heureusement qu'il est là. Nous avons perdu nos grands-parents très jeunes, Conan n'était même pas né lors du décès de certains d'entre eux. Notre mère avait une sœur, mais elle était partie vivre à l'étranger, nous ne l'avons jamais connue. Sans mon petit frère, leurs tombes seraient à l'abandon.

— Merci.

Ahuri, il pose les yeux sur moi tandis que je fixe le marbre gravé.

— De quoi ?

— De t'être occupé d'eux.

Il garde le silence. Cette forme de réponse me suffit. Il ne me blâme pas, mais ne cherche pas à nier la gravité de mes choix de vie par un « ce n'est rien ».

— J'y crois moi, tu sais, finit-il par déclarer.

— Tu crois à quoi ?

— À la création d'un lien entre nous. Je ne me fais pas d'illusions, je sais que nous n'aurons jamais une relation fraternelle comme les autres. Trop de ressentiment nous habite, et le passé ne pourra jamais être effacé. Mais je veux croire que quelque chose est possible entre nous malgré tout.

Son aveu me touche, bien que j'aie déjà deviné son besoin de me retrouver lors de notre précédente rencontre. Je l'ai compris quand nous nous sommes vus à l'hôpital.

— Tu as espéré toute ta vie me revoir, n'est-ce pas ?

— Oui, c'était mon secret inavouable, surtout quand j'ai appris que tu étais devenu un mafieux. Gamin, j'imaginais la vie que tu pouvais avoir. La désillusion a été grande. Mais je n'ai jamais cessé de vouloir croiser ton chemin. C'est ridicule, je sais, dit-il en riant nerveusement.

— Ça ne l'est pas. Tu n'avais aucun souvenir de notre famille. C'est normal d'avoir espéré ça.

— Et toi ?

Je me mords l'intérieur de la joue. Comment lui dire la vérité ?

— Non, je n'ai jamais souhaité te revoir, parce que je savais que j'étais devenu quelqu'un d'infréquentable. Toutefois, il m'est arrivé de penser à toi. Lorsque je me suis renseigné et que j'ai découvert que tu avais une vie sans problèmes, j'ai décidé de t'oublier, comme tout le reste. C'était plus facile pour moi de devenir un vrai connard sans sentiment.

Il m'observe sans que je ne puisse interpréter le sens de son regard. Impossible de déterminer à quoi il pense. Mes paroles sont dures à entendre, mais elles correspondent à la vérité.

— Je vois, lâche-t-il.

Nous retombons dans le mutisme et reportons notre attention sur la tombe de nos géniteurs.

— Je suis parfois indifférent, j'ai des valeurs en dehors de la norme et une vision des choses qui n'est pas toujours très convenable. Mais je ferai de mon mieux pour saisir la chance que tu m'offres.

— Ça me va, répond-il en souriant.

Nous restons encore quelques minutes auprès de nos défunts parents, avant de rejoindre mon aimée qui nous attend à côté de la voiture. J'enlace ses épaules et embrasse sa tempe. Un sentiment de joie m'envahit et une envie indescriptible de m'améliorer me transperce.

Je me promets intérieurement de profiter de cette deuxième chance qui m'est accordée. Après les ombres arrive l'aube.

ÉPILOGUE

Harmony
Six ans plus tard

Assise sur l'une des chaises de la pièce aux murs impersonnels, j'attends le retour d'Aedan. Cela fait un an que nous ne nous sommes pas vus et j'ai hâte de le retrouver. L'attente devient insoutenable.

L'année dernière, mon contrat me liant à Undershade a pris fin. J'ai passé cinq années très riches au sein de l'agence. Lors de ma troisième année, j'ai même repris le travail sur le terrain et j'en ai été la première surprise. Ma relation avec le mufle s'est renforcée et nous sommes devenus un vrai binôme, même si nous nous sommes engueulés à l'occasion.

Mon expérience là-bas a été incroyable et je ne regrette rien, malgré des débuts difficiles. Aujourd'hui, mes démêlés avec la secte me paraissent lointains. Les habitants du quartier résidentiel où ils sévissaient ont tous été inculpés, avec un degré d'implication différent certes, mais ils ont tous été reconnus coupables d'une façon ou d'une autre. Quant à Rivera, cela fait longtemps qu'il a quitté mes pensées.

Les années m'ont permis de prendre du recul et mes envies se sont précisées. J'ai compris que j'étais prête à trouver un chez-moi, bien que je considère la plupart de mes collègues comme ma famille. J'ai donc décidé de ne pas renouveler mon contrat.

La directrice a accepté, elle m'a cependant fait signer un contrat de confidentialité. Je ne pourrai jamais mentionner ce que je sais d'Undershade, et un faux passé professionnel m'a été créé pour combler ces cinq années de vide dans mon CV officiel.

Néanmoins, je n'ai pas fait ce choix sans en parler avec Aedan. Nous avons réfléchi aux différentes possibilités qui s'offraient à nous, et il a pris une décision importante : celle de quitter lui aussi l'agence.

Une telle résolution impliquait des conséquences non négligeables, puisque cela signifiait qu'Aedan devait passer devant la justice.

Il a donc été jugé par les autorités irlandaises pour ses actes passés. Sans surprise, il a été condamné à la prison. Toutefois, au vu des services rendus à la communauté grâce à son travail d'espion, il n'a écopé que d'un an d'emprisonnement ferme. Au bout de ce délai, la justice a accepté de revoir sa situation pour décider s'il pourrait bénéficier d'une simple surveillance électronique ou s'il devrait continuer à purger une peine privative de liberté.

Compte tenu de sa conduite exemplaire, le tribunal a jugé qu'une surveillance électronique suffisait. Aedan devra garder un bracelet électronique pendant une dizaine d'années, et accepter certaines restrictions, telles que l'assignation à domicile. Mais il pourra vivre à mes côtés.

Malgré ma joie de le retrouver, je ne peux empêcher la nervosité de m'envahir. Cela fait une année entière que je ne l'ai pas vu. Je prie pour qu'il soit resté le même. La prison peut transformer un homme. D'autant plus qu'il n'a eu droit à aucune visite durant son enfermement. La directrice a essayé de négocier, mais même elle n'a pas obtenu le droit d'entretenir le moindre contact avec lui. Pendant un an, il a été complètement coupé du monde.

J'admire sa décision qui n'a pas dû être facile. J'espère que sa volonté n'aura pas volé en éclats, car sa réinsertion s'annonce difficile. Mais je me suis promis de l'aider et de le soutenir jusqu'au bout.

Soudain, le bruit de la lourde porte métallique me tire de mes pensées. Mon rythme cardiaque s'accélère et, quand j'aperçois enfin l'homme que j'aime, un sourire naît sur mes lèvres.

Un gardien l'accompagne et nous lance :

— Un policier vous attend à l'extérieur de la pièce. Il vous expliquera tout.

Il pointe l'autre battant de l'antichambre, celui par lequel je suis entrée.

Et ce flic n'est autre que Conan. Les deux frères ont réussi à conserver de bonnes relations, et le cadet a également décidé de soutenir son aîné dans sa résolution.

Le gardien ferme ensuite la porte et le silence retombe. Je détaille l'ancien criminel. Il n'est physiquement pas différent de ce qu'il était, à l'exception d'une barbe de quelques jours qui orne ses joues. Ses cheveux mi-longs sont toujours attachés en une demi-queue, et il n'a rien perdu de sa musculature. Cependant, je lis dans ses prunelles la dureté des conditions de vie qu'il a dû affronter.

— Trésor, murmure-t-il.

Je m'approche de lui et pose mon front contre son torse. Son odeur est différente, mais le sentiment de sécurité que sa proximité me procure, lui, est indemne.

Il embrasse le sommet de mon crâne avant de me faire reculer de quelques pas en me poussant par les épaules. Il baisse les yeux sur mon buste, ou plutôt sur le bébé qui somnole contre moi dans une écharpe de portage.

C'est la présence de ce petit être qui m'a empêchée de lui sauter dans les bras.

Il fixe l'enfant de longues secondes avant de revenir chercher le contact avec mes yeux.

— Tu as refait ta vie... ? me questionne-t-il avec tristesse.

Je fronce les sourcils, ahurie. Je comprends ensuite le malentendu.

— Quoi ? Non !

Je souris et reprends :

— C'est ton fils.

— Mon... quoi ?

Il reporte son attention sur le bambin dont le crâne est orné d'un fin duvet roux.

— Il vient d'avoir douze semaines.
— Je… Je ne comprends pas.
Il a l'air perdu.
— Calcule. Il est né il y a trois mois. Retire neuf mois, et tu tombes sur…
— Un an, me coupe-t-il, toujours déboussolé. Ça veut dire que…
Je hoche la tête. Notre dernière nuit ensemble a été riche en émotion. Nous savions que nous n'allions plus nous voir pendant une année entière. Nous protéger a été notre dernière préoccupation à ce moment.
Quand j'ai appris que j'étais enceinte, quelques semaines plus tard, j'étais vraiment heureuse. Mon seul regret était de savoir que je ne pouvais pas lui annoncer ma grossesse. C'est en partie pour cette raison que la directrice s'est battue, en vain, pour avoir un contact avec lui. Je n'avais aucun moyen de lui apprendre la nouvelle.
Il recule d'un pas, bouleversé.
— Non, je… je ne peux pas être papa.
Mon sourire s'envole. J'ai imaginé des centaines de scénarios pour ces retrouvailles, et aucun ne correspondait à un refus de paternité de sa part.
— Je ne pourrai jamais être un exemple pour lui.
Il baisse les yeux sur sa cheville. On lui a déjà placé son bracelet, bien qu'il ne soit pas encore correctement configuré.
Un élan de compassion me traverse.
— Si, tu peux l'être. Je sais ce que tu penses de ton passé. Mais on lui expliquera quand il sera en âge de comprendre. Le plus important, c'est d'éviter les secrets.
Je pose ma main sur la petite tête du bébé et poursuis :
— Ce qui comptera pour lui, c'est celui que tu es dans le présent, pas celui que tu étais autrefois.
Il déglutit et se rapproche enfin. Il pose le doigt sur la joue de l'enfant qui ouvre grand ses petits yeux.
— Tu veux le prendre ?

— Je n'ai jamais pris un bébé dans mes bras, à part mon petit frère quand j'étais gosse.

— Cela n'a rien de compliqué, tu vas voir.

Je sors délicatement notre fils de l'écharpe. Il gémit, mécontent de quitter son cocon. J'invite ensuite Aedan à le prendre. Il hésite, mais finit par s'exécuter.

Son expression s'illumine d'une lueur qui me touche en plein cœur. Il a l'air ébranlé et heureux à la fois.

Le bambin gesticule, ce qui ne facilite pas la tâche de son père. Il finit par trouver une position qui leur convient à tous les deux. Le bébé lève ses minuscules mains et Aedan lui donne son index.

— Je suis désolé, j'étais absent aussi bien pour la grossesse que pour l'accouchement.

— Ce n'est pas ta faute. Tu as choisi d'assumer les conséquences de tes actes. Personne ne te blâmera.

— Comment l'as-tu appelé ?

— Lohan Davison. Je lui ai donné mon nom de famille, car il fallait déclarer sa naissance à l'état civil, mais si tu veux changer…

— Non, c'est très bien, m'assure-t-il. Il vaut mieux pour lui qu'il soit lié à sa mère. Ça lui portera moins préjudice dans la vie.

Je souris avec tendresse. Comment peut-il s'inquiéter de mal tenir son rôle de père, alors qu'il pense déjà à l'avenir de son fils ?

— D'ailleurs, il faudra aussi que je change de nom pour faire profil bas, ajoute-t-il sans quitter notre garçon des yeux.

— C'est en cours, lance un nouvel arrivant.

Conan se tient sur le seuil de l'autre porte. Son aîné pose sur lui un regard étonné.

— J'ai déjà fait la demande, précise-t-il.

— Et comment vais-je m'appeler ?

— Aedan O'Neill. Mon nom, pour qu'on soit aussi frères sur le papier.

Le concerné s'assied sur la chaise sur laquelle je me tenais précédemment et continue à bercer l'enfant dans ses bras. Ses yeux se mettent à briller et des larmes roulent sur ses joues. Il encaisse de nombreuses nouvelles et l'émotion le submerge, lui qui pensait qu'il n'aurait jamais droit à un tel bonheur.

— Conan a été très actif dans les démarches concernant ton plan de réinsertion. Sa détermination a permis de convaincre le juge de t'accorder une surveillance électronique. Et il a également été là pour moi et pour son neveu, lui dis-je.

Il pose les yeux sur son frère.

— Merci.

— C'est normal. Que ne ferait-on pas pour sa famille ? lui répond-il en souriant.

Cette phrase achève Aedan, et un sanglot lui échappe. Ressentant l'apparente détresse de son père, Lohan s'agite dans ses bras.

Je m'approche de lui, encadre son visage de mes mains et embrasse ses paupières.

— Tu es devenu quelqu'un de meilleur, Aedan, tu peux te pardonner.

J'ôte l'écharpe de portage entourant mes épaules et m'attelle ensuite à l'installer sur lui pour qu'il puisse porter notre bébé correctement contre lui.

— Bon, je ne veux pas briser ces retrouvailles touchantes, mais malheureusement, nous avons encore des détails à régler.

Le mufle hoche la tête et se lève. Il essuie ses larmes et reprend cette expression que je lui connais bien.

Grâce à mes économies et au fait que j'ai recommencé à travailler, j'ai pu acheter une maison dans la périphérie de Dublin. Aujourd'hui, je suis psychologue dans un centre pour adolescents en difficulté. Ça m'a paru étrange, au début, de changer de branche, mais ça m'a beaucoup plu. Maintenant qu'Aedan est libéré, je vais pouvoir reprendre mon job lorsque mon congé maternité touchera à sa fin. Son bracelet électronique va l'obliger à rester bloqué à notre domicile, et je ne doute pas qu'il fera un bon père au foyer.

Je m'étais inquiétée, dans un premier temps, qu'il souffre, en raison de son hyperactivité, de son immobilité forcée. Puis, quand Lohan est né, mes craintes se sont envolées. Prendre soin d'un bébé, c'est une occupation à plein temps.

Pour la suite, on avisera. D'après ce que j'ai compris, il devra rencontrer plusieurs fois par trimestre un agent de probation qui suivra son évolution. Si tout se passe bien, il pourra recommencer à travailler en vue d'une réinsertion socioprofessionnelle l'année prochaine. Conan s'est chargé de lui trouver un emploi.

Aedan est loin d'être au bout de ses peines. Il a encore du chemin à faire pour dédommager la société, mais si nous ne perdons pas notre détermination, je suis certaine qu'il y parviendra.

Je glisse ma main dans celle de mon homme. Il la saisit et pose l'autre sur le corps du bébé lové contre lui. Son frère esquisse un sourire et sort le premier de la pièce.

Celui qui jusqu'alors n'avait toujours été que l'ombre d'un autre démarre une nouvelle vie : la sienne. *Shadow* n'est plus.

Remerciements

L'histoire d'Aedan et d'Harmony cogitait depuis un moment dans ma tête. Leur prénom, leur physique et leur passé ont de nombreuses fois changé, mais leurs aventures, elles, sont restées les mêmes.

Après une première parution sur Fyctia, puis sur Wattpad, je suis heureuse d'avoir pu vous offrir cette version finale grâce à la confiance de la collection &H.

J'aimerais donc en premier lieu vous remercier, vous, chers lecteurs, pour votre soutien.

Je remercie également Roxane et Martha, mes éditrices, pour leur bienveillance et leur accompagnement à chaque étape de ce projet.

Merci à mes petites souris (Anaëlle, Johanna, MehFah, Agathe, Alex et Margot) pour leur bêta-lecture et leurs commentaires, toujours enthousiastes à l'idée de me suivre dans mes nouveaux univers (vous êtes des cœurs).

Enfin, je remercie ma chère maman, l'une de mes premières lectrices, pour ses encouragements (et son engouement).

Édité par HarperCollins France

Composition et mise en pages
Nord Compo à Villeneuve-d'Ascq

Achevé d'imprimer en décembre 2024.

CPI
FIRMIN-DIDOT

à Mesnil-sur-l'Estrée (Eure)

Dépôt légal : janvier 2025.

Pour limiter l'empreinte environnementale de ses livres, HarperCollins France s'engage à n'utiliser que du papier fabriqué à partir de bois provenant de forêts gérées durablement et de manière responsable.

Imprimé en France